KB261824

사이케델리아 Second Act

MAGIC CREATOR 매직 크리에이터

매직 크리에이터 1

이상규 판타지 장편 소설

초판 1쇄 찍은 날 § 2006년 7월 1일
초판 1쇄 펴낸 날 § 2006년 7월 10일

지은이 § 이상규
펴낸이 § 서경석

편집장 § 문혜영
편집책임 § 최하나
편집 § 문정흠

펴낸곳 § 도서출판 청어람
등록번호 § 제1081-1-89호
등록일자 § 1999. 5. 31
어람번호 § 제1-0722호

주소 § 경기도 부천시 원미구 심곡1동 350-1 남성B/D 3F (우) 420-011
전화 § 032-656-4452 팩스 § 032-656-4453
http://www.chungeoram.com
E-mail § eoram99@chollian.net

ⓒ 이상규, 2006

ISBN 89-251-0200-5 04810
ISBN 89-251-0199-8 (세트)

사이케델리아 *Second Act*

M·A·G·I·C C·R·E·A·T·O·R

매직 크리에이터

1

The Rising of a Hero

이상규 판타지 장편 소설

도서출판 책람

CONTENTS

제1장

꿈의 시작

지금 시간이 어떻게 되는지는 모르겠다. 방금 전까지 드림월드에서 놀고 있었기 때문에 정신이 오락가락한다. 그래도 창문 틈으로 빛살이 전혀 안 비치는 걸 보면 아직 새벽쯤인 것 같다. 가난한 우리 집에 창문 커튼이 있을 리 없기 때문에 빛살이 없다는 건 아직 밤이라는 소리다.

"……."

에이, 아직 밤이니까 더 자야지. 어차피 강의는 오전 10시 30분부터니까 오전 8시까지는 커버 가능. 그럼 퍼질러 자볼까.

"……?"

　현재 시각을 확인도 하지 않은 상태에서 세컨드 슬립에 들어가려던 나는 문득 이상한 느낌을 받았다. 아직 여름에 들어가기 직전인 6월 초라 비교적 얇은 이불을 덮고 자고 있었다. 그런데 무엇인가가 이불 위로 슬금슬금 기어오르는 듯한 느낌을 받은 것이다. 그래서 나는 몸을 뒤척여 그 무엇인가를 이불 위에서 치우고자 했다.

　"……!"

　그런데 내 의지와는 달리 내 몸이 말을 듣지 않았다. 아니, 그보다는 내 몸 위로 올라탄 그 무엇이 내가 일어나지 못하도록 내 손목을 눌러왔다. 양손이 사람의 손에 잡힌 것 같은 느낌이었다.

　잉? 뭐지? 누가 내 몸 위에 올라가서 장난치나? 하지만 우리 가족 중에 나한테 장난칠 사람은 없는데? 아버지나 어머니는 안방에서 주무실 테고, 동생 놈은 거실에서 자빠져 자고 있을 텐데……? 아니, 그보다 이 꼭두새벽에 슬립 상태인 사람 위에서 장난치는 개념 말아먹은 인간이 있나?

　"……!"

　그런 생각이 미치자마자 온몸이 싸늘하게 굳어졌다. 그랬다. 이것은 여태까지 말로만 전해 듣던 그 '가위' 라는 것이었다. 어떤 사람은 가위눌리면서 귀신을 보았다고도 하고, 어떤 사람은 몸을 움직이지 못한 채 눈만 움직일 수 있었다고도 하는 그 가위눌림. 그 현상을 25년 인생 중 처음으로 겪고 있는 것이다.

……

소리는 없었다. 단지 육중한 무언가가 내 몸 위에 올라타서 위에서부터 날 짓누르고 있었다. 그 힘이 그렇게까지 세지는 않았기에 몸에 힘을 주면 금방 풀려날 것 같았지만 의외로 내 몸은 전혀 움직이지 않았다. 아니, 몸에 힘을 주면 줄수록 압박감은 점차 늘어났다. 그리고 마치 내 얼굴을 확인하려는 듯이 그 무언가가 내 얼굴 쪽으로 가까이 다가왔다. 시커먼 어둠 속에서 그것은 마치 웃고 있는 것처럼 느껴졌다.

젠장! 왜 갑자기 내가 가위에 눌린 거야? 아무리 요즘 학교 다니고 학원 다니느라 바쁘고 취업에 대한 압박 때문에 스트레스를 받고 있다지만 가위에 눌릴 정도까지는 아니라고! 가위는 단순한 심리 현상일 뿐이야! 정신만 차리면 빠져나올 수 있어! 으악! 으악!

"……!"

가위눌림에서 빠져나오려고 발악을 하던 중에 갑자기 몸을 누르던 압력이 사라졌다. 한순간에 사라져 버려서 내가 방금 전까지 가위에 눌리고 있었다는 사실조차 믿기 어려웠다. 하지만 이마에 흥건히 고인 땀방울은 내 경험이 거짓이 아니라는 걸 알려주고 있었다.

후우, 가위가 풀린 건가? 어떤 사람은 몇 시간 동안 가위눌린 상태로 있었다고 하는데 난 5분도 채 안 된 것 같군. 생각보다 별거 아닌걸? 오히려 스릴 넘쳐서 재미있는데? 하하, 어 쨌든 잠자는 건 포기하고 일어나야겠군. 이건 가위눌린 게 무 서워서가 아니라 쓸데없이 식은땀을 흘려서 일어나는 것뿐이 야. 그럼, 그럼.

탁.

불을 켜고 방 안을 둘러보아도 전혀 달라진 게 없었다. 시 계를 보니 시침은 새벽 5시를 가리키고 있었다. 어제 잠자리 에 든 시각이 새벽 2시라 평소 같았으면 다시 드림 월드로 다 이빙을 했을 테지만 가위를 겪고 나니 더 이상 잘 마음이 사 라져 버렸다. 그래서 할 수 없이 컴퓨터를 부팅시키고 이런저 런 사이트를 둘러보았다.

딸칵딸칵.

마우스를 클릭하며 내가 둘러본 사이트는 주로 컴퓨터, 게임, 애니메이션 쪽이었다. 내가 컴퓨터 학과라는 점도 있 고, 게임과 애니메이션에 관심이 많다는 이유도 있었다. 현 재 비교적 규모가 큰 동호회 몇몇에 가입되어 있지만 필요 한 자료만 받아가거나 눈팅만 한다. 한마디로 유령 회원인 것이다.

"흐음……."

동호회를 둘러보다가 게시판에 올라온 18금 게임 및 18금 애니메이션 감상 후기를 읽으며 가슴속에서 열기가 치솟았 다. 그 열기는 나에게 그것들을 구하도록 지시했고, 나는 그

지시에 따라 어둠의 루트를 사용했다. 어둠의 루트는 대체적으로 다운 속도가 매우 느리기 때문에 일단 다운을 걸어놓고 다 받을 때까지 기다리기로 했다. 원하는 것이라면 몇날 며칠이 걸리더라도 받고야 마는 게 내 성격이므로. 그 때문에 일주일 내내 컴퓨터를 켜놓은 때도 있었다. 물론 어떤 사람들은 몇 달 내내 컴퓨터를 안 끈다고 하지만.

"……?"

잉? 왜 갑자기 인터넷이 느려지는 거야? 어둠의 루트를 돌려서 그런가? 아니, 그래도 이 정도까지 느려지지는 않는데? 혹시 악성 코드나 바이러스 같은 거에 감염됐나? 뭐, 백신 프로그램이나 악성 코드 제거 프로그램을 돌려보면 되겠지.

탁탁!

갑자기 느려진 인터넷을 복구시키기 위해 나는 백신 프로그램과 악성 코드 제거 프로그램을 돌렸다. 그러나 내 컴퓨터에서 악성 코드나 바이러스가 검색되지는 않았다. 원래 상용 프로그램을 크랙해서 쓰고 있었으니 정품처럼 제대로 된 검색이 안 될 건 당연하지만 그래도 명색이 '상용 프로그램인데!'라는 생각이 드는 건 어쩔 수가 없었나.

쩝, 나도 프로그래머나 게임 개발 쪽에 뛰어들고 싶은 입장이라 남의 말 할 처지는 아니지만 정품은 너무 비싸다니까. 가난한 대학생에게 정품 구입 비용은 너무 출혈이 크다고. 그래서 할 수 없이 어둠의 루트로 정품을 구하거나 쉐어웨어 버전을 크랙해서 쓰지. 하지만 개발자 입장에서는 사용자들이 정품 구입을 하지 않고 불법으로 프로그램을 사용하니……. 아무튼 그래서 우리나라의 패키지 게임이 전멸하고 프로그램 개발 회사가 거의 없을 수밖에. 암울해요, 너무 암울해요. 답이 안 나오죠.

"……!"

그때였다. 갑자기 모니터의 화면이 새파랗게 변했다. 운영체제로 윈도우즈 XP를 사용하면서 오류 보고창은 지겹도록 봤지만 블루 스크린을 본 것은 처음이었다. 오류만 떴다 하면 이상한 영어를 남발하는 퍼런 화면을 보여주어 사용자를 겁에 질리게 만드는 악명 높은 블루 스크린. 그 무시무시한 녀석을 눈앞에 두고 있으니 경악하지 않을 수가 없었다.

뭐야? 도대체 무슨 오류이기에 블루 스크린이 뜬 거야? 아니, 그건 상관없는데 왜 블루 스크린에 아무런 글자도 없는 거야? 원래 내용을 이해하기 힘든 영어들이 마구잡이로 떠야 되는데? 설마 무슨 영화에서처럼 귀신이 모니터에서 튀어나오는 거 아니야?

띠딕— 띠딕—

내 시선이 파란 화면에 못 박혀 있을 때 블루 스크린에 천천히 글자가 쓰여지기 시작했다. 기본적인 영문체로 타이핑되고 있는 글자의 내용은 이러했다.

```
repeat access string until connect string.
repeat access string until execute string.
login Choi Go Su.
password…
```

블루 스크린에 뜬 글자는 영문법에 하나도 맞지 않는 것이 었다. 그 글자가 무엇을 의미하는지 나로서는 알 방법이 없었다. 그러나 한 가지 알 수 있는 것은 Login이라는 글자 옆에 최고수라는 내 이름이 영어로 표기되어 있다는 점과 Password 뒤에서 커서가 깜박이고 있다는 사실이었다.

"……."

마치 회원제 사이트에 로그인을 하는 것처럼 내 손은 천천히 키보드로 향했다. 내 의지와는 상관없이 손이 움직이고 있었기 때문에 나는 정신을 번쩍 차렸다. 이대로 패스워드를 친다면 뭔가 안 좋은 일이 일어날 것만 같은 느낌이 들었다. 그래서 나는 필사적으로 키보드에서 손을 떼려고 발악했다. 하지만 내 손가락은 어느새 키보드 자판 위에 사뿐히 놓여져 있었다.

으으! 아까는 가위에 눌리더니 이번엔 또 뭐야?! 왜 손이 멋대로 움직이냐고! 지금 나, 꿈속을 헤매고 있는 거냐? 젠장! 꿈이든 뭐든 제발 내 생각대로 움직이라고, 이 빌어먹을 손가락아!!

탁! 탁!

내 손가락은 천천히 키보드의 자판을 누르기 시작했다. 왼손 검지로 'c'와 'r'을, 왼손 중지로 'e'를, 왼손 새끼손가락으로 'a'를 눌렀다. 그러한 손가락의 움직임을 보고 나는 내 손가락이 무엇을 타이핑하려는 것인지 깨달았다. 그것은 내가 신조로 삼고 있는 'Creator'였던 것이다.

크리에이터. 번역하자면 창조가. 군대를 졸업하고 이런저런 프로그램 사용법을 익히며 내가 신조로 삼은 단어이다. 남들과 똑같이 배우더라도 남들과는 다른 무엇인가를 창조해 내자. 남들과는 다른 방식, 남들이 가지고 있지 않는 노하우를 창조해 내자. 그것이 내가 전역하고 9개월 동안 이런저런 학원에 다니면서 가지게 된 생각이었다.

탁! 탁!

내 손가락이 't'와 'o'를 쳤고, 마지막으로 'r'을 누르려 했다. 하지만 나는 최대한 손가락에 힘을 주어 가능한 한 다른 문자를 치도록 노력했다. 'Creator'라는 글자만 아니라면 패스워드에 어떤 글자를 써도 상관없다는 느낌을 받았기 때문이다.

탁—

마침내 왼손 검지가 마지막 문자를 눌렀다. 그러나 'r'을 누르려던 검지는 나의 방해 공작으로 인해 살짝 미끄러지면서 옆에 있는 't'를 눌러 버렸다. 그 순간 모니터를 가득 메우던 블루 스크린이 한순간에 사라졌다. 그리고 모니터에는 방금 전까지 내가 보고 있던 인터넷 익스플로러 창이 떠 있었다.

"……."

후우, 끝난 건가? 뭔지는 모르겠지만 뭔가 무사히 넘어간 듯한 느낌이 드는군. 오늘은 대체 왜 이러지? 아침부터 가위에 눌리질 않나, 블루 스크린이 뜨질 않나. 설마 나, 아직도 In Dream 상태인가? 아니면 눈뜬 상태에서 망상을 하는 정신분열?

삐비비빅— 삐비비빅—

그때 거실에서 시계 알람 소리가 들려왔다. 그것은 공익근무 요원인 동생이 맞춰놓은 알람이었다. 동생은 오전 9시까지 출근해야 하기 때문에 보통 7시쯤에 일어나는 편이다. 항상 방문을 열어놓고 생활하는 나인지라 열려진 문을 통해 거실에서 어기적어기적 일어나고 있는 동생의 모습을 똑똑히 볼 수 있었다.

녀석이 일어나는 걸 보고 있으니 지금 꿈이 아니란 얘기가 확실한데……. 그럼 지금까지 겪은 것이 전부 사실이라는 뜻? 차라리 여태까지 꿈을 꿨다고 생각하는 게 더 나을 것 같은 불길한 느낌이…….

*   *   *

뒤숭숭한 아침을 보내고 학교에 도착해서 강의를 들었다.

전역하고 9개월 동안 머리를 안 쓰다가 갑자기 공부를 하려니 머리에서 쥐가 났다. 그 결과 전공 과목은 잘 나와봐야 C 정도일 것 같았고, 그나마 교양 과목을 잘 봐서 학사 경고는 피할 듯했다. 비싼 등록금 내고 다니는 학교인데 성적이 이 모양이니 부모님을 뵐 면목이 없었다. 그렇지만 어쩌랴. 아무리 머리를 굴려도 머리가 안 돌아가는걸.

"고수 형, 오늘 미팅 있는데 안 갈래요?"

자료 구조라는 전공 과목을 듣고 나와서 복잡해진 머리를 식힐 겸 과방에서 음료수를 뽑아 마시고 있는데 같은 학과 후배 녀석이 날 불렀다. 나보다 두 살이나 어려서 내 동생하고 동갑이지만 덩치는 나보다도 훨씬 커 오히려 선배처럼 보였다. 복학하고 처음 녀석을 만났을 때 녀석은 날 신입생으로 생각해서 편하게(?) 대했고, 나도 녀석을 선배라 생각해서 힘겹게(?) 대했다. 그러다가 내 동기가 사실을 알려주었고, 그것을 듣고 나와 후배 녀석은 서로 경악했었다. 아무튼 그 사건 이후로 다른 후배들보다 친하게 지내고 있다.

"미팅? 내가 나가면 물 흐려져."

"에이, 형 정도면 되죠."

"그보다 나, 오늘 저녁에 학원 가야 돼."

"무슨 학원인데요?"

"3D 프로그램 가르치는 학원."

"형, 3D도 배워요? 학교에서도 배울 수 있잖아요?"

"학교는 한 가지 프로그램을 집중적으로 다루지 않으니까 깊이가 떨어져. 게다가 알아서 공부하라는 식이라서 별 도움도 안 되고."

나는 학교의 수업을 부정적으로 평가했고, 후배는 내 의견을 부정하지 못했다. 후배 역시 학교에서 가르치는 내용이 너무 이론에만 치중해 있어 실전에서는 큰 도움이 되지 못한다는 걸 알고 있었기 때문이다. 물론 이론도 중요하긴 하지만 실전에서 중요하게 쓰이지 않는 부분을 억지로 공부해야 하는 것은 뭔가 잘못됐다는 게 내 생각이다.

"에… 그럼 전 다른 사람을 찾으러 가볼게요."

내가 미팅에 나가지 않겠다고 하자 후배 녀석은 실실 웃으며 과방을 빠져나갔다. 녀석 딴에는 날 신경 써준다고 미팅에 끌어들이려는 듯했지만 안타깝게도 나는 미팅 쪽에는 별 관심이 없었다.

일단 25년 동안 여자 하나 사귀지 못한 탓도 있지만, 그보다는 내 미래에 대한 막연한 불안감 때문에 누군가와 만나기가 선뜻 내키지 않았던 것이다. 특히 이제 얼마 안 있으면 30대가 되어버린다는 압박감이 장난 아니었다. 졸업하면 26살. 4년만 지나면 30줄에 들어서는 것이다.

"후우……."

젠장, 한숨만 나오는군. 남들처럼 그냥 '마음 편하게 먹고 놀자'라고 할 수도 없고……. 다행히 내가 조금 어려 보여서 아직까지 사람들에게 아저씨라는 말은 안 듣지만 나이를 먹어간다는 건 내가 가장 잘 느끼고 있으니…… 정말 암울하군. 나름대로 남들이 알아주는 대학교에 다니고 있어도 앞날이 불안한 건 어쩔 수가 없구나. 역시 남들과는 다른 무기를 가지고 있어야…….

텅—

다 마셔 비어버린 음료수 캔을 쓰레기통에 집어넣고 곧장 학교를 빠져나왔다. 학교 성적이 안 좋은 데다 평범한 회사 생활에는 관심이 없는 나였기에 내 나름대로의 무기를 장착하기 위해 학원으로 향했다. 3D 프로그램을 가르치는 학원에서 3D 애니메이션 과정을 배우고 있는데 생각보다 모델링이라는 것은 어려웠다. 사진을 보고 그대로 따라 그리는 것이 쉽지 않은 것처럼 실제 모델이나 사진을 보고 그대로 따라 모델링하는 것도 쉬운 일이 아니었다.

"자, 오늘은 로우 폴리곤 모델링에 대해서 배우겠어요."

학원 선생의 강의를 들으며 나는 최대한 그 내용을 머리에 담기 위해 노력했다. 평범한 루트를 포기한 이상 내가 선택한 것에서 최선을 다하는 수밖에 없었다. 그렇게 하지 않으면 365일을 줄기차게 놀아야만 하기 때문이다.

…….

강의가 끝나고 실습을 하는 동안 내 머릿속을 지배한 것은 이상하게도 오늘 아침에 경험한 것들이었다. 물론 생애 처음으로 가위눌림이라는 현상을 경험한 탓도 크지만 윈도우즈 XP에서 이상한 형태의 블루 스크린을 본 것이 마음에 걸렸다. 왠지 앞으로도 이상한 일들이 일어날 것만 같은 느낌이 들었던 것이다.

뭐, 어쨌거나 안 좋은 기억은 털어내 버리고 모델링이나 하자. 가뜩이나 모델링도 안 되는데 생각한답시고 놀고 있으면 결국 나만 손해니까. 이런, 다른 사람들은 벌써 절반 이상 완성하고 있네? 역시 천재들.

"……!"

그때였다. 3D 프로그램으로 막 로우 폴리곤 모델링을 시작하려고 하는 순간 느닷없이 학원 컴퓨터 모니터가 시퍼렇게 변했다. 학원 컴퓨터를 사용하다가도 블루 스크린이 뜬 적이 있기에 상황 자체는 그리 놀라운 게 아니었다. 그러나 퍼런 화면에 아무런 글자도 쓰여져 있지 않다는 것이 내 이성을 뒤흔들기에 충분했다.

젠장, 뭐야? 오늘 아침에 내 컴퓨터에 뜬 녀석이 학원에서도 떠? 설마 이거 바이러스야? 바이러스가 아니라면 학원에서조차 시퍼런 화면만 뜰 리가 없잖아!

띠딕— 띠딕—

갑작스런 블루 스크린의 등장에 아무런 조치도 취하지 못하고 당황하고 있을 때 퍼런 화면에서 흰색의 글자가 타이핑되기 시작했다.

```
repeat access string until connect string.
repeat access string until execute string.
login Choi Go Su.
password…
```

오늘 아침에 봤던 글자와 다른 부분이 전혀 없는 영문. 그 영문을 보는 순간 나는 고개를 돌려 내 주위에 앉은 사람들을 쳐다보았다. 아니, 쳐다보려고 했다. 하지만 내 목은 마치 굳어버린 것처럼 전혀 움직이지 않고 블루 스크린만을 보도록 고정되었다.

스윽—

시선이 블루 스크린에 못 박혀 있는 동안 내 손가락은 또다시 키보드 자판 위에 사뿐히 놓여졌다. 오늘 아침에 경험한 현상의 완벽한 재현이었다.

젠장! 분명 난 정신이 멀쩡하다고! 벌써 12시간 이상 지났는데 아직까지 잠이 덜 깰 리가 없잖아! 게다가 지금은 초저녁이라서 졸리지도 않다고! 내가 꿈속에서 헤맬 이유가 전혀 없단 말이다!

타탁! 타탁!

머릿속에서 고함을 지르며 발악을 해도 내 손가락은 가뿐하게 Password 옆에다 Creator라는 글자를 쳐 넣었다. 오늘 아침과는 다르게 타이핑 속도가 빨라서 내가 미처 제지할 만한 시간도 없었다. 그렇게 글자를 다 쳐 넣자 갑자기 내 시야가 캄캄해졌다. 그리고 귀로는 아무런 소리가 들리지 않았고, 코로는 아무런 냄새도 맡을 수가 없었다. 모든 감각이 일시에 멎어버린 듯했다. 그리고 최후에는 내 의식마저 멎어버렸다.

…….

꿈을 꾸었다. 무슨 앨범을 보는 것처럼 어렸을 때부터 지금까지의 기억들이 단편적으로 떠올랐다. 그중에서도 남자만 경험할 수 있는 최고의 루트인 남중, 남고, 공대, 군대를 거쳐 온 기억들이 대부분이었다. 특히 최근이라고 할 수 있는 군대에서의 기억이 가장 인상 깊었다. 소총수로 보병 부대에 배속되었다가 취사병—공식적으로는 조리병—으로 전직해서 군 생활을 마감했던 기억들이 줄기차게 떠올랐다. 말하자면, 떠올리기도 싫은 기억들이 줄줄이 모습을 드러낸 것이다.

…….

두꺼운 앨범을 전부 훑어보듯이 기억들이 떠올랐다가 블루 스크린을 끝으로 기억의 연상 작용은 멈추었다. 그리고 그와 동시에 몸의 감각들이 제자리를 찾기 시작했다. 가장 먼저 촉각이 돌아왔고, 청각, 후각, 미각이 그 뒤를 이었다. 그리고 마지막으로 시각이 제 기능을 찾음으로써 내 몸의 모든 감각은 정상을 되찾았다.

“…….”

인간의 인지 능력에 있어서 가장 중요한 부분을 차지하고 있는 시각이 돌아오자 그때부터 상황 파악을 시작했다. 청각, 후각, 미각, 촉각에 의지해서 상황 파악을 하는 것보다 시각에 의지해서 상황 파악을 하는 게 훨씬 빠르고 정확하기 때문이다. 하지만 그러한 내 생각은 시야에 들어온 이상한 광경 때문에 힘을 잃어버렸다.

일단 내 시야에 가장 먼저 들어온 것은 두 명의 사람이었다. 한 명은 내 어깨까지밖에 오지 않는 작은 키를 가지고 있었고, 그 옆에 서 있는 사람은 175㎝인 나보다 약간 작아 170㎝ 정도는 되어 보였다. 가장 중요한 사실은 키가 작은 쪽은 중학생쯤으로 보이는 소녀였으며, 키가 큰 쪽은 20대 초, 중반쯤으로 보이는 여성이라는 것이다.

소녀는 크고 동글동글한 눈으로 내 얼굴을 쳐다보고 있었는데, 아직 볼에 젖살이 빠지지 않아서인지 상당히 귀여운 외모였다. 내 짐작일 뿐이지만 성격도 외모 못지않게 깜찍할 것 같았다.

반면 옆에 서 있는 여성은 성숙미를 물씬 풍기는 단아한 이목구비를 지니고 있었다. 그녀도 내 얼굴을 똑바로 쳐다보고 있었는데, 얼굴 표정에 변화가 없는 탓인지 성격이 무덤덤할 것 같다는 느낌이 들었다. 그래도 그녀의 인상에서 풍겨져 나오는 분위기는 뭔가 아늑했다.

“에······.”

얼굴 파악을 끝내놓고 뭔가 말을 해야 한다는 생각에 입을 열었지만 막상 할 말이 없음을 깨닫고 좌절했다. 사실 그럴 수밖에 없는 게, 방금 전까지 학원에서 모델링을 하고 있었는데 느닷없이 내 앞에 두 명의 미녀가 서 있었으니 그럴 수밖에. 이 상황에서 ‘당신들은 뉘슈?’ 라고 묻기가 참 난감했다.

잉? 그러고 보니 둘 다 조금··· 아니, 많이 특이한데? 일단 둘 다 긴 생머리인데 소녀 쪽은 갈색이고 숙녀 쪽은 분홍색이군. 뭐, 요즘은 다양한 색깔로 머리 염색을 하고 있으니 그거야 별 상관 없는데 눈동자 색도 머리 색하고 똑같잖아? 뭐, 컬러 콘택트렌즈를 끼면 되니까 그것도 별 문제는 없고······. 근데 왜 숙녀 쪽은 이마하고 주사 맞는 팔 부위에 보석이 박혀 있지? 보석이 살 속을 파고든 건 아닌 듯하고 그냥 붙인 것 같은데 재주도 좋군.

“당신은 누구인가요?”

내가 두 여성을 뚫어져라 쳐다만 보자 숙녀로 보이는 젊은 여성 쪽에서 먼저 입을 열었다. 목소리가 듣기 좋은 것은 둘째 치고 그녀가 한 말이 생전 듣도 보도 못한 말이라는 것에 놀라고 말았다. 그리고 그 생전 듣도 보도 못한 말을 알아듣고 있는 내 자신에게도 놀랐다. 또한 내가 생전 듣도 보도 못한 말을 직접 할 수 있다는 확신이 들어서 더 더욱 놀라게 되었다.

“그게······.”

일단 말을 꺼내긴 했지만 무슨 말을 해야 할지 알 수가 없었다. 그리고 지금 내가 꿈을 꾸고 있는 것이 아닌가 하는 의심이 들어 굳이 뭔가 말을 해야 할 필요성도 느끼지 못했다. 그저 내 앞에 있는 두 미인을 쳐다보는 것이 즐거웠을 뿐.

탁—

그때 젊은 여성이 오른손에 들고 있던 기다란 마법 지팡이로 바닥을 살짝 치며 지팡이 끝에 있는 크고 동그란 구슬을 내 쪽으로 향하게 했다. 그 지팡이가 마법 지팡이라는 근거는 어디에도 없었으나 난 순간적으로 그런 이미지를 떠올렸다. 옷 스타일도 두 어깨가 완전히 드러난 차이나 드레스 풍의 밝은 녹색 원피스라 왠지 평범한 여성으로는 보이지 않았다. 특히 팔꿈치 근처까지 오는 긴 흰색 장갑을 끼고 있다는 점이 더욱 비(非) 평범함을 느끼게 했다. 아무리 특이한 스타일을 추구하는 여성이라도 저런 긴 장갑을 끼지는 않기 때문이다.

"나와 슈아로에는 이곳에서 누군가 소환 마법을 사용하는 것을 느꼈습니다. 하지만 소환술사는 찾지 못하고 소환된 당신만 발견한 것입니다."

젊은 여성은 이상한 말을 매우 자연스럽게 늘어놓았다. 내가 뭐가 뭔지 모르겠다는 표정을 하고 있어서인지 지금까지 가만히 서서 내 얼굴만 쳐다보던 소녀가 처음으로 입을 열었다.

"당신은 소환된 상태라구요. 뭔가 짚이는 것 없어요?"

오호, 애도 목소리가 예쁘군. 근데 소환? 내가 무슨 게임 캐릭터야, 소환되게?

"잘 모르겠는데……."

"모르다니, 그럼 이름이 뭔데요?"

소녀는 내 이름을 물었다. 물론 난 내 이름을 알고 있다. 최 씨 집안이 내 대에서는 수 자 돌림이라 내 이름은 최고수가 됐고, 동생 녀석은 최동수가 됐다. 이름을 따지면 동생은 무난한 이름이고 나는 무지막지하게 튀는 이름이다. 이름 때문에 학교 생활 내내 놀림을 받았고, 이제는 불행히도 그것이 익숙해져 버렸다. 그러다가 게임상에서 하수, 중수, 고수, 초고수라는 계급으로 인해 내 이름은 거의 초고수로 불리고 있었다.

"기억 안 나……."

내 이름에 애정이 없는 탓도 있고, 눈앞의 여성들이 사용하고 있는 언어로 '최' 발음은 어려울 것 같아 기억상실증에 걸린 것처럼 연기했다. 그런 내 모습을 보고 소녀가 이상하다는 듯 물었다.

"기억이 안 나요? 그럼 어디서 왔는지도 기억이 안 나나요?"

"응……."

어차피 이상한 꿈이리고 생각한 나는 그냥 무조건 모른다고 했다. 일단 모른다고 잡아떼면 오해를 살 가능성이 적어지고 상황에 따라 맞추는 것이 가능하다. 지금 내가 어떤 종류의 꿈을 꾸는지는 모르겠지만, 적어도 눈앞에 있는 두 미인에게 적대감을 심어주고 싶지는 않았다.

"소환되는 중에 기억을 잃어버린 것인지도 모르겠군요."

아무것도 모른다고 잡아떼는 날 보며 젊은 여성이 자기 나름대로의 결론을 내렸다. 젊은 여성의 말을 듣고 소녀도 그렇게 생각하는 듯했다. 어쨌든 내 이름이나 현 상황 등을 설명할 필요가 없어져서 조금은 편해졌다.

"어떡하죠, 레이뮤님?"

"음……."

소녀가 젊은 여성에게 의견을 묻자 젊은 여성은 무표정한 얼굴로 생각에 잠겼다. 보통 사람 같으면 이런 상황에서 뭔가 결단을 내리기가 쉽지 않았겠지만 젊은 여성은 결단이 빨랐다.

"일단 당신은 이곳에서 지내도록 하세요. 당신이 무엇 때문에 소환됐는지도 모르는 상태이고, 당신이 이곳에 있으면 당신을 소환한 자가 스스로 찾아오겠지요."

"예……."

젊은 여성에게서는 뭔가 알 수 없는 포스가 느껴졌다. 분명 얼굴은 20대인데 하는 말투나 행동은 나이를 한참 먹은 여성 같았던 것이다. 그래서인지 몰라도 소녀는 젊은 여성의 말에 아무런 이의 제기도 하지 않았다.

"슈아로에."

"네, 레이뮤님."

젊은 여성은 소녀를 슈아로에라 불렀고 소녀는 젊은 여성을 레이뮤라고 칭했다. 그 이름은 두 번째 듣는 것이지만 처음에는 흘려들었기 때문에 사실상 처음 듣는 것이나 마찬가지였다.

슈아로에, 레이뮤…… . 역시 특이한 이름이군. 그러고 보니 슈아로에라는 소녀도 평범한 옷차림은 아닌걸? 치마 쪽이 짧은 붉은색 원피스, 가슴까지만 내려오는 민소매의 흰색 웃옷…… . 저런 종류의 옷을 케이프라고 하던가? 아무튼 쉽게 볼 수 없는 스타일. 근데 칼라 앞쪽하고 팔을 살짝 덮는 부분에 보석이 박혀 있네? 옷에 보석을 박아놓다니 돈도 많군. 저 보석이 비싼 보석인지 싸구려 보석인지는 모르겠지만.

"이 청년은 지낼 곳이 없을 테니 메리트리니 씨에게 부탁하렴. 그리고 이름이 없으면 불편하니 임시적으로 이 청년의 이름을 레지스트리로 정했다. 기억이 돌아오면 본래의 이름으로 부르도록 하고."

"레지스트리인가요? 음…… ."

젊은 여성 레이뮤의 말에 소녀 슈아로에는 뭔가 이해할 수 없다는 표정을 지었다. 그것은 나 역시 마찬가지였다. 그 많고 많은 이름 중에 레지스트리를 내 이름으로 정했다는 사실에 절망했던 것이다. 내 메모리 저편에 컴퓨터의 레지스트리를 멋도 모르고 건드렸다가 그동안 모아놓았던 수많은 18금 데이터를 홀라당 날려 버린 뼈아픈 기억이 있었기 때문이다.

"나는 여기서 소환술사의 흔적을 찾아보도록 할 테니, 슈아로에는 레지스트리 군을 데리고 가거라. 갑작스런 소환으로 정신이 혼란스러울 테니 설명 잘하고."

"네, 레이뮤님."

레이뮤는 슈아로에에게 나를 맡겼고, 슈아로에는 고개를 끄덕인 뒤 내 얼굴을 쳐다보았다. 그리고는 먼저 발걸음을 돌려 방을 빠져나갔다. 그동안 두 미인에게 시선을 두느라 내가 지금 어디에 있는지 미처 인식하지 못했지만, 슈아로에와 함께 이동하는 와중에 둘러보니 이 방은 도서실이었다. 전문 도서관 수준은 아니지만 대략 어림잡아도 족히 수만 권은 될 듯한 양의 방대한 서적들이 즐비해 있었던 것이다. 책 읽는 걸별로 좋아하지 않는 나에게 있어서 방대한 양의 서적은 커다란 압박감으로 다가왔다. 물론 저 책들이 전부 만화책이라면그 반대겠지만.

또각또각.

슈아로에는 도서실을 나온 직후 길게 나 있는 복도를 따라걸었다. 복도 바깥쪽에 나 있는 창문을 통해 달과 별이 떠 있는 모습이 보였다. 어둠의 정도로 볼 때 시각은 대략 밤 10시이후 같았다. 그래서인지 복도에는 슈아로에와 나 이외에는아무도 없었다. 무릎 아래까지 오는 베이지 색 스웨이드 부츠의 뒷굽 소리만이 어둠의 정적을 깨고 있을 뿐이었다. 나는운동화를 신고 있었기 때문에 소리가 나지 않았다.

또각, 똑.

"……?"

앞서 걷던 슈아로에가 갑자기 발걸음을 멈추었기 때문에 나도 워킹을 중단했다. 처음에는 목적지에 도착했나 하는 생각이 들었지만 슈아로에가 계속 가만히 서 있는 것을 보니 그건 아닌 듯했다.

"왜 그래?"

결국 나는 참지 못하고 슈아로에에게 질문을 던졌다. 5미터 이상의 거리에서는 사물 식별이 되지 않는 어둠 속에서 슈아로에는 내 쪽으로 고개를 돌렸다. 그런 그녀의 얼굴은 금방이라도 울음을 터뜨릴 듯이 변해 있었다.

"어디 아픈 거야?"

"흑……."

내 질문에 슈아로에는 억지로 울음을 참는 듯한 모습을 보였다. 그 모습이 안쓰러워서 난 최대한 편안한 표정을 지어 보였다.

"아픈 데 있으면 말해. 그 레이뮤 씨… 였던가? 그분한테 말해도 되고."

"레이뮤님한데 말하면 안 돼요!"

레이뮤를 거론하사 슈아로에가 갑자기 큰 소리를 냈다. 자기 목소리가 생각보다 컸다는 사실에 슈아로에는 부끄러웠는지 고개를 푹 숙였다. 그리고는 모기만 한 목소리로 입을 열었다.

"이런 시간에 혼자서 걸어본 적이 없어서… 그… 무서워서……."

“……”

나원, 칠흑 같은 어둠도 아닌데 무섭다니? 혹시 위험 인물인 내가 뒤에 바짝 붙어서 무서웠나? 뭐, 어찌 됐든 울먹거리는 모습이 귀여워서 미치겠군.

“어두우니까 무서운 건 당연하지. 신경 쓸 거 없어.”

난 나도 모르게 슈아로에의 머리를 쓰다듬으려는 손에 인터럽트를 걸어서 그녀의 머리를 살짝 두드리는 것으로 모션을 변경했다. 처음 보는 사람이 머리를 쓰다듬으면 당하는 입장에서는 매우 기분 나쁠 수 있기에 쓰다듬기에서 살짝 두드리기로 바꾼 것이다.

“레이뮤님한테 부끄러운 모습은 보이고 싶지 않아요…….”

슈아로에는 진정된 얼굴로 말을 이었다. 슈아로에가 일단 진정했다는 것은 다행이지만 그녀와 레이뮤와의 관계가 심상치 않아 보여서 덜컥했다.

“근데 레이뮤 씨하고는 어떤 관계야? 친척?”

나는 건전한 대답을 기대하며 슈아로에에게 물음을 던졌다. 만약에 슈아로에가 ‘사랑하는 사이예요’라고 말한다면 절망감에 목을 매달 생각이었다. 그러나 다행히도 슈아로에의 대답은 매우 일반적이었다.

“레이뮤님은 저의 스승님이에요. 제가 가장 존경하는 분이죠.”

"스승? 인간적인 면에서, 아니면 능력적인 면에서?"

"음… 레이뮤님은 모두가 다 아는 최고의 마법사니까 능력 있는 분이죠. 특히 마법으로 500년 이상 살아오고 계시니 말할 것도 없고요. 언행이나 심성도 참 고운 분이에요. 거의 완벽한 분이니까요."

슈아로에는 레이뮤를 침이 마르도록 칭찬했다. 그러나 나는 두 가지 면에서 크게 놀라고 있었다. 첫 번째는 레이뮤가 마법사라는 것, 그리고 두 번째는 레이뮤가 500년 이상 살았다는 것.

하하, 하도 리얼해서 지금 내가 꿈을 꾸고 있다는 사실을 잠시 망각했군. 마법사라……. 아니, 뭐, 꿈이니까 마법사든 악마든 그런 것은 상관없는데 레이뮤가 500살이 넘었다고? 대체 이 꿈의 설정은 어떻게 된 거야?

"아, 레지스트리 군은 모르겠군요, 레이뮤님에 대한 거."

내가 이름도 까먹고 고향도 까먹었음을 떠올린 슈아로에가 손뼉을 쳤다. 그런 그녀를 보고 있자니 '컴퓨터가 뭔지 알아?' 하고 물으면 '그게 뭐예요? 먹는 거?' 라고 대답할 듯한 분위기였다. 확신할 순 없었으나 서로 간의 경험에 엄청난 격차가 있다고 느꼈기 때문에 나는 어떤 말도 함부로 할 수가 없었다.

"레이뮤님은 이 매지스트로 마법학교의 설립자예요. 100년 전에 이 학교를 세웠고, 지금은 각국의 마법사 지망생들이 입학해서 마법을 배우고 있죠. 저는 운 좋게도 레이뮤님의 눈에 떠어서 레이뮤님의 옆에서 마법을 배우고 있어요."

슈아로에는 레이뮤의 이야기를 할 때마다 눈에서 빛을 냈다. 확실히 그녀의 언행에서는 레이뮤에 대한 존경심이 철철 흘러넘쳤다. 그러나 나는 레이뮤라는 여성을 잘 모르고, 지금 이 상황을 꿈이라 인지하고 있기 때문에 레이뮤를 존경할 생각이 없었다.

"여기가 마법학교야?"

"네. 레지스트리 군을 소환한 자가 왜 소환 장소를 마법학교로 택했는지는 잘 모르겠지만요."

"마법학교라……. 나보고 마법이라도 배우라는 소리인가?"

나는 거의 혼잣말로 그렇게 중얼거렸다. 사실 별 뜻 없이 한 말이었다. 그러나 슈아로에는 내 말을 흘려듣지 않았다.

"정말 그럴지도 모르겠네요. 그래서 레이뮤님도 레지스트리라고 이름을 지었을지도 몰라요."

"레지스트리……. 무슨 뜻이야?"

이곳의 언어에 레지스트리라는 단어는 없다고 머릿속에서 판단을 내렸기 때문에 슈아로에에게 물어보았다. 그러자 슈아로에는 약간 심각한 표정을 지으며 대답했다.

"지금으로부터 100년 전에 레지스트리라는 이름의 마법사가 자신의 '커널'과 함께 '메인보드' 대륙을 휩쓸고 다닌 적

이 있어요. 레지스트리 자신이 가진 '매직포스(Magic Force)'
는 5서클밖에 되지 않았지만 커널을 이용해서 전설의 마법인
'콜랩스(Collapse)'를 실현했죠. 그 때문에 '플로피' 섬이 사
라져 버렸어요. 그의 마법이 너무 파괴적이고 위력적이라 많
은 마법사들이 그를 제지했고, 레이뮤님을 중심으로 한 마법
사 연합군 100여 명이 레지스트리를 제압했죠. 나중에 그의
과거사가 불행해서 성격이 비뚤어졌다는 걸 알고 마법사들의
인성 교육을 위해 레이뮤님은 매지스트로 마법학교를 창설한
것이구요."
　"그럼 그 레지스트리라는 사람은 처형된 거야?"
　"원래는 처형할 예정이었는데 레지스트리가 자신의 커널
과 함께 목숨을 끊었다고 해요."
　"음……."
　어차피 남의 과거사에는 관심이 없었기 때문에 내 반응은
그저 그랬다. 문제는 슈아로에가 설명을 하면서 꺼낸 몇 개의
낱말들이었다. 매직포스나 콜랩스는 그렇다 쳐도 커널, 메인
보드, 플로피는 그냥 넘기기 어려웠다. 컴퓨터를 전공하면서
수없이 들었던 말들이기 때문이다.
　"만약 레지스트리가 살아 있었다면 마법이 크게 발전할 수
있을지도 모른다고 레이뮤님이 말씀하신 적이 있어요. 그래
서 레지스트리 군에게 이름을 붙인 것일 수도 있는데… 레지
스트리 군은 머리가 검은색이라 마법을 배우지 못하겠네요."

내가 신경 쓰이는 낱말들을 되뇌고 있을 때 슈아로에는 안타깝다는 듯이 말했다. 단순히 머리 색깔이 검다고 마법을 배우지 못한다는 뜻을 이해하지 못한 난 좀 더 자세한 설명을 요구했다.

"머리가 검으면 마법을 못 배워?"

"네. 기본적으로 '마나'를 다루어야 하는 마법과 그 외의 정령술, 신성 마법, 무공 등은 각각의 포스를 느낄 수 있는 타고난 능력이 있어야 해요. 포스를 느끼지 못하면 주문을 알고 있어도 마법을 사용할 수 없어요. 그리고 여러 색 중에서 검은색 머리를 지닌 사람들은 포스 자체를 느끼지 못해요. 그래서 마법을 배울 수 없는 거예요."

슈아로에의 설명은 이해하기에 별 무리가 없었다. 단지 왜 머리색이 검은 사람들은 포스를 느끼지 못하는가에 대한 질문에는 불충분한 답변이었다. 어쨌든 게임이나 만화 등을 통해서 포스라는 말을 많이 들었기 때문에 포스에 대해서 물어보지는 않았다.

"마법을 배울 수 없다고 좌절할 필요는 없지. 그리고 설령 배울 수 있다고 해도 이 나이에 공부를 새로 시작하는 것도 난감하고."

"……?"

자기 위로를 하고 있는 날 보는 슈아로에의 얼굴에서 의아한 표정이 떠올랐다. 그녀가 지목한 부분은 '이 나이에'였다.

"레지스트리 군은 나이를 많이 먹은 것처럼 말하네요?"

"뭐… 적은 나이라고는 말 못하니까."

"몇 살인데요?"

"에……."

내 나이를 말해야 하는 거야? 현재 내 나이는 스물다섯 살이지만, 그건 한국 나이로 스물다섯 살이라는 거지 외국 나이로 따지면 스물세 살이지. 아무리 생각해도 이곳은 한국 기준이 아닌 외국 기준일 테니까 외국 나이로 해줘야겠다. 클클.

"스물세 살."

"네?!"

내가 생일을 보낸 횟수로 나이를 알려주자 슈아로에의 표정이 급변했다. 그것을 보고 난 나이를 속인 게 들통났다고 생각했다. 그래서 급히 한국 기준의 나이로 정정하려고 입을 열었다. 그러나 그전에 슈아로에의 말이 먼저 나왔다.

"스물세 살이었어요?! 그럼 저보다 여덟 살이나 많은 거잖아요!"

"……?"

슈아로에의 반응을 보니 내 나이가 그녀가 생각했던 것보다 많아서 놀란 듯 보였다. 어쨌든 나보다 여덟 살 어리다는 슈아로에의 말을 미루어보아 그녀의 나이는 15세임을 알 수 있었다. 외국 기준으로 15세이니 한국 기준이면 대략 16세 내지 17세인 것이다.

“아, 그럼 레지스트리 씨라고 불러야 하나?”

슈아로에는 나에 대한 호칭 때문에 곤란한 표정을 지었다. 이곳의 언어 특성상 미성년자에게는 ‘군’이나 ‘양’을 이름 뒤에 붙이고, 성년에게는 ‘씨’를 붙이므로 성년이 된 나를 레지스트리 씨로 불러야 하는 것 아니냐는 뜻이었다. 하지만 슈아로에에게 레지스트리 씨라고 불리면 내가 아저씨가 된다는 느낌이 들어서 그대로 군을 붙일 것을 요구했다.

“그냥 편하게 레지스트리 군이라고 불러. 더 이상 늙기 싫어.”

“후훗.”

늙기 싫다는 내 말에 슈아로에가 피식 웃었다. 표정을 보니 슈아로에도 나에게 씨를 붙여 부르는 건 별로 내키지 않은 모양이었다. 그러다가 문득 이상한 생각이 들었는지 나에게 질문을 날렸다.

“근데 레지스트리 군은 나이를 기억하는 거예요? 그밖에 기억나는 건 없어요?”

“……!”

헉스! 나 지금 기억 상실 상태인데 나이를 곧이곧대로 말해 버렸구나! 아니, 기억상실증이라 해도 모든 걸 다 잊어먹는 건 아니니까 별 상관 없지! 그냥 이대로 밀고 나가자!

“다행히 나이는 기억하는데… 지금은 그 외에 기억나는 건 없어.”

"음, 그렇군요……."

나의 리얼한 연기에 속은 슈아로에는 아쉬운 표정을 지었다. 슈아로에가 말문을 닫았기 때문에 나와 그녀 사이에 잠시 동안의 정적이 흘렀다. 그 정적은 지금 시간이 한밤중이라는 것을 새삼스레 깨닫게 해주었다.

"아, 메리 할머니에게 가야지? 어서 가요."

누군가에게 날 데려가던 중이라는 사실을 떠올린 슈아로에는 자신의 실수를 탓하듯이 혀를 살짝 내밀었다. 그리고는 나를 이끌고 복도를 빠져나갔다. 어둠이 무섭다는 슈아로에가 앞장을 섰고, 나는 최대한 그녀의 옆에 붙어서 갔다. 아무래도 뒤에서 따라가는 것보다는 시야에 들어오는 옆에서 따라가는 게 슈아로에의 입장에서는 덜 무서울 것이기 때문이었다.

"메리 할머니는 식당 총책임자인데 정말 좋은 분이에요. 그분 덕분에 언제나 맛있는 식사를 할 수 있답니다."

목적지로 향하는 동안 슈아로에는 계속 재잘거렸다. 어둠 속에서 아무 말 없이 걷는 것보다는 대화를 하는 편이 덜 무섭기 때문인 듯했다. 슈아로에의 얘기는 주로 메리 할머니에 대한 것이었고, 내 신변은 앞으로 메리 할머니가 돌보게 될 것이라는 소리였다.

매앰— 매앰—

건물 밖으로 빠져나오자 나를 반긴 것은 달빛과 매미 소리였다. 저녁인데도 바람이 전혀 차지 않은 것으로 보아 여름쯤인 것 같았다. 어둠이 깔려 있어서 정확한 건물 구조를 확인할 수는 없었지만 방금 있었던 건물이 이 학교의 본관 같았다. 총 3층짜리 건물이었는데, 그 크기는 대략 일반 고등학교 건물 두 개를 합쳐 놓은 듯했다. 본관 앞에는 고운 모래가 깔린 축구장 크기의 운동장이 있었고, 그 한쪽에는 잘 가꾸어진 정원과 정원을 가로지르는 길이 있었다. 슈아로에와 나는 그 길을 따라 운동장 끝에 있는 한 채의 큰 건물로 향했다.

"맞다, 지금 시간이면 주무시고 계실 텐데……."

식당으로 추정되는 건물로 향하면서 슈아로에는 곤란한 표정을 지었다. 그렇지만 발걸음을 멈추고 돌아가려는 움직임을 보이지는 않았다. 아무래도 존경하는 레이뮤님의 명령이라 메리 할머니를 그냥 깨우려는 생각 같았다.

똑똑.

"메리 할머니! 저예요! 슈아예요!"

슈아로에는 1층짜리 큰 건물의 한쪽 구석에 마련된 자그마한 방문을 조심스레 두드렸다. 처음에는 반응이 없었지만 몇 차례 노크를 하자 마침내 방문이 열리며 60대 이상 되어 보이는 할머니가 모습을 드러내었다.

"슈아로에 아가씨? 무슨 일로 이 시간에?"

나이 차가 엄청나게 남에도 불구하고 메리 할머니로 추정되는 할머니는 슈아로에에게 존칭을 썼다. 그것만으로도 슈

아로에의 지위가 높거나 메리 할머니의 지위가 낮다는 것을
추론할 수 있었다. 그렇지만 슈아로에는 메리 할머니를 함부
로 대하지 않았다.

"늦은 시간에 죄송해요. 급한 일이 생겨서요."

"무슨 일인가요? 근데… 뒤에 계신 청년은?"

"레지스트리 군이에요. 이분 때문에 급히 찾아온 거예요."

슈아로에가 날 메리 할머니에게 소개하려는 순간 나는 간
단한 목례로 인사를 대신했다. 인자하게 생긴 메리 할머니는
약간 구부정한 허리를 펴면서 내 얼굴을 찬찬히 뜯어보았다.
그리고는 머리를 갸웃하며 입을 열었다.

"이곳 분은 아니신 것 같군요. 게다가… 머리색이 검은 걸
로 봐서는 마법사도 아닌 듯하고……."

역시 오랜 세월을 살아온 사람답게 메리 할머니는 나에 대
해서 어느 정도 꿰뚫어 보았다. 그러나 그것은 나에 대한 첫
인상일 뿐 그 이상 자세한 것까지 알 수는 없었다. 그래서 슈
아로에가 부연 설명을 했다.

"이름은 레지스트리이고 스물세 살이에요. 레지스트리 군
은 기억 상실 상태라 자신에 대한 것을 잘 몰라요. 그래서 레
이뮤님이 당분간 메리 할머니와 같이 생활하도록 배려해 주
셨구요. 오늘 갑자기 결정된 거라 당황스러우시겠지만 레지
스트리 군을 잘 부탁드려요."

"으음… 그런가요. 알겠습니다, 슈아로에 아가씨."

내가 생각했던 대로 슈아로에와 메리 할머니 간의 지위 격차가 존재한다면 슈아로에의 부탁을 메리 할머니가 거절할 리 없다 예측했고, 그런 내 예측은 정확히 맞아들었다. 메리 할머니가 부탁을 수락하자 슈아로에는 발걸음을 돌리며 입을 열었다.

"그럼 저는 레이뮤님한테로 가볼게요. 내일 봐요."

나와 메리 할머니, 둘 모두에게 하는 작별 인사였다. 그러나 나는 슈아로에의 행보에 태클을 걸었다.

"어두운데 혼자 갈 수 있겠어?"

"……!"

내 말에 갑자기 슈아로에가 멈칫했다. 어둠을 무서워하는 슈아로에라 내 말을 듣자마자 마음의 동요를 일으킨 것이었다. 하지만 슈아로에는 짐짓 화난 표정을 지으며 당당하게 말했다.

"난 이래 봬도 화이트 케이프(White Cape)라구요! 어둠쯤은 아무것도 아니에요!"

잉? 화이트 케이프? 그게 뭔데?

또각, 또각.

말을 마친 슈아로에는 뒤도 돌아보지 않고 왔던 길을 되돌아갔다. 하지만 억지로 어둠 속에 발을 내딛는 슈아로에의 동작은 꽤나 뻣뻣해 보였다. 생각 같아서는 같이 가주고 싶었지만 레이뮤는 물론이고 메리 할머니 앞에서도 연약해 보이기 싫어하는 그녀였기에 그냥 놔두었다. 슈아로에가 강한 척하는 것에는 어떤 이유가 있을 것 같다는 생각이 들었기 때문이다.

"저기… 메리 할머니… 라고 부르면 될까요?"

"그러십시오, 레지스트리 도련님."

메리 할머니는 슈아로에와 같이 나타난 내 신분을 높게 생각해서인지 나에게 존칭을 썼다. 그러나 나로서는 60대의 할머니에게 존칭을 듣는 것이 그다지 썩 내키지 않았다. 그래서 난 메리 할머니에게 말을 놓을 것을 요구했다.

"어쩌다 보니 슈아로에와 알게 되긴 했지만 전 평범한 청년입니다. 그러니까 편하게 대해주세요. 제가 부담스러워요."

"음……."

메리 할머니는 잠시 갈등하는 모습을 보였다. 그러나 나에게서 그 어떤 카리스마도 뿜어져 나오지 않음을 확인하곤 내 요구에 부응했다.

"알았네. 그럼 레지스트리라고 부르지."

"예, 그렇게 하세요."

"일단 들어오게나. 마침 남자 청소부가 며칠 전에 일을 관둬서 남은 방이 하나 있어."

그렇게 말을 하며 메리 할머니는 나를 데리고 건물 안으로 들어갔다. 건물 측면에 마련된 복도를 따라 어떤 한 방에 도착했다. 아마도 그 방이 내가 잠을 자게 되는 곳인 듯했다.

똑똑.

"해리, 손님이 있네."

"응? 무슨 일입니까?"

메리 할머니가 노크를 하자 안에서 굵직한 목소리가 들려왔다. 곧 방문이 열리며 온몸에 근육이 울룩불룩한 건장한 중년 사내가 모습을 드러내었다. 처음 얼굴을 보는 순간 '삼국지의 장비다' 라는 생각을 했다. 그만큼 해리라는 중년 사내는 우락부락한 얼굴에 수염이 너저분했다. 그래도 나쁜 인상이 아닌 것만큼은 다행이었다.

"레지스트리라는 아이인데 당분간 이곳에서 지내야 할 듯해서. 그래서 해리, 자네하고 같은 방을 써야 할 게야."

"오오, 신입입니까?"

"음, 그렇게 봐야겠지. 어쩌면 아닐 수도 있고."

"무슨 뜻인지……?"

메리 할머니의 말이 애매모호하자 해리 아저씨는 알쏭달쏭한 표정을 지었다. 그의 표정에는 '신입이면 부려먹고, 아니면 부려먹을 수 없어서 싫어' 라는 빛이 역력했다. 아무래도 남자 청소부가 한 명 관둬서 남자 일손이 절실했던 모양이다. 이런 상태에서 현장에 투입되면 고생 작살나게 할 것이 뻔했다.

뭐, 어차피 자고 일어나면 내 메모리 속에서 지워질 꿈인데 저 우락부락한 아저씨하고 같이 지내는 것도 나쁘진 않겠지.
가능하면 슈아로에나 레이뮤 정도 되는 미인하고 같이 보내
고 싶긴 하지만 언제 꿈이 내 마음대로 됐던가.

"그냥 신입이라고 생각해 주세요."

마음을 편하게 먹기로 한 나는 해리 아저씨에게 나 자신을
신입이라고 소개했다. 그러자 해리 아저씨의 입이 귀에 걸렸
다.

"크하하! 좋아, 좋아! 어서 들어와! 내일부터 일하려면 체
력을 비축해 둬야지!"

"……!"

이런, 뭔가 잘못 걸려도 한참 잘못 걸린 듯한…….

"그럼 부탁하네."

메리 할머니는 나를 해리 아저씨에게 맡겨두고 자신의 방
으로 돌아갔다. 해리 아저씨는 연신 너털웃음을 터뜨리며 내
어깨를 퍽퍽 쳤다. 그 힘이 장난이 아니라 난 어깨가 부서지
는 듯한 경험을 해야 했다.

"레지스트리라고 했나? 좀 약해 보이긴 하지만 앞으로 잘
지내보자고!"

"예……."

"그리고 날 '해리 형님' 이라고 불러! 아직 결혼도 안 한 총
각이니까 말이야!"

"예……."

하하, 그 나이에 아직도 총각이십니까? 해리 형님의 모습을 보면 앞으로도 결혼하기는 힘들 것 같습니다그려.

"자네가 위에서 자게. 그럼 잘 자게나."

해리 형님은 그렇게 말하며 2층 침대의 아래쪽에 벌러덩 누웠다. 그가 침대에 눕자 일순간 침대가 휘청거렸다. 만약 해리 형님이 2층 침대의 위쪽에 눕는다면 침대가 아작 날 것만 같았다.

"드르렁~ 쿠우~ 드르렁~ 쿠우~"

"……."

In to the Dream이 매우 빠르시군. 어떻게 눕자마자 바로 곯아떨어질 수가 있지? 난 자기 전에 잡생각을 많이 하는 편이라 쉽게 잠이 못 드는데. 어떻게 보면 상당히 부러운 스킬이구먼.

끼이— 끼이—

난 해리 형님의 코 고는 소리를 들으며 2층 침대의 위쪽으로 올라갔다. 방 자체가 협소해서 2층 침대와 옷장 하나만 간신히 들어갈 정도에 창문도 조그맣게 하나 달려 있을 뿐 그 외의 가구는 하나도 없었다. 한마디로 답답한 느낌이 드는 방이었다.

후우, 왠지 분위기가 군대 분위기다. 짜증이 나려고 하는군. 어쨌든 자고 일어나면 더 이상 경험할 일도 없으니 신경 끄자. 근데 꿈속에서 꿈을 꾸면 어떻게 되는 거지? 꿈속에서 꿈을 꾸고 그 꿈에서 또다시 꿈을 꾸면 꿈의 무한 루프인가?
흐음……. 에이, 몰라, 몰라! 생각하는 것도 귀찮고 그냥 잘란
다.

　스윽—

　난 여름용으로 추정되는 얇은 이불로 배를 덮고 잠을 청했
다. 밑에서 자고 있는 해리 형님의 코 고는 소리가 생각보다
커서 처음에는 적응하기 힘들었지만 그나마 규칙적으로 코를
골아서 코 고는 소리를 배경 음악으로 삼아 잠을 청할 수 있
었다.

제2장

새로운 생활

나는 어둠의 루트에서 구한 18금 사진과 동영상을 감상한다. 컴퓨터를 처음 만진 게 고등학교 3학년 때니까 컴퓨터 경력은 대략 6년 정도. 동생 녀석과 같이 컴퓨터를 써서 컴퓨터를 많이 할 시간도 없었고, 인터넷도 56K 모뎀의 전화료 압박으로 오래하지 못했다. 그래도 컴퓨터의 매력에 빠져 컴퓨터 학과에 진학했고, 지금은 내 컴퓨터를 가지고 초고속 인터넷으로 인터넷을 무한정 하고 있다.

"아흐홍~"

동영상에서 흘러나오는 야릇한 소리를 들으며 나는 하품을 한다. 18금 실사 동영상은 대부분 그저 그런 유라 별 감흥

이 안 온다. 자기들 딴에는 좋다고 열심히 움직이는데 나에게는 힘들게도 한다라는 생각밖에 들지 않는다. 오히려 불쌍해 보일 정도다.

"ああ, もっと! もっと!"

18금 애니메이션계를 석권하고 있는 일본 18금 애니를 보면서도 하품을 한다. 애니 경력만 5년이고 나름대로 일본어 공부를 한 상태라 자막 없이도 대충 내용을 파악할 수 있다. 특히 18금 애니에서 쓰이는 일본어 종류는 한정되어 있으니 더욱 내용 파악이 쉽다. 문제는 18금 애니를 봐도 재미가 없다는 것.

하아, 이번에 받은 것들도 영 아니군. 이놈이나 저놈이나 죄다 똑같으니……. 대체 언제까지 옛날 거 답습할래? 뭔가 판타스틱하고 임팩트한 것 좀 만들 수 없냐? 너희들이 무너지면 나의 이 외로움은 어떻게 달래란 말이냐!

띵—

그 순간 모니터에 뜨는 블루 스크린. 내 시선은 시퍼런 화면에 못 박혀 있다. 다른 쪽으로 시선을 돌리려고 해도 돌릴 수 없다. 불길한 느낌이 든다.

"크크크—"

아무 글자도 뜨지 않은 블루 스크린에서 거뭇거뭇한 사람의 얼굴 형태가 떠오른다. 그 사람의 얼굴은 웃고 있다. 어떻게 생겼는지 파악할 수 없지만 왠지 나와 관계가 있는 사람이란 생각이 든다.

번쩍

"……!"

시야가 새하얘졌다는 느낌과 함께 나는 눈을 떴다. 눈을 뜨자마자 가장 먼저 보인 것은 어두컴컴한 색의 천장이었다. 그리고 등으로부터 낯선 침대의 감촉이 느껴졌다. 코를 통해 느껴지는 냄새조차도 생소했고 귀를 통해 들리는 코 고는 소리 역시 처음 듣는 것이었다. 그야말로 모든 것이 낯설었다.

잉? 뭐지? 왜 내가 여기에서 자고 있는 거지? 어째서? 무엇 때문에? 어서 일어나서 자료가 다 받아졌는지 확인해 봐야 하는데…….

쿵!

쿵쾅거리는 심장 소리를 느끼며 나는 급히 몸을 일으켰다. 그러나 높은 곳에서 잠을 자고 있었던 관계로 나는 천장에 머리를 그대로 처박고 말았다. 강렬하게 느껴지는 머리의 통증. 지금 내가 결코 잠을 자고 있는 것이 아님을 일깨워 주는 현상이었다.

"응? 아하함! 벌써 일어났나? 생각보다 부지런한건?"

맨 천장에 헤딩을 해서 발생한 소음 때문인지 2층 침대 밑에서 자고 있던 해리 형님이 기지개를 켰다. 텁수룩한 수염을 어루만지며 해리 형님은 천천히 침대에서 빠져나왔고, 나는 머리를 부여잡고 2층 침대에서 내려왔다.

으으으… 뭐냐고?! 왜 내가 아침부터 천장에 머리를 박지 않으면 안 되는 거지? 어째서 내가 일어나자마자 2층 침대에서 내려와야 하는 거지? 무엇 때문에 난 머리를 부여잡고 고통스러워해야 하는 거냐고?! 대체……!

"레지스트리, 잠은 잘 잤나?"

"아, 예……."

웃으면서 물어보는 해리 형님을 보며 나는 거의 반사적으로 대답했다. 머릿속은 혼란스럽고 복잡했지만 내 몸 자체는 이 상황에 적응하고 있는 듯 보였다. 이미 어제 본 광경이고 사람이었기 때문이다.

잉? 어제? 어제 분명 난 꿈속을 헤매고 있었는데……. 어제 보았던 인간이 오늘 아침에 내 눈앞에 버젓이 서 있다는 건 결국 어제 난 제정신이었다는 소리?

"일어났으니 씻어야지? 세면장은 따로 있으니까 따라와."

"예……."

해리 형님은 싱글벙글 웃으며 날 데리고 방을 나섰다. 방이 워낙 폐쇄되어 있어 한여름이면 상당히 더워서 쪄 죽을 것 같았다. 그리고 머릿속이 복잡함에도 불구하고 그런 걸 따지고 있는 나 자신에 대해 놀랐다.

뚜르르르—

해리 형님과 함께 건물 밖으로 나오자 새벽녘임을 알려주

는 푸른 빛과 정체를 알 수 없는 벌레의 울음소리가 우리를
반겨주었다. 해리 형님은 건물 밖에 설치되어 있는 녹색의 펌
프 쪽으로 가더니 울퉁불퉁한 근육을 드러내며 열심히 펌프
질을 했다. 그러자 펌프에서 조금씩 물이 나왔고, 해리 형님
은 그 물을 받아 세수를 하기 시작했다. 하지만 물만으로 하
는 세수였기에 얼굴이 청결해졌다고 할 수는 없다.

"자네도 어서 씻으라고."

"예……. 근데 비누는 없나요?"

"그런 건 돈 있는 사람들이나 쓰는 거지 우리 같은 빈민들
은 돈 없어서 못 써."

"예……."

흐으, 그나마 비누라는 게 없다는 소리보다는 낫군. 그래도
비누 없이 세수를 하라니 뭔가 찜찜……. 게다가 왜 아저씨는
머리도 안 감아? 설마 머리를 안 감으려는 속셈?

"자, 그럼 똥이나 싸고 올까?"

세수만 대충 하고 만 해리 형님은 화장실이라고 추정되는
자그마한 목조 건물 쪽으로 향했다. 나는 그런 해리 형님을
쳐다보다가 펌프 쪽으로 눈을 돌렸다. 그리고 있는 힘껏 펌프
질을 해서 물을 펐고, 그 물로 대충 세수를 했다.

철퍽철퍽.

왜 난 이곳에서 찬물로 세수를 하고 있을까? 그것도 비누
도 없이……. 분명 꿈이라고 생각했는데 어째서 꿈이 계속 이

어지고 있는 거지? 정말 꿈의 연속인가, 아니면…….

"어허, 시원하다. 레지스트리, 자네도 볼일 봐."

해리 형님은 매우 만족스런 얼굴로 화장실 밖으로 나왔다. 아마도 쾌변인 듯했다. 나 역시 원래대로라면 화장실에 들러 밀어내기 한 판을 해야 하지만 어제 특별히 많이 먹은 것도 아니고, 특히 정신이 공황 상태라 큰 것이 나오려는 낌새는 없었다. 그래서 작은 것만 빼러 화장실 안으로 들어갔다.

"큭!"

화장실 안으로 들어가자마자 역한 냄새가 코를 찔렀다. 화장실 자체가 땅에다 큰 굴을 파고 그 위에 나무판자를 대어 판자 위에 웅크리고 앉아 볼일을 보는 재래식 구조였다. 때문에 그 아래 쌓인 변의 향기가 화장실 내부를 가득 메울 수밖에 없었다. 게다가 방금 전에 들어갔다 나온 해리 형님의 응아 냄새는 '이곳이 화장실이구나' 라는 느낌을 강하게 만들어주었다.

쏴아아―

나는 서서 작은 일을 보는 종족이라는 것에 감사함을 느끼며 숨을 참은 채로 볼일을 보았다. 그러다가 문득 아주 중요한 사실을 하나 깨닫게 되었다. 그 사실을 확인하기 위해 나는 재빨리 볼일을 마치고 화장실에서 빠져나와 해리 형님에게로 향했다.

"해리 형님, 물어볼 게 있는데요."

"오, 그래. 뭐가 알고 싶은데?"

해리 형님은 내가 무엇을 질문할지 궁금하다는 표정을 지었다. 그러나 내가 할 질문은 결코 해리 형님에게 유리한 질문이 아니었다.

"화장실 안에 휴지가 없던데… 뒤처리는 어떻게 하셨어요?"

"……."

순간 해리 형님과 나 사이에 정적이 감돌았다. 잠시 동안의 정적이었지만 그 정적은 나에게 불길한 느낌을 가져다주기에 충분했다. 해리 형님은 내 얼굴을 잠시 쳐다보더니 이내 웃으며 발길을 재촉했다.

"오늘은 음식 재료 들어오니까 바빠~"

"……."

대답을 회피하는 해리 형님을 보며 나는 속으로 절망에 가득 찬 절규를 내뱉을 수밖에 없었다. 우와아아앙!

…….

정확한 시각은 알 수 없었다. 손목에 찬 시게도, 바지 주머니에 들어 있는 핸드폰도 전부 작동을 멈춘 상태였다. 해리 형님은 내 손목에 찬 시계를 단순한 액세서리쯤으로 생각하고 있었다. 원래 내가 있던 곳과의 접점이 전부 멎어버린 상태.

"레지스트리, 왜 그래? 표정이 안 좋아 보이는데?"

내가 굳은 얼굴을 하고 있자 해리 형님이 어리둥절한 표정을 지었다. 그래서 난 머릿속에서 일어나는 혼란을 잠재우고 거짓 웃음을 지어 보였다.

"아무것도 아니에요. 그냥 긴장돼서요."

"하긴, 여기 일은 처음 하는 것일 테니까. 괜찮아. 내가 시키는 대로만 하면 돼."

팡팡.

해리 형님은 걱정 말라는 듯이 솥뚜껑만 한 손으로 내 등을 두드렸다. 손의 힘이 강력하다는 것은 둘째 치고 그 손이 화장실에서 무슨 짓을 했는지 알 수가 없어서 그게 더 무서웠다. 뭔가 찜찜한 것이 내 등에 묻지는 않았을까 하는 생각이 들었던 것이다.

"안녕들 하신가?!"

식당 측면 건물에서 나오는 두 아주머니를 보며 해리 형님이 인사를 했다. 두 아주머니 모두 살이 조금 쪄서 팔뚝, 허리, 다리 모두가 나보다 굵었다. 만약 두 아주머니의 키가 나보다 작지 않았다면 나보다 훨씬 힘이 세다는 느낌을 줬을지도 몰랐다.

"응? 옆에 있는 사람은 누구야?"

인상이 조금 신경질적으로 보이는 아주머니가 날 가리키며 물었다. 해리 형님에게 반말을 하고 해리 형님도 말을 놓는 것으로 봐서는 나이 대가 비슷한 듯했다. 해리 형님은 질문을 한 아주머니를 바라보며 대답했다.

"어제 새로 들어온 신입이야. 이름은 레지스트리고. 어이, 이쪽은 식료 담당 텔드리아고, 그 옆에 있는 사람은 식료 부담당 제시모아드다. 그냥 텔드 누님, 제시 누님이라고 불러."

"안녕하세요? 레지스트리입니다."

나는 두 아주머니를 향해 인사를 했다. 처음으로 레지스트리라는 이름을 내 입으로 직접 말했지만 위화감 따위는 느끼지 못했다. 길지 않은 시간이었음에도 어느덧 레지스트리라는 이름이 귀에 박히고 입에 붙은 듯했다. 그 점이 오히려 불안했다.

"근데 호리호리해서 힘도 못 쓸 것 같은데……. 또 저번 사람처럼 금방 관두는 거 아니야?"

텔드 누님이라고 소개한 신경질적인 인상의 아주머니가 불안하다는 표정을 지었다. 그도 그럴 것이, 나는 175cm에 60kg 조금 안 되는 체격이라 힘쓰는 일과는 거리가 멀었다. 특히 바로 옆에 있는 해리 형님하고 비교하면 어른과 갓난아기 수준이었다. 내 체격에 특별히 불만을 가진 적은 없지만 그렇다고 자랑하고 다닐 만한 수준도 아닌 것이다.

"하다 보면 요령이 생기지. 걱정 말아."

해리 형님은 호탕하게 웃으며 텔드 누님의 걱정을 불식시켰다. 그렇게 셋이서 잡담 비슷한 대화를 하고 있을 때 마차

바퀴 굴러가는 소리가 들려왔다. 소리가 난 쪽을 쳐다보니 네 대의 마차가 식당 쪽으로 천천히 굴러오고 있었다. 마차 크기는 일반적으로 보아오던 것보다 배 이상은 컸고, 네 마리의 말이 마차를 끌고 있었다. 아마도 짐을 실어 나르기 위한 짐마차인 듯했다.

"워! 워!"

텔드, 제시 누님과 해리 형님의 손짓에 따라 네 대의 짐마차는 식당 건물의 한쪽 구석으로 가서 멈추었다. 그쪽은 음식들을 저장하는 음식 창고였다. 그 바로 안쪽에는 조리실이 있었고, 여러 명의 아주머니가 이미 아침 준비를 하는 중이었다.

이런, 이거 마치 군대 취사장에 있는 것 같은 느낌이 들잖아? 기분이 바닥을 치다 못해 지구 맨틀을 뚫고 지구 반대편으로 솟아 나올 것 같은걸?

"자, 시작하자고!"

해리 형님은 소매를 걷어붙이고 음식 재료 나르기에 착수했다. 어차피 나는 반소매 셔츠를 입고 있었기 때문에 소매를 걷어붙일 필요는 없었다. 하지만 군대 졸업하고 1년 만에 힘쓰는 일을 하는 거라 몸을 풀어준다는 의미에서 손을 털었다. 지금 내가 꿈을 꾸고 있는 건지 깨어 있는 건지 확실치도 않은 상황에서 나는 해리 형님과 함께 음식 재료를 날랐다.

......

어림짐작으로 대략 30분 정도 지난 듯했다. 300인분의 이틀분에 달하는 음식 재료를 모두 옮기고 해리 형님과 함께 땅바닥에 털썩 주저앉았다. 300인분이라고 해봤자 대부분 재료가 밀가루에다 설탕, 소금 포대, 계란 등등 빵을 만드는 것이었고, 돼지고기, 쇠고기 등등의 육류 정도였다. 그 외에도 잡다한 재료들이 있었지만 종류가 그다지 많지 않았다. 취사장에서 20~30kg의 육류, 40kg의 쌀가마를 매일 들고 다녔던 것에 비하면 준비 운동 수준이라고 할 수 있었다. 그래서 나와 해리 형님 둘이서만 했음에도 재료 운반은 30분 정도밖에 걸리지 않았다.

"레지스트리, 꽤 능숙한데? 어디서 일한 적 있어?"

창고에 들여놓은 재료들의 수량을 확인하는 텔드, 제시 누님의 모습을 보다가 해리 형님이 유쾌한 표정으로 나에게 질문을 던졌다. 호리호리하게 생긴 녀석이 의외로 빠닥빠닥 움직이니까 신기했던 모양이다. 그래서 나는 반소매 소매를 걸어 알통을 드러내며 웃었다.

"이런 일에 익숙해서 그래요. 재료가 가벼워서 힘들지는 않네요."

"오! 말라 보였는데 의외로 근육질인걸? 옷 때문에 몰라봤구먼! 어쨌든 앞으로도 잘해보자고!"

팡팡!

해리 형님은 마음에 든다는 표정으로 내 등을 두드렸다. 같이 일해보면서 느꼈지만 해리 형님의 완력이 상당히 강해 등에서 느껴지는 고통은 여전했다. 그래도 해리 형님과 같이 있으면 마음이 편안해 그다지 불만은 없었다.

"해리! 해리! 어디 있나?"

그때 어디선가 들어본 듯한 목소리가 들려왔다. 해리 형님은 그 목소리를 듣자마자 주인을 알아냈다.

"메리 할머니시군. 무슨 일이지?"

해리 형님은 자리를 털고 일어나 목소리가 들려온 쪽으로 소리를 질렀다.

"이쪽입니다!"

"거기 있었군."

인자한 인상의 메리 할머니는 차분한 발걸음으로 나와 해리 형님 쪽으로 다가왔다. 나는 이마에 흐르는 땀을 마저 닦으며 자리를 털고 일어났다. 나보다 연장자인 사람이 왔는데 계속 앉아 있으면 무슨 소리를 들을지 알 수 없었기 때문이다. 군대 갔다 오기 전이라면 누가 오든 말든 앉아 있었겠지만 군대에서 그렇게 했다가 갈굼당한 적이 있어서 거의 반사적으로 일어났던 것이다.

"응? 일을 시킨 건가?"

내 얼굴에 몇 방울 맺혀 있는 땀을 보고 메리 할머니가 곤란한 표정을 지었다. 하지만 그 표정을 읽지 못한 해리 형님은 하하, 웃으며 말했다.

"이 녀석, 일을 잘하던데요? 맘에 들었어요!"

"……."

해리 형님의 말에 메리 할머니는 복잡한 시선으로 날 쳐다 보았다. 하지만 내 얼굴에 아무런 표정이 떠오르지 않는 것을 보고 짧게 한숨을 한 번 내쉬더니 나를 향해 입을 열었다.

"슈아로에 아가씨가 찾네. 따라오게나."

그렇게 말하고는 몸을 돌려 걸어가기 시작했다. 난 해리 형 님에게 간단한 목례를 하고 메리 할머니를 따라갔다. 음식 재 료 운반 뒤에도 다른 잡일을 해야 했지만 나는 윗분들을 만나 는 것으로 열외되어 해리 형님 혼자서 일을 하게 되었다.

"잠자리가 불편했겠지만 남는 방이 그것밖에 없었어."

메리 할머니는 날 데려가면서 변명 같은 말을 했다. 아무래 도 슈아로에가 데리고 온 사람을 좁은 방구석에 처박아놓고 재웠으니 내가 슈아로에에게 무슨 말을 할까 걱정이 되는 모 양이었다. 게다가 본의 아니게 이른 새벽부터 일을 시킨 꼴이 됐으니 더욱 불안해했다. 하지만 나로서는 느닷없이 찾아온 이방인인데도 잠을 재워줬고, 복잡한 생각을 하기 전에 몸을 움직이게 되어 오히려 고마울 정도였다.

뭐, 그렇긴 하지만 비누도 없어서 세수를 하는 둥 마는 둥, 화장실 시설도 열악하고, 휴지도 없고……. 그런 점은 정중히 사양하고 싶군.

"아, 레지스트리 군!"

식당 건물의 반대편으로 돌아가자 그곳에는 손에 두꺼운 책을 하나 들고 있는 슈아로에가 있었다. 아침 햇살 아래에 서 있는 슈아로에의 모습은 어제저녁에 보았던 것과는 또 달랐다. 옷에 묻어 있는 먼지 하나하나까지 볼 수 있는 햇빛 아래에서 슈아로에의 귀여운 얼굴과 의외로 바람직한(?) 바디라인이 빛을 발했던 것이다.

"어제 잘 잤어요?"

슈아로에는 날 보자 아침 인사를 질문으로 대신했고, 나는 긴장하는 메리 할머니를 슬쩍 본 뒤에 대답했다.

"잘 잤어. 근데 무슨 일이야?"

"레이뮤님이 찾으셔서요. 따라와요."

말을 마친 슈아로에가 앞장서서 걷기 시작하자 나는 메리 할머니에게 가벼운 목례를 한 뒤에 그녀의 뒤를 따라갔다. 어제는 어두운 밤중이라 학교의 모습을 제대로 볼 수 없었는데, 해가 떠 있는 지금은 학교 내의 모든 건물을 볼 수 있었다. 마법학교라고 불리는 이곳. 하지만 건물 자체의 모습이 일반적인 사각형 석조 건물이라 마법학교라는 티는 나지 않았다.

하하, 마법학교라……. 어제는 꿈이라고 생각해서 별로 신경 쓰지 않았는데 지금은 신경 쓰지 않을 수가 없게 됐군. 일단 레이뮤라는 500년 된 구미호와 얘기해 보고 생각을 정리해야겠다. 나 혼자서는 머리가 복잡해서 어떤 결론도 내리기가 힘들어.

또각또각.

햇빛이 비추고 있어서인지 어제와는 다르게 슈아로에의 발걸음은 거침이 없었다. 그리고 걸음걸이 하나에도 품위와 자신감이 배어 있었다. 보통 그 나이 때 보이는 어색함과 덜 렁거림이 없었다. 그것은 확실히 엘리트라는 느낌이었다.

"아침에 일어나서 뭔가 기억나는 건 없었어요?"

본관 건물로 향하면서 슈아로에가 고개를 돌려 질문을 던 졌다. 나는 키가 작아서 느린 슈아로에의 발걸음에 보조를 맞 추면서 고개를 끄덕였다.

"기억났어. 레이뮤 씨 만나면 다 알려주려고."

"정말요? 기억이 돌아왔다니 다행이네요!"

슈아로에는 잘됐다는 표정을 지었지만 내 표정은 그리 밝 지 않았다. 오늘 아침에 일어날 때까지만 하더라도 지금 이 상황이 꿈이라고 생각했다. 하지만 일어나서 해리 형님과 함 께 음식 재료 운반을 시작하면서 이것이 단순히 꿈이 아니라 는 것을 깨달았다. 아무리 믿고 싶지 않아도 나 스스로 직접 보고 듣고 경험하고 있으니, 지금 이 상황을 받아들이는 수밖 에 없있던 것이다.

……

나와 슈아로에는 별 대화 없이 본관 건물에 들어섰고, 3층 으로 올라가 어떤 한 방에 들어갔다. 위치 기억 능력이 현저 하게 떨어지는 나로서도—바꿔 말해 길치—기억하는 데 별 무

리가 없는 건물 구조라서 부담이 없었다. 아무튼 레이뮤의 방
으로 추정되는 방 앞에서 슈아로에는 조심스럽게 방문을 두
드렸다.

똑똑.

"저예요. 슈아예요."

"들어오렴."

슈아로에의 노크 소리가 들리자마자 기다렸다는 듯이 레
이뮤의 말소리가 흘러나왔다. 그리하여 우리들은 레이뮤의
방 안으로 들어섰고, 레이뮤는 창가 앞의 흔들의자에 앉아 모
닝커피를 마시면서 우리를 맞았다.

"여기 의자에 앉아요."

레이뮤는 기품있는 동작으로 자신의 앞에 있는 의자 하나
를 지명했고, 나는 그녀의 말대로 그 의자에 가서 앉았다. 슈
아로에 역시 내가 앉은 의자 바로 옆에 앉았고—사실 준비된
의자가 두 개밖에 없었다—레이뮤는 흔들의자에 그대로 앉아
있었다.

탁.

"잠깐 커피를 마시고 있었습니다."

레이뮤는 그렇게 말하며 커피 잔을 자신의 테이블 위에 올
려놓았다. 아마도 다른 사람과 얘기할 때 커피를 홀짝홀짝 마
시는 건 이곳의 예의가 아닌 듯싶었다. 사실 나는 다른 사람
이 방귀를 뀌거나 코를 후비는 등의 지저분한 짓만 하지 않으

면 뭘 하든 신경 쓰지 않기 때문에 레이뮤가 커피를 마시면서 얘기를 해도 상관없었다. 아니, 오히려 레이뮤는 커피를 천천히 마시는 쪽이 더 기품있어 보였다.

뭐, 어쨌든 이쪽은 비교적… 이 아니라 꽤나 옛날인 것 같은데……. 보통 옛날 사람들은 옷을 많이 입지 않나? 특히 귀족층일수록 몸을 드러내지 않을 텐데……. 레이뮤는 어깨를 완전 노출시킨 오프 숄더 형 원피스고, 게다가 차이나 드레스처럼 치마 쪽에 긴 사이드 슬릿이 있어서 그 사이로 다리가 다 드러나 보이고, 슈아로에도 소매가 없는 원피스라 가는 팔이 다 드러나고 원피스의 치마도 허벅지의 절반밖에 오지 않고……. 요즘 젊은이들이 드러내는 정도만큼 드러냈군. 허허허, 이거 참. 눈이 즐겁잖아~!

"어제 잠깐 소개는 했지만 다시 한 번 소개하겠습니다. 저는 이곳 매지스트로 마법학교의 총대표자인 레이뮤 스트라우드입니다. 그리고 옆에 있는 소녀는 저의 직속 제자인 슈아로에 이안트리입니다."

"예……."

레이뮤는 다시 한 번 나에게 사신들을 소개했디. 원래 난 사람 이름 외우기를 잘 못하는 데다가 외국 이름이었기 때문에 이름은 몰라도 성씨까지 외우는 건 자신없었다. 그래서 이름만 외우기로 하고 성씨는 기억에서 지워 버렸다.

"어제 기억을 잃어버렸다고 했는데, 지금도 마찬가지인

가요?"

　자기소개를 마친 레이뮤가 본격적인 질문을 하기 시작했다. 만약 내가 지금 이 상황을 꿈이라고 생각했다면 여전히 기억을 하지 못한다고 대답했을 것이다. 하지만 현실이라고 인정해 버린 지금, 최대한 도움을 얻어내야 하는 사람에게 거짓말을 할 수는 없었다.

　"사실 어제도 기억을 가지고 있었습니다. 단지 갑작스럽게 일어난 일이라 어제만 해도 '난 꿈을 꾸고 있구나' 라고 생각했죠. 그런데 오늘 일어나 보니 어제 겪었던 일이 꿈이 아니란 걸 깨달았습니다. 그래서 사실대로 말씀드리려고 합니다."

　일단 나는 그렇게 운을 떼웠다. 그 말을 듣고 레이뮤는 아무런 표정의 변화도 없었지만 슈아로에는 크게 놀란 표정을 지었다. 아무래도 나한테 뭔가 속았다는 느낌을 받은 모양이었다. 반면 레이뮤는 500년 인생이 거짓은 아니었는지 어느 정도 나의 말을 예상하고 있었던 듯했다. 그렇게 상반된 두 사람의 표정을 보면서 나는 말을 이어나갔다.

　"제 이름은 최고수입니다. 컴퓨터 학과 3학년이죠. 어제 저는 학교 강의를 마치고 학원에서 3D 모델링을 배우고 있었습니다. 그런데 컴퓨터에서 느닷없이 블루 스크린이 뜨면서 정신을 잃었고, 정신을 차렸을 때에는 레이뮤 씨와 슈아로에가 제 눈앞에 서 있었습니다."

“……”

“……?”

내가 거기서 말을 끊었을 때 레이뮤는 여전히 무표정했지만 슈아로에는 뭐가 뭔지 모르겠다는 표정을 지었다. 아무래도 내가 한 말을 하나도 이해하지 못한 듯했다. 사실 나 스스로 얘기하면서도 그들이 내 얘기를 이해하리라고는 생각하지 않았다. 아니, 이해하지 못하는 게 당연하다고 생각했다. 그들이 현재 살고 있는 이곳은 그런 최첨단 문명과 완전히 동떨어져 있었기 때문이다.

“이름이 최… 고수인가요?”

“여기서 그 발음은 힘드니까 그냥 레지스트리라고 부르세요.”

레이뮤가 내 본래 이름을 말하려고 노력하자 난 즉시 내 이름을 레지스트리로 변경했다. 나 스스로 내 이름에 대한 애정이 없기 때문에 차라리 레지스트리라 불리는 게 마음 편했다. 게다가 앞으로 어떻게 될지 모르지만 얼마간은 이곳에서 생활해야 하기 때문에 최고수라는 특이한 이름—이 동네 기준으로—보다는 기억하기 쉬운 무난한 이름이 필요했다.

“알겠어요. 그럼 앞으로 레지스트리 군이라고 부르겠습니다.”

“예.”

일단 내 호칭에 대한 결정이 내려지자 다음은 일사천리

였다.

"레지스트리 군은 이 세계와는 전혀 다른 곳에서 온 듯하군요."

"저도 그렇게 생각합니다."

"누가 레지스트리 군을 소환했는지 짐작 가는 데가 있나요?"

"아니요. 전혀 없습니다. 사실 제가 왜 이곳에 있는지도 아직 이해하지 못했거든요. 전 이곳과 아무런 관계도 없는데 누가 무엇 때문에 절 이곳에 소환해 놓은 건지 모르겠어요. 그리고 제가 정말 소환된 것인지도 의심스럽구요."

거기까지 대화가 진행되었을 때 난 레이뮤를 진지하게 쳐다보았다. 그것은 소환이라는 것에 대해 알려달라는 내 무언의 신호였다. 그것을 알아챘는지 레이뮤는 천천히 설명을 하기 시작했다.

"레지스트리 군은 분명히 이곳에 소환되었습니다. 그것도 상당한 매직포스를 가진 자가 소환한 것이지요. 우리 학교에는 그 정도의 매직포스를 지닌 마법사가 없습니다. 즉, 레지스트리 군을 소환한 자는 외부인이라는 것이지요."

외부인이라……. 한마디로 레이뮤도 누가 날 소환한 것인지 모른다는 거군.

"그리고 레지스트리 군은 이 메인보드 대륙과는 전혀 다른 곳에서 온 듯하군요. 어쩌면 전혀 다른 세계인지도 모르겠습니다. 이 세계에는 신계(神界), 마계(魔界), 정령계(精靈界), 명계(冥界)도 있으니 또 다른 세계가 있다고 해도 이상하지 않으니까요."

…내가 사는 곳은 4차원 시공간 하나밖에 없어서 다른 세계가 있다면 대발견이지. 그걸 밝혀내는 과학자는 100% 확률로 노벨상을 받을 거다. 근데 이쪽은 뭔 세계가 그렇게 많아? 게다가 그 세계들 이름은 왜 내 귀에 익숙한 거야?

"일단 레지스트리 군을 소환한 자의 신상과 목적을 알 수 없는 이상 함부로 움직일 수 없어요. 그러니 레지스트리 군은 이곳에서 그자가 나타날 때까지 지내는 게 좋을 듯싶군요. 불편하더라도 메리트리니 씨와 함께 지내도록 해요."

레이뮤는 순식간에 내 거취를 정했다. 그리고 난 그녀의 말에 아무런 토를 달지 않았다. 사실 처음 보는 사람에게 이곳에서 계속 지내게 한다는 것 자체가 굉장한 선처였다. 물론 그 거처라는 게 해리 형님과의 동거라 내키지는 않지만 내쫓기지만 않으면 다행인 것이다. 이곳, 아니, 이 세계에 대해서 아는 게 하나도 없으니 일단 이 마법학교에 머물면서 필요한 정보를 얻을 생각이었다.

"내 애긴 다 끝났습니다. 무슨 궁금한 것이라도……?"

더 이상 할 말이 없는지 레이뮤는 최종적으로 내 의사를 물었다. 물어볼 말은 굉장히 많았지만 물어본다고 해서 레이뮤가 친절하게 대답해 줄 것 같지 않아 난 고개를 설레설레 저었다. 아직 레이뮤는 나에 대해서 경계를 늦추지 않고 있다. 왠지 그런 느낌이 들었다.

"그럼 이만 나가보겠습니다."

난 의자에서 몸을 일으켜 최대한 정중히 레이뮤에게 작별 인사를 했다. 그녀가 날 믿든 안 믿든 날 이곳에서 지내게 해 주었기에 그 감사의 표현이라고도 할 수 있었다. 내가 일어나 밖으로 나가려 하자 슈아로에도 급히 레이뮤에게 인사를 하고는 내 뒤를 따랐다. 명목상으로는 날 바래다 주겠다고 따라 나온 것이지만 건물 구조가 단순해 슈아로에의 안내 없이도 나 혼자서 충분히 돌아갈 수 있었다. 그런데도 슈아로에가 따라나왔으니 나로서는 의외였다.

"레이뮤 씨하고 같이 안 있어?"

"아, 그냥 바래다 드리려고……."

"길 찾기 별로 안 어렵던데. 뭐 물어볼 말이라도 있어?"

뭔가 의혹에 찬 슈아로에의 표정을 보고 난 그렇게 물었다. 그러면서 천천히 발걸음을 옮기기 시작했다. 레이뮤의 방 앞에서 애기하면 레이뮤가 뭔가 마법 같은 걸로 모두 엿들을 것 같다는 생각이 들었기 때문이다.

"왜 레지스트리 군은 어제 아무것도 기억 못한다고 거짓말을 한 거예요?"

슈아로에의 첫 의혹은 그것이었다. 난 그 의혹에 대해서 간단하지만 구체적으로 대답했다.

"말했지만 어제는 꿈이라고 생각했거든. 꿈속인데 꿈속 상대에게 일일이 자기소개하는 건 귀찮잖아? 근데 꿈이 아니란 걸 깨달았으니까 사실대로 얘기해야지."

"……."

슈아로에는 걸어가면서 내 얼굴을 빤히 쳐다보았다. 내가 아직도 거짓말을 하고 있다고 생각하는 모양이었다. 그런데 그런 내 생각은 조금 어긋났다.

"어제 한 말이 거짓말이면 어제 얘기한 레지스트리 군의 나이도 거짓말이죠?"

"……."

잉? 갑자기 웬 나이 얘기?

"나이는 사실인데? 원래 내가 살던 곳에서는 어머니의 뱃속에 있는 때부터 나이를 매기기 때문에 스물다섯 살이고, 생일을 지낸 횟수로 따지면 스물세 살."

"그럼… 결혼했겠네요?"

으헉?!

"결혼? 아니, 안 했어. 보통 결혼은 서른 살 전후에 하니까 곧 결혼할 나이이긴 하지만."

"에?! 결혼을 서른 살에 한다구요?!"

결혼 적령기가 서른 살 전후라는 소리를 듣고 슈아로에는 경악했다. 스물세 살에 결혼했냐고 묻더니 서른 살에 결혼한다는 소리에 놀라는 걸로 보아 이 세계에서의 결혼 적령기는 스무 살 전후인 듯했다. 일반적으로 옛날로 거슬러 올라가면 올라갈수록 결혼 시기가 빠른 만큼 당연하다면 당연한 것이었다.

"내가 살던 곳에서는 결혼을 늦게 하는 편이라서 서른 살쯤에 해. 슈아로에는 열다섯 살이니까… 결혼했으려나?"

난 슈아로에에게 역공을 가했고, 슈아로에는 내 역공에 직격으로 맞았다.

"에?! 아뇨! 전 아직 결혼할 생각이 없는걸요. 마법도 아직 미숙하고… 그… 좋아하는 사람도 아직 없고… 마음의 준비도 아직 안 됐고……."

당황한 슈아로에가 횡설수설하는 모습을 보며 난 속으로 득의의 웃음을 지었다. 순진한 애를 놀려먹는 건 재미있다. 물론 당하는 입장에서는 매우 기분 나쁘고, 나 역시도 어렸을 때 많이 당해봤지만.

"뭐, 때가 되면 좋은 사람이 나타나겠지."

"네……."

슈아로에는 여전히 부끄럽다는 듯 얼굴을 빨갛게 물들였다. 그 모습이 하도 귀여워 끌어안고 싶다는 충동을 필사적으로 참아야 했다. 그러는 와중에 우리는 본관 건물을 빠져나와 측면 정원으로 들어서게 되었다.

"레이뮤님은 레지스트리 군을 믿지 않는가 봐요."

정원에 나 있는 길을 따라 식당으로 향하는 도중에 슈아로에가 말문을 열었다. 그녀 역시도 레이뮤가 날 믿고 있지 않음을 느꼈던 모양이다.

"당연한 거지. 갑자기 나타난 불청객을 믿을 수는 없잖아?"

"……."

내 말을 듣고서도 슈아로에는 굳은 표정을 풀지 않았다. 오히려 그녀의 표정은 더욱 진지해졌다.

"그래도 레지스트리 군은 나쁜 사람 같지는 않은걸요."

"아하하……."

이런이런, 이거 철없는 아가씨로군. 날 본 지 얼마나 됐다고 그런 단언을 하시나? 여차하면 슈아로에의 방에 쳐들어가서 '으헝~' 할 수도 있다고.

"사람을 쉽게 판단하는 건 좋지 않아. 사람이라면 누구나 좋은 점, 나쁜 점을 가지고 있고, 그것이 파악되지 않은 이상 그 사람이 좋다 나쁘다를 판단하면 안 되지. 뭐, 그래도 인간관계에서 첫인상이라는 게 중요하긴 하지만."

"……."

내가 횡설수설하고 있는 동인 슈아로에는 내 얼굴을 뚫어져라 쳐다보았다. 그리고는 한마디 했다.

"확실히 레지스트리 군은 스물세 살이 맞나 보네요. 겉모습은 안 그런데 하는 말이나 행동은 세상일을 많이 겪은 분 같아요."

"……."

슈아로에, 그거 칭찬이야, 욕이야?

달그락, 딱, 딱.

식당 건물에 가까워지자 주방으로 추정되는 곳에서 여러 가지 소음이 들려왔다. 설거지하는 소리, 칼질 소리, 물소리 등등 군대 취사장에서 지겹도록 들었던 소음들이다.

"이제 전 가볼게요. 저는 레이뮤님과 식사를 같이하기 때문에 다른 사람들보다 식사 시간이 늦어요. 아마 한 시간 후쯤 식당에서 볼 수 있을 거예요."

그렇게 말한 슈아로에는 나에게 간단한 목례를 한 뒤 총총히 왔던 길을 되돌아갔다. 슈아로에를 알게 된 지 이틀밖에 되지 않았지만 그녀가 순진하고 착하다는 건 대충 느꼈기 때문에 굳이 해주지 않아도 될 배웅을 슈아로에가 한다는 것에 별 의미를 부여하지는 않았다. 그래도 머릿속에서는 이런저런 잡생각을 하고 있었다.

만약 슈아로에가 날 좋아한다고 한다면……. 나이 차가 여덟 살이니 꽤 많이 나는 편이군. 게다가 지금 슈아로에는 중딩이나 고딩 수준이니까 자칫 잘못하면 원조교제…….

"레지스트리."

"……!"

헛된 망상을 하는 도중 들려온 소리에 난 화들짝 놀라 고개를 돌렸다. 날 부른 사람은 다름 아닌 메리 할머니였다. 메리 할머니는 내 시선이 자신에게로 향한 것을 확인하고는 나에게 질문을 던졌다.

"그래, 레이뮤님이 뭐라고 하시던가?"

"예… 그냥 당분간 여기서 지내라고 하던데요."

"식당에서 말인가?"

"예."

"흐음……."

메리 할머니는 내 말을 듣고 곤란한 표정을 지었다. 그러면서 내 얼굴을 몇 번씩 쳐다보았다. 아무래도 나한테 하기 힘든 말을 해야 한다는 표정 같았다.

"식당에 지금 자리가 없어서… 자네는 당분간 해리하고 같이 지내야 하는데… 정말 괜찮겠는가?"

"……."

하하, 그렇군. 그래서 메리 할머니가 난처한 표정을 지었던 거로군. 뭐, 정상적인 인간이라면 그 해리 형님하고 한솥밥을 먹어야 한다는 사실에 절망감을 느끼고 야반도주를 하겠지. 나도 웬만하면 해리 형님하고 같이 지내긴 싫은데… 상황이 상황이다 보니 어쩔 수 없지.

"괜찮습니다. 대신 제 생활 용품을 마련해 주시면 감사하겠습니다."

"…알겠네. 그렇게 하도록 하지."

내가 흔쾌히 응했음에도 메리 할머니는 짤막하게 한숨을

내쉬었다. 메리 할머니 역시 해리 형님의 청결도가 바닥을 치다 못해 지구 반대편을 뚫고 나갈 정도라는 걸 알고 있는 듯했다. 그런 해리 형님을 모시고 내가 과연 잘 지낼 것인가 하는 의심을 하고 있는 게 틀림없었다. 특히 레이뮤와 어떤 관계인지 확실치 않은 내가 레이뮤에게 무슨 말을 할지 걱정된다는 이유도 있을 것이다.

"그럼 전 일하러 가보겠습니다. 해리 형님은 어딨죠?"

"지금 쓰레기 처리 중이네만… 자네가 할 수 있겠는가?"

"에… 작업복 같은 건 없나요?"

"작업복이라면 해리 방에 남는 게 하나 있을 걸세. 찾아보게나."

"예. 쓰레기 처리하는 곳이 어딘가요?"

"저쪽이네."

메리 할머니는 식당에서 조금 떨어진 건물 하나를 가리켰다. 그것은 건물이라기보다 두꺼운 벽으로 둘러쌓은 큰 상자 같은 느낌이었다. 어쨌든 나는 메리 할머니에게 고개를 끄덕여 보인 뒤 해리 형님의 방으로 돌아가 방 안에 유일하게 있는 옷장을 뒤져서 작업복으로 보이는 지저분한 옷을 하나 꺼냈다. 그리고 그것으로 갈아입었다.

크으, 작업복에서 나는 냄새가 환상이군. 옷 자체는 두꺼운 재질이라 잘 찢어질 것 같지는 않지만 빨아봤자 깨끗해질 것 같지도 않은걸? 으윽! 입자마자 뭔가 내 몸을 기어가는 듯한 이 느낌. 설마 무슨 벌레가 옷 속에 기생하고 있다는 건 아니겠지? 으으, 정말 찜찜하군.

덜컥.

방문을 닫고 밖으로 나온 나는 곧바로 해리 형님이 있다는 쓰레기 처리장으로 향했다. 가는 도중 식당 반대쪽에서 삼삼오오 떼를 지어 몰려오는 사람들의 모습이 보였다. 식당을 가운데 두고 본관 건물과 또 다른 하나의 큰 건물이 세워져 있는 건물 구조였는데, 그 건물은 아무래도 학생 기숙사 같았다. 슈아로에와 비슷한 옷을 입은 중, 고등학생쯤 되는 소년 소녀들이 몰려나오고 있었기 때문이다.

흐음, 남자들은 붉은색 상의에 붉은색 반바지를 입었군. 남자, 여자 모두 붉은색으로 통합시킨 건가? 어쨌든 그나마 남자 녀석들이 나이가 어려서 반바지가 그럭저럭 어울리는군. 다 자란 성인이 반바지를 입으면 같은 남자가 봐도 영 아니지. 특히 그 삐죽삐죽한 다리 털. 아무리 생각해도 여자는 벗으면 벗을수록 예쁘고 남자는 감추면 감출수록 낫다니까.

웅성웅성.

소년, 소녀들은 정원에 나 있는 길을 따라 식당으로 향했고, 나는 식당과 기숙사 사이에 있는 잔디 깔린 운동장을 가로질러 운동장 가장자리에 위치한 쓰레기 처리장으로 갔다. 쓰레기 처리장에 도착하니 안에서 뭔가 바스락거리는 소리가 들려왔다.

"해리 형님! 안에 있어요?"

"오오! 레지스트리! 왔구먼!"

내가 쓰레기 처리장 안으로 들어가자 안에 있던 해리 형님이 반가운 표정을 지었다. 그런 해리 형님의 손에는 두꺼운 종이 포대와 여러 가지 쓰레기가 들려 있었다. 아마도 그 종이 포대에 쓰레기를 집어넣고 있었던 것 같다.

"할 일이 뭐예요?"

"간단해. 음식 쓰레기는 저쪽에다 모으고, 나머지 쓰레기는 여기다 모으는 거지."

해리 형님은 두 쪽으로 나뉜 포대 더미를 가리키며 그렇게 말했다. 취사병 생활을 하면서 쓰레기 분리수거를 지겹도록 했기 때문에 난 즉시 쓰레기 분리수거 작업에 돌입했다. 그러다가 문득 내 손이 그냥 맨손이라는 사실을 깨닫고 해리 형님에게 질문을 날렸다.

"해리 형님, 장갑 같은 거 없어요?"

"장갑? 있었는데 다 떨어져서 버렸어. 지금은 그냥 맨손으로 해."

해리 형님은 그렇게 말하며 손수 맨손으로 음식 쓰레기를 집어서 종이 포대에 넣었다. 숙련된 조교의 시범을 보면서도 난 한숨을 내쉴 수밖에 없었다. 사실 쓰레기를 맨손으로 집는 건 별 상관이 없는데 더러워진 손을 씻을 방법이 없다는 게 문제였다. 오늘 아침에 확인했다시피 해리 형님과 내가 쓸 비누가 없어 더러워진 손을 씻을 방법이 없다. 그 점이 매우 큰 걸림돌이었던 것이다.

이런, 메리 할머니가 얼마나 빨리 내 생활 용품을 마련해 주느냐가 관건이겠군. 뭐, 정 안 되면 다른 사람들 비누라도 빌려 써야지. 설마 주방에서 일하는 사람들이 비누 없이 물로만 씻지는 않을 거 아냐? 돈없는 일반 학교도 아니고 명색이 마법학교 식당인데 말이야.

부스럭부스럭.

그런 생각이 들자 난 지체없이 맨손으로 작업에 돌입했다. 취사장에서처럼 캔은 캔, 종이 박스는 종이 박스, 우유 팩은 우유 팩 등등 분류할 종류가 많지 않고 달랑 음식 쓰레기, 일반 쓰레기 두 종류였기 때문에 작업은 빠르게 이루어졌다.

해리 형님의 말을 들어보면 음식 쓰레기는 산속에 묻어버리고 일반 쓰레기는 태워 버린다고 한다. 의류 같은 걸 태우면 환경 오염이 문제되지 않느냐고 물어봤더니 오히려 환경 오염이 뭐냐는 소리만 들었다.

흐으, 여기는 아직 환경 오염이란 개념이 없는 것 같군. 하긴 시대상으로 옛날 같으니 당연한 건가? 그나저나 이 세계는 대체 어느 정도로 발전한 걸까? 마법이란 게 존재하는 걸로 봐서는 내가 있던 곳과는 어느 정도 다른 문명을 이룩한 것 같은데…… 뭐, 지내다 보면 자연스럽게 알게 되겠지. 단지 해리 형님과 쭉 지내기는 상당히 난감하지만.

찌르르르르릉—

정체를 알 수 없는 생명체의 울음소리를 들으며 나와 해리 형님은 대략 20분 만에 쓰레기 분리를 끝냈다. 쓰레기 양이 그다지 많지 않아 20분도 많이 걸린 것이라 생각했는데 해리 형님은 아주 만족스러운 표정으로 말했다.

"이야, 레지스트리하고 하니까 금방 끝나는걸? 원래 한 시간 넘게 걸리는데 말이야."

"그래요? 양도 별로 없던데?"

"아, 저번에 있던 사람은 10분 일하고 쉬고 10분 일하고 쉬고 했거든."

"하하!"

나원, 그런 사람이 있었다니 참 피곤하셨겠수.

"레지스트리, 우리도 밥 먹으러 가자!"

쓰레기 분리수거를 마치고 쉬던 해리 형님이 자리를 털고 일어났다. 근 1년 만에 일을 해서인지 나 역시 배가 무척 고파서 해리 형님의 말이 그렇게 반가울 수가 없었다.

"저희는 어디서 먹어요? 설마 애들 먹는 식당 안에서는 아니겠죠?"

"우리는 주방에서 직접 얻어서 방에서 먹지."

"그렇군요."

후우, 그거 다행이군. 만약 이 꼴로 식당에 들어갔다가는 이곳 학생들이 난리를 치겠지.

“가자!”

해리 형님은 즐거운 표정으로 쓰레기 처리장을 나섰다. 예상보다 작업이 일찍 끝난 만큼 일찍 밥을 먹고 더 많이 쉴 수 있기 때문이다. 나 역시 그런 사정을 충분히 알기에 해리 형님과 같은 기분을 느낄 수 있었다.

달그락달그락.

주방에서 설거지하는 소리를 들으며 나와 해리 형님은 주방에 침투했다. 주방 안에는 20여 명의 아주머니가 분주히 움직이고 있었는데, 대충 보니 오늘 아침 메뉴는 토스트, 감자 스틱, 수프 등이었다. 한쪽에서는 빵을 굽고, 한쪽에서는 감자를 썰고, 튀기고, 수프를 만드는 등 일사불란한 모습을 보였다.

“레지스트리.”

내가 해리 형님과 함께 조리사들이 남겨놓은 아침 식사를 챙기고 있을 때 뒤에서 메리 할머니가 날 불렀다.

“자네, 오늘 쓰레기 청소했나?”

“예.”

“…일딘 씻는 게 좋겠네.”

메리 할머니는 내 몸에서 나는 악취에 눈살을 찌푸렸다. 사실 나 역시 씻고 싶다는 생각을 하고 있었던 터라 메리 할머니의 말에 찬성했다.

“저도 그러고 싶은데… 비누가 없어서요.”

"내가 하나 줌세. 그리고 식당 안 목욕탕은 쓰지 말게. 지금은 조리사들이 교대로 씻고 있으니."

"예."

말을 마친 메리 할머니는 서둘러 주방을 빠져나갔고, 난 나무 식판을 든 채 일단 대기했다. 잠시 후 메리 할머니가 건네준 누리끼리한 중고(?) 비누를 들고 해리 형님의 방으로 향했다.

"그럼 전 씻고 올게요."

"수프가 식을 텐데?"

"오래는 안 걸릴 거예요."

난 나무 식판을 침대 위에 놓고 내 옷과 비누를 들고 방 밖으로 나왔다. 메리 할머니가 식당 내의 목욕탕을 쓰지 말라고 했지만 식당 내 어디에 목욕탕이 있는지도 모르기에 이용하고 싶어도 이용할 수 없었다. 그래서 내가 택한 방법은 오늘 아침에 씻었던 오픈(?) 세면장이었다.

털썩.

일단 방에서 갈아입을 옷을 가져오고 나서 냄새 나는 작업복을 벗어버린 후 펌프에서 물을 펐다. 날씨도 좋고 해서 찬물로 샤워할 생각이었던 것이다. 문제는 펌프에서 나오는 물의 양이 적어서 마음 놓고 물을 퍼부으며 샤워를 할 수 없다는 점이었다. 결국 큰 대야 같은 곳에다 물을 한꺼번에 왕창 받아놓기 위해 거의 10여 분간이나 펌프질을 해댔다.

후아! 이거 목욕하기도 전에 낙오해 버리겠는걸? 물이 펑 펑 나오는 집에서 생활하는 건 정말 행운이지. 보통 사람들이야 그런 걸 잘 느끼지 못하지만 말이야. 뭐, 나도 군대 갔다 오기 전까지는 물을 물 쓰듯 쓰는 게 당연하다고 생각했지만. 그리고 보니 군대 갔다 오고 나서도 물을 물 쓰듯 썼군. 할 말이 없다.

철렁철렁.

목욕하는 데 사용할 만큼 물을 모두 받아놓는 데 성공한 나는 그때부터 본격적으로 샤워에 들어갔다. 색깔이 누리끼리한 비누로 거품을 내고 몸에다 열심히 문질러 대었다. 때수건 같은 게 있으면 좋지만 그런 게 없었기 때문에 그냥 비누째로 문질러야 했다. 어쨌든 몸에 밴 냄새를 없애는 게 주목적이라서 비누 거품만 열심히 냈다.

좌아아―

찬물을 온몸에 뿌리는 순간 피부로부터 극심한 한파가 몰아쳤다. 아무리 여름으로 추정되는 계절이라고는 하지만 찬물을 직접 몸에 뿌리는 건 냉수마찰이나 다름없었던 것이다. 그래도 안 씻을 수는 없어서 조심조심 물을 뿌리며 비누 거품을 씻어냈다. 싸구려 비누라서 그런지 비누에서 아무런 냄새도 나지 않았지만 일단 씻으니까 쓰레기 악취가 많이 사라진 것을 느낄 수 있었다.

흐으… 춥군. 원래 난 한여름에도 온수로 샤워하는데. 내가 찬물로 샤워한 때는 군대에서, 그리고 아파트 난방 장치가

고장나서 온수가 안 나올 때밖에 없었다고. 물이 차가우면 제대로 안 씻게 된단 말이지. 그나저나 수건도 없으니 발가벗은 채로 물기가 증발할 때까지 기다려야 하나? 그러고 보니 새 속옷도 없군. 이래저래 난감한걸?

"꺅!"

그때였다. 갑자기 건물 모퉁이 쪽에서 뾰족한 비명 소리가 들려왔다. 그다지 큰 소리는 아니라서 건물 안에 있는 사람들은 듣지 못했지만 밖에 있는 나는 그 소리를 놓치지 않았다. 그래서 고개를 돌려 소리가 난 쪽을 쳐다보았다.

"……!"

크어억! 어째서 슈아로에가 모퉁이 쪽에 서 있는 거야?! 지금 밥 먹고 있을 시간 아닌가? 아니, 그보다 내 알몸을 모조리 본 거야? 슈아로에가 서 있는 위치상 잘못하면 그게 보일 수 있는 위치인데……. 만약 봤다면, 정말 봤다면… 제발 '홋, 작군' 이란 소리만 하지 말아줘!

"죄송해요!"

슈아로에는 얼굴을 빨갛게 물들인 채 그렇게 말하며 건물 모퉁이로 몸을 숨겼다. 이미 벌어진 일이라 난 한숨을 쉬곤 다시 몸을 씻었다. 남에게 알몸 보인 걸 가지고 당황해서 비누 거품이 남아 있는 상태에서 바로 옷을 입는 행동은 하지 않았다.

"다 씻으려면 시간이 좀 걸릴 텐데… 무슨 일이야?"

난 비누 거품을 마저 씻어내며 슈아로에가 몸을 숨긴 곳을 향해 질문을 던졌다. 내가 생각해도 차분한 어조였다. 그래서인지 슈아로에는 부끄러워하면서도 내 질문에 대답했다.

"그, 그냥 레지스트리 군이 식당에 안 보이기에 뭐 하나 해서……."

"씻고 나서 식사할 생각이었어."

"그렇군요……."

슈아로에의 목소리에는 여전히 떨림이 있었다. 미적 감각이라고는 찾아볼 수 없는 남자의 알몸을 봤으니 충격을 먹은 것이 틀림없었다. 그렇다고 내가 슈아로에에게 사과를 할 이유는 전혀 없었기 때문에 여전히 담담하게 말했다.

"식사는 다 한 거야?"

"아, 아뇨. 레이뮤님은 식사하고 계시고……."

"그럼 슈아로에도 식사하러 가. 여기 있어봤자 볼 거 없어."

난 비누 거품을 다 씻어내고 물기를 손으로 탈탈 털어냈다. 슈아로에가 몰래 고개를 내밀어 내 몸을 쳐다볼 이유가 없다고 확신했기 때문에 내 행동은 매우 여유로웠다. 슈아로에 역시 내 몸 따위는 쳐다볼 생각이 없는지 가만히 있었지만 그렇다고 다시 식당으로 돌아가지도 않았다.

"저기… 레지스트리 군, 지금 여기서 일하고 있나요?"

"응? 아, 그래. 일하고 있는데 왜?"

"아니, 저는… 레지스트리 군이 그냥 이곳에서 지내는 줄 알고 있었거든요."

"응? 지내고 있잖아?"

슈아로에가 무슨 의도로 말을 하는지 알 수가 없어서 난 고개를 갸웃했다. 그러면서 속옷을 입고 작업복 대신 원래 입던 옷을 걸쳤다. 그러는 와중 슈아로에의 부연 설명이 이어졌다.

"아니, 그게 아니라… 레지스트리 군이 일하게 될 줄은 몰랐어요. 그냥 메리 할머니와 같이 지내는 걸로 알고 있었는데……."

뭐야, 그 얘기였나?

"난 여기 학생도 아닌데 그냥 놀고먹을 수는 없잖아. 여기서 지내는 만큼 일을 해야지."

"그렇군요……."

흐흐, 사실 나도 일하는 거 별로 안 좋아하는데 솔직히 일도 안 하고 먹을 거만 축내면 거시기하잖아? 그러니까 해리 형님하고 같이 일하고 있는 거지. 문제는 인간다운 생활이 꽤나 힘들 것 같다는 거지만.

"여!"

툭!

"아!"

옷을 다 입은 나는 건물 모퉁이로 가서 슈아로에의 어깨를 살짝 쳤다. 덕분에 고개를 숙이며 뭔가 생각하고 있던 슈아로에가 놀란 탄성을 내뱉었다. 놀란 토끼 눈을 하고 있는 슈아로에가 귀엽다고 느끼며 나는 나의 일정을 그녀에게 알려주었다.

"이제 난 식사하러 갈 건데 뭐 할 말 있어?"

"아뇨. 방해해서 죄송해요."

슈아로에는 그렇게 말하며 나에게 사죄의 인사를 하고는 다시 식당 쪽으로 뛰듯이 사라졌다. 본의 아닌 신체 노출로 어린 소녀의 마음에 상처를 준 것 같아 마음 한구석이 아파왔지만 더 이상 신경 쓰지 않기로 하고 나도 아침 식사를 하기 위해 방으로 돌아갔다.

제3장

도 서 실 관 리

처음으로 일을 시작한 날은 슈아로에에게 알몸을 보인 것 말고는 별 탈 없이 지나갔다. 일이라고 해봤자 쓰레기 치우는 것밖에 없어 정말 널널하게 보냈다.

귀족 자제들이 많이 다니는 마법학교이다 보니 그들의 기호에 맞는 음식을 주로 해 맛없는 음식은 거의 없었다. 그래서 음식 쓰레기, 일명 짬도 그다지 많지 않아 쓰레기 치우는 것도 쉬웠던 것이다.

"해리 형님은 언제부터 여기서 일하셨어요?"

난 오전 일을 끝내고 방 안에서 해리 형님과 식사를 하면서 질문을 던졌다. 원래 밥 먹을 때는 말을 잘 안 하는 스타일이지만 같이 지내게 될 사람에 대해서 알아두는 게 좋을 것 같아 던진 질문이었다. 해리 형님은 그런 내 질문에 비교적 친절하게 답변해 주었다.

"나? 음… 아마 10년 정도 됐을걸? 원래라면 좀 더 좋은 보직을 얻을 수도 있었는데 머리 쓰는 게 귀찮아서 계속 이 일을 하고 있지."

"10년 동안 같은 일을 하면 지겹지 않아요?"

"이미 익숙해졌으니까."

해리 형님의 표정은 매우 담담했다. 마치 세상사를 모두 초탈한 듯한 인상이었다. 하나의 일을 10년 동안 했다는 건 대단한 일이지만 그 10년 동안 뭔가 도약을 하지 못하고 제자리에 머물고 있다는 것은 해리 형님에게 있어 불행이라면 불행이었다. 해리 형님이 지금 어떤 생각을 가지고 일하고 있을지는 모르지만 내가 보기에 해리 형님의 삶은 그다지 만족스럽게 느껴지지 않았다.

"레지스트리, 근데 슈아로에 아가씨하고 아는 사이인가?"

그때 해리 형님이 갑자기 화제를 슈아로에 쪽으로 바꾸었다. 내 질문에 친절하게 답변해 준 해리 형님을 위해 나도 불친절하게 답변해 주었다.

"아는 사이라기보다는 어쩌다가 만나게 된 사이죠."

"그래? 근데 슈아로에 아가씨가 직접 찾아올 정도면 꽤 깊은 사이 같은데?"

“만난 지 이틀밖에 안 됐는데 뭐가 깊은 사이예요?”

해리 형님이 뭔가 요상한 생각을 하고 있었기 때문에 난 슈아로에와 아무 사이도 아니라고 딱 부러지게 못을 박았다. 그러고 나서 해리 형님에게 슈아로에에 대해 물어보았다.

“10년 동안 일하셨다니까 슈아로에에 대해서 아시겠네요? 언제부터 여기 다녔어요?”

“음… 올 때부터 꽤 유명해서 기억하고 있지. 아마 2년 전일 거야. 슈아로에 아가씨는 어렸을 때부터 마법에 두각을 나타낸 천재였다고 하더군. 뭐, 2년 만에 화이트 케이프를 얻었으니 천재는 천재지.”

“화이트 케이프?”

그 말을 듣고 난 슈아로에가 ‘난 이래 봬도 화이트 케이프라구요’ 라고 했던 말을 떠올렸다. 그때에는 그 말을 흘려들었다가 해리 형님을 통해 다시 한 번 들으니 그냥 넘겨들을 수가 없었다.

“화이트 케이프라면… 여기 학생들이 입는 그… 겉옷 비슷한 옷 아닌가요?”

“맞아. 원래 여기서 지급하는 케이프는 붉은색, 녹색, 파란색, 흰색 네 가지야. 붉은색을 고대어로 ‘레드’ 라 하고 녹색을 ‘그린’, 파란색을 ‘블루’, 흰색을 ‘화이트’ 라 부른다고 하더군. 그래서 레드 케이프, 그린 케이프, 블루 케이프, 화이트 케이프라고들 하지.”

해리 형님은 자신이 그 고대어라는 것을 기억하고 있다는 사실에 만족해하며 설명하고 있었지만 난 속으로 웃을 수밖에 없었다. 그런 내 마음을 아는지 모르는지 해리 형님은 설명에 열중했다.

"처음 매지스트로에 입학하면 레드 케이프를 얻어. 그런 후 석 달에 한 번씩 열리는 정기 시험을 통해 합격하면 그린 케이프, 블루 케이프를 순서대로 얻지. 근데 100여 년의 역사를 자랑하는 매지스트로에서 학생이 5년 이내에 화이트 케이프를 얻은 전례가 없다고 하더군. 사실 화이트 케이프를 입는 사람들은 이 학교 선생들뿐이거든. 그 말은 지금 슈아로에 아가씨가 이 학교 선생들과 동급이라는 소리야. 대단하지?"

"……!"

슈아로에가 그 정도의 실력을 가지고 있다는 사실을 알지 못했기 때문에 난 꽤 놀랐다. 처음에 교장인 레이뮤와 같이 있기에 솔직히 '슈아로에는 레이뮤의 시녀다' 라는 생각을 몰래 했었다. 그러나 이제는 슈아로에가 학교 선생들과 동급의 실력을 지녀 교장인 레이뮤 밑에서 직접 마법을 배우고 있음을 확신하게 되었다.

허허, 그 귀여운 꼬마가 선생들과 같은 레벨이라니… 진짜 천재인가 보군. 둔재인 나하고는 완전히 반대인걸? 근데 어린 나이에 천재 소리를 들으면서 자라다 보면 성격이 대개 비뚤어지게 마련인데… 거참, 신기하군.

"슈아로에… 성격이 어떤가요?"

사실 나는 어느 정도 슈아로에의 성격을 파악하고 있었지만 다른 사람들의 의견을 듣기 위해 해리 형님에게 질문을 날렸다. 그러나 해리 형님은 고개를 설레설레 저었다.

"내가 슈아로에 아가씨와 만날 기회가 거의 없으니 알 리가 있나. 근데 다른 사람들 말을 들어보면 정말 착한 귀족 자제라더군. 굉장한 실력을 가지고 있으면서도 겸손하고. 슈아로에 아가씨를 싫어하는 사람이 없다고 하던걸?"

"예……."

해리 형님은 그 정도로 슈아로에에 대한 설명을 끝냈지만 나로서는 그 정도로도 충분했다. 내가 생각하는 슈아로에의 이미지를 그대로 설명해 주고 있었기 때문이다.

흐음, 얼굴도 예쁘고, 몸매도 좋고, 공부도 잘하고, 마음도 착하다라……. 이거 완전 사기 캐릭터 아니야? 이런 종류의 사람은 존재한다는 이유만으로도 죄악이라고. 사람이라면 당연히 한두 가지 결점 정도는 가지고 있어야지. 날 봐. 내 장점은… 쿨럭! 내 장점이 뭐지? 음, 그럼 그건 그냥 넘어가고, 내 단점은… 젠장, 전부 다잖아? 난 단점만이 존재하는 휴먼 오브 다크니스(Human of Darkness)란 말인가!

*   *   *

　해리 형님과 같이 일하기 시작한 지 나흘째 되던 날, 그전까지 한 번도 찾아오지 않던 슈아로에가 갑자기 방문했다. 그녀가 찾아온 시각이 아침 먹는 시간이라서 난 해리 형님과 함께 빵을 뜯어 먹는 중이었다.

　"어이구, 슈아로에 아가씨! 이 시간에 무슨 일로?"

　갑자기 지체 높은 귀족 영애가 찾아오자 해리 형님은 허둥댔다. 확실히 그가 그럴 수밖에 없는 것이, 방 안에 꽉 차 있는 냄새가 슈아로에에게 불쾌감을 주기 충분했기 때문이다. 만약 슈아로에가 냄새 때문에 방을 뛰쳐나가기라도 한다면 나중에 지체 높은 인간들께 왕창 깨지고 방을 매일 청소해야 하는 불상사가 발생할지도 모른다.

　"아, 저기……."

　방 안에 들어오자마자 코를 덮쳐 오는 매캐한 냄새에 슈아로에의 아미가 살짝 찌푸려졌지만 밖으로 뛰쳐나가거나 하지는 않았다. 오히려 이런 매캐한 냄새 속에서 태연하게 빵을 뜯어먹고 있는 날 불쌍하다는 눈으로 쳐다보았다.

　"왜? 나한테 할 말 있어?"

　난 여전히 빵을 뜯어 먹으며 슈아로에를 쳐다보았다. 손님이 찾아왔는 데도 여전히 빵을 뜯어 먹는 내 행위는 분명 예절에 어긋났다. 그러나 해리 형님과 나흘 동안 생활하면서 모든 예절을 잊고 살았기에 일부러 비(非) 예절 행위를 계속

했다. 다행히도 슈아로에는 그런 내 행동에 별 불만을 갖지
않았다.

"레지스트리 군, 도서실 관리… 맡아볼 생각 없어요?"

"……?"

생각지도 못한 슈아로에의 제안에 난 빵 먹기를 중단했다.

"도서실 관리?"

"네. 근데 도서실 관리라고 해도 그냥 책 정리하고 청소하
는 것밖에 없어요. 저도 도서실 관리를 맡고 있으니까 저랑
같이하는 거예요. 도서실이 넓어서 저 혼자서는 조금 힘들었
거든요."

그렇게 말하며 슈아로에는 멋쩍은 표정을 지어 보였다. 그
녀의 그러한 표정에는 내가 자신의 제안을 거절하면 어쩌나
하는 걱정이 깔려 있었다. 남자, 특히 나란 존재는 귀여운 여
자 앞에서 한없이 약해지기 때문에 애초부터 그녀의 제안을
거절할 수는 없었다. 그럼에도 내 마음에 걸리는 문제가 하나
있었다.

"하지만 난 여기서 일하고 있는데……."

해리 형님에 대한 걱정으로 난 결정을 망설었다. 같이 일해
본 결과, 혼자서 하기에는 작업량이 많아 나마저 나가면 해리
형님이 고생할 것이 뻔했기 때문이다. 그런 내 생각을 읽었는
지 해리 형님이 껄껄 웃었다.

"임마, 난 혼자서도 충분히 한다고. 괜히 경력 10년인 줄

아냐?"

"예……."

"그리고……."

껄껄 웃던 해리 형님이 갑자기 목소리를 낮게 깔았다. 이곳에 와서 처음으로 해리 형님의 진지한 표정을 보게 되어 난 긴장하지 않을 수 없었다. 해리 형님은 이미지에 안 어울리게 진지한 표정으로 입을 열었다.

"넌 나하고 달라. 난 어쩔 수 없이 여기 있지만 넌 더 위로 올라갈 거잖아? 여기서 썩는 건 아깝다고. 그러니 기회가 오면 잡아."

"……."

"내가 장담하는데 넌 꼭 성공할 거다. 이런 곳에서도 열심히 하는데 다른 일이라고 못하겠냐? 내 걱정 말고 넌 네 갈 길을 가라."

"……."

도저히 해리 형님이라고는 생각할 수 없는 말이 해리 형님의 입에서 흘러나왔다. 슈아로에 앞이라서 그런지는 몰라도 해리 형님이 나에 대해서 그렇게 생각했다는 것 자체가 놀라웠다. 솔직히 난 해리 형님이 '이런 초짜하고 일해야 하다니 내 인생도 꼬였구나'라고 생각할 줄 알았기 때문이다.

"해리 형님이 그렇게 말씀하신다면 할 수는 있는데… 슈아

로에, 레이뮤 씨도 허락한 거야? 내가 도서실에서 일하는
거.”

“네, 레이뮤님 허락은 받았어요. 그리고 본관에 비어 있는
방이 하나 있으니까 그걸 쓰면 돼요. 그… 방이 별로 안 좋아
서 샤워실이 없는데… 남은 방이 그거밖에 없어서……..”

슈아로에는 상당히 미안한 듯이 말했지만 난 속으로 쓴웃
음을 지었다. 본관에 있는 방에는 각 방마다 샤워실이 있지만
식당에 있는 방에는 샤워실은커녕 목욕탕 하나만 달랑 있다
는 소리였으니까. 계급 차에 따른 생활 환경이 매우 다름을
절실히 느끼게 되었다.

“방이야 아무 방이나 쓰면 되니까 상관없는데… 언제부터
일해야 하는 거야?”

“가능하면… 오늘 오후부터 했으면…….”

슈아로에가 거기까지 말했을 때 느닷없이 해리 형님이 끼
어들었다.

“뭘 오후까지 기다려? 지금 당장 같이 가. 어차피 오전에
할 일은 전부 끝냈잖아.”

“그렇기 한데…….”

해리 형님의 말대로 오늘 오전에 할 일은 아침 먹기 전에
모두 끝낸 후라 점심시간 직전까지는 휴식이었다. 그렇지만
해리 형님을 놔두고 나 혼자 도서실 관리를 한다는 게 왠지
미안했다. 너무 쉽게 한 단계 위로 올라가는 느낌이 들었기

때문이다.

"꿀꺽!"

난 마지막 빵 조각을 입 안에 털어 넣고 자리에서 일어났다. 해리 형님에게 미안하긴 하지만 솔직히 이런 환경에서 무기한으로 일하는 것은 사양하고 싶었다. 그리고 나 역시도 슈아로에의 도서실 관리 제안을 기회라 생각했고, 그 기회를 놓치고 싶지 않았다. 그래서 결국 슈아로에의 제안을 수락하게 되었다. 물론 그 이면에는 텁텁한 해리 형님보다 싱싱한 슈아로에와 같이 일하고 싶다는 욕망이 자리잡고 있긴 했지만.

"가끔씩 놀러 올게요."

"하하, 난 그쪽으로 놀러 가지 못하니까 너 알아서 해라."

"예, 그럼……."

난 해리 형님에게 작별 인사를 하고 슈아로에와 함께 방을 빠져나왔다. 방을 빠져나오는 순간 해리 형님의 얼굴에서 아쉬워하는 표정이 떠오른 것을 놓치지 않았다. 모처럼 동업자가 생겼는데 나흘 만에 떠나 버리니 아쉬울 수밖에 없을 것이다. 그래서 난 속으로라도 해리 형님에게 용서를 구했다.

"저기… 레지스트리 군……."

잠시 딴생각을 하자 슈아로에가 날 불렀다. 방을 나서자마자 그동안의 버릇대로 내 발걸음이 쓰레기 처리장으로 향하려고 했기 때문이다.

이런이런, 일한 지 나흘밖에 안 됐는데 벌써 직업병이 생긴 거야? 이거 내가 생각해도 내 적응 속도가 정말 빠른걸? 여기서 한 한 달 정도 일하면 완전히 제2의 해리 형님이 되겠구먼. 생각만 해도 무섭다.

"미안해요. 좀 더 빨리 부르고 싶었는데 레이뮤님을 설득하는 데 시간이 좀 걸렸어요."

슈아로에는 혀를 살짝 내밀며 웃었다. 그것은 나의 도서실 관리 선정에는 레이뮤가 아닌 슈아로에가 지대한 영향을 끼쳤음을 의미했다. 그리고 레이뮤는 날 아직 완전히 신뢰하지 않는다는 뜻도 되었다. 사실 느닷없이 다른 세계에서 나타난 인간을 믿을 사람은 없다. 그런 의미에서 레이뮤가 날 경계하는 것은 당연했다. 물론 순진한 슈아로에는 불행히도 날 완전히 믿고 있는 모양이지만.

"레지스트리 군은… 그런 일 하는 게 안 어울릴 것 같은데 잘하네요."

본관 건물 쪽으로 발걸음을 내디디며 슈아로에가 나에게 질문을 던졌다. 그녀가 말하는 '그런 일' 이라는 것은 해리 형님과 같이 하는 일이었다. 그래서 난 오히려 슈아로에에게 반문했다.

"안 어울려? 그럼 뭐가 어울릴 것 같은데?"

"레지스트리 군은… 뭔가를 끊임없이 연구하는 학자 같아요."

“…….”

슈아로에, 그거 나보고 범생이 같다는 뜻이야?

“사실 레지스트리 군을 처음 봤을 때 ‘이 사람, 마법사다!’ 라는 느낌이 들었는데 머리색이 검은 걸 보고 놀랐어요. 만약 레지스트리 군에게 재능이 있었다면 틀림없이 마법사가 되었을 거예요. 레이뮤님도 저와 같은 생각을 해서 레지스트리 군에게 레지스트리라는 이름을 붙여준 게 아닐까요?”

슈아로에는 아쉽다는 표정을 지어 보였다. 첫인상에 대해 거리낌없이 말할 정도로 슈아로에는 나에 대한 경계심이 거의 없었다. 반면 레이뮤는 나에게 레지스트리라는 이름을 붙여줌으로써 두 가지 마음을 표현하고 있었다. 마법사처럼 보인다는 긍정적인 첫인상과 나의 과거 등을 알 수 없어서 과거의 레지스트리처럼 비뚤어질 수도 있다는 경계심을.

하하, 그렇게 생각하는 건 나의 오버인가? 그나저나 마법이라고 하니까 괜히 관심이 생기네? 지금까지는 눈앞에 닥친 일만 처리하느라 생각지 못했는데, 이 세계에서의 마법은 대체 어떤 것일까? 저번에 대충 듣기는 했지만 그야말로 대충 흘려들어서 기억도 안 나.

“슈아로에, 근데 마법이란 거 정말 타고난 재능이 있어야 배울 수 있는 거야?”

난 여전히 발걸음을 멈추지 않으며 물음을 던졌다. 식당에서 본관으로 향하는 동안 몇 명의 학생들이 스쳐 지나갔는데,

그들은 나와 슈아로에를 보고 수군덕댔다. 아무래도 높은 신분의 슈아로에가 처음 보는 낯선 남자와 같이 있으니 의심을 할 수밖에 없었다. 그런 주위의 시선에는 아랑곳하지 않고 슈아로에는 나의 질문에 대해 자세히 답변해 주었다.

"이 세계에는 세 가지의 힘이 있어요. 마법을 구현하게 해주는 매직포스(Magic Force), 신성한 힘을 만들어내는 디바인포스(Divine Force), 그리고 정령들을 다루는 스피릿포스(Spirit Force). 사람들은 각자 태어날 때 고유의 머리 색을 가지게 되는데, 그 머리 색에 따라 각각의 포스들을 느끼거나 느끼지 못하게 돼요. 정확하게 밝혀진 것은 없지만 확실하게 흑발인 사람들은 세 가지 포스를 전부 느낄 수 없다는 것이죠. 레지스트리 군도 눈을 감고 느껴봐요, 세 가지 포스가 느껴지는지."

"……."

난 슈아로에의 말대로 일단 멈춰 서서 눈을 감았다. 그러나 눈을 감아도 평상시와 똑같은 느낌이었다. 특별히 뭔가가 느껴진다거나 하지는 않았다.

"잘 모르겠는데?"

"그게 바로 포스를 느낄 수 없다는 거예요. 저는 매직포스를 느낄 때마다 바다에 둘러싸인 듯한 느낌을 받거든요."

흠, 그런가? 나는 그런 느낌이 전혀 없는 걸 보니 확실히 매직포스를 느끼지 못하는 것 같군. 뭐, 매직포스를 느끼든지 말든지 나하고는 전혀 관계가 없지만.

또각또각.

매직포스를 느낀답시고 잠깐 멈춰 선 적이 있지만 얼마 안 있어 나와 슈아로에는 본관 건물 안으로 들어서게 되었다. 처음 이곳으로 소환되었을 때에는 밤이라 몰랐지만 1층과 2층은 교실로 구성되어 있었다. 교실은 창문이 크게 나 있어서 시원시원한 느낌이 들었다.

호오, 저 어깨 위에 걸친 옷을 케이프라고 했었지? 케이프의 색에 따라 학생들이 분류되어 있는 게 분명한가 보군. 선생으로 보이는 사람은 흰색 케이프고, 학생들을 케이프 색별로 모아놓고 가르치는데? 한마디로 우열반이구먼. 불쌍한 넘들, 니들도 이제 수능 준비해야 하는 거야?

"여기가 앞으로 레지스트리 군이 사용하게 될 방이에요."

목적지인 3층 맨 구석에 도착한 슈아로에는 방문을 열며 방 안으로 들어갔다. 방은 혼자서 살기에 충분한 공간으로, 침대와 가구 등 있을 건 다 있었다. 물론 화장실이나 샤워실 같은 건 없었다. 사실 이곳에서 샤워실은 몰라도 화장실은 공동으로 쓰고 있기 때문에 당연했다.

흐으, 아직 재래식 화장실인데 그 냄새나는 화장실을 방 안에 들여놓고 싶겠어? 나 같아도 차라리 밖에다 만들고 말지. 그나저나 이 정도의 상하수도 시설이 갖춰져 있으면 수세식 화장실도 잘하면 만들 수 있을 것 같은데? 뭐, 나한테는 토목

기술이 없으니 뭐라고 할 말은 없지만.

"샤워가 하고 싶으면 1층에 있는 공동 샤워실을 써야 해요. 근데 그걸 쓰려면 관리 아저씨에게 미리 샤워하고 싶다고 말해야 돼요. 그래야 물을 데우니까요. 안 그러면 찬물로 샤워해야 돼요. 관리 아저씨는 1층 끝 쪽 방에 있어요."

슈아로에는 친절하게 샤워 방법도 알려주었다. 일단 그렇게 내가 앞으로 묵을 방을 확인한 뒤 나와 슈아로에는 또다시 같은 층에 있는 도서실로 향했다.

도서실에는 애초에 자물쇠가 없어서 원하면 언제든지 도서실 출입이 가능했다. 그리고 도서실 자체가 상당히 깔끔히 정리되어 있어서 자주 청소해야 할 필요성도 느끼지 못했다.

잉? 누가 책 훔쳐 가나 관리하는 것도 아니고, 그렇다고 청소하는 데 시간이 많이 걸릴 것 같지도 않고……. 설마 여기 도서실은 책 대여 시스템인가? 나, 대여점 아르바이트 취직한 거야?

"슈아로에, 내가 할 일은 뭐야?"

아무리 둘러봐도 내가 할 일을 찾을 수가 없어 난 슈아로에에게 질문을 던졌다. 그러자 슈아로에는 빙긋 웃으며 말했다.

"일은 별로 없어요. 그냥 사람들이 읽은 책을 정리하거나 저녁때쯤 청소 한 번 하는 거죠. 힘들지는 않아요. 저 혼자서도 하는걸요."

"…혼자서도 할 수 있으면 내가 없어도 되잖아?"

"그, 그건……."

순간 슈아로에의 말문이 막혔다. 내가 그런 반론을 제기하리라고는 생각하지 못했던 모양이다. 슈아로에는 얼굴을 붉힌 채 손가락을 만지작거리며 말을 더듬었다.

"가, 갑자기 영문도 모른 채 이곳으로 소환된 사람이… 부, 불편한 생활을 하는 게 왠지 마음에 걸려서요. 에… 그러니까… 레지스트리 군은 좋은 환경에서 살았다는 느낌이 들었거든요. 그리고… 제가 실수를 한 점도 있고……. 그… 여러 가지로 레지스트리 군이 식당에 있는 것보다 도서실에 있는 쪽이 더 낫다고 생각해서……."

"아……!"

슈아로에의 말을 통해 그녀가 나에 대해 신경을 많이 써준다는 사실을 알았다. 그러나 오히려 남을 쉽게 믿어버리는 슈아로에에게 걱정스러운 마음이 들기도 했다. 어쨌든 슈아로에의 믿음을 배신하지 않기 위해서라도 난 가능한 한 조용히 도서실에서 지내기로 마음먹었다.

슥—

분위기가 약간 멋쩍어진 면이 있어서 난 책장에서 책 하나를 꺼내 들었다. 원래 독서에는 취미가 벼룩의 뱃속 유산균만큼도 없지만 글씨로 쓴 이곳의 언어를 이해할 수 있는지 없는지 그게 궁금해서 책을 펼쳤다.

“아, 그 책은······!”

“······!”

내가 손에 잡히는 대로 책 하나를 꺼내 펼치자 슈아로에가 약간 당황한 표정을 지었다. 그리고 나 역시 당황한 표정을 지었다. 책에 이상야리꾸리한 그림이 있어서 그런 게 아니라 책이 온통 영어로 쓰여져 있어서 당황했던 것이다.

“그 책은 용언(龍言)으로 쓰여져 있어요. 그래서 읽기 어려울 거예요.”

“용언······?”

용언이라면 용의 말? 용을 영어로 바꾸면 드래곤······. 그럼 이 세계에 드래곤이 있다는 소리야? 아니, 드래곤이 있든 말든 나하고는 상관없는데 왜 책이 영어로 쓰여져 있는 거야? 그것도 행과 열을 맞춰서 깔끔하게.

```
create space hotballl.
mapping fire.
create space road.
animate space road.
```

“음··· 이건 파이어 볼(Fire Ball) 코드(Code)군요.”

내가 펼쳐 놓은 부분을 내 옆에 바짝 붙어서 훑어본 슈아로에가 한마디 했다. 그녀의 말에 난 다시 한 번 그 문장을 살펴보았다. 그리고 나름대로 해석했다.

"우주? 공간? 뭐, 뜨거운 공을 만들고… 뜨거운 공? 왜 하필 뜨거운 공? 아무튼… 불을 매핑? 윽, 뭔 매핑이야? 이게 무슨 3D 프로그램인 줄 아나? 어쨌든 공간의 선을 만들고… 공간의 선을 움직이고……. 이거 꼭 무슨 프로그램 언어 같은데?"

"……!"

내가 혼잣말로 지껄이고 있을 때 슈아로에의 표정이 변한 듯이 보였다. 아니, 변한 듯이 보인 게 아니라 확실히 변했다.

"레지 군, 용언을 해석할 수 있어요?!"

"……?"

슈아로에는 놀란 듯이 말했지만 난 어리둥절해서 뭐라 대답할 수가 없었다. 사실 갑자기 슈아로에가 레지스트리라는 이름을 확 줄여 말해서 당황한 점도 있었다. 어쨌든 슈아로에는 내가 아무 말도 하지 않자 다시 한 번 나를 보며 입을 열었다.

"원래 그 코드는 번역 마법으로 '창조하는 공간의 뜨거운 공, 발현하는 불, 창조하는 공간의 길, 움직이는 공간의 길'이에요. 그게 바로 주문이구요. 근데 아까 레지스트리 군이 한 말은 파이어 볼 번역 마법과 거의 똑같아요. 정말 용언을 읽을 수 있는 거예요?"

"……."

슈아로에의 말을 들으면 들을수록 더욱 헷갈렸다. 코드, 번역 마법, 용언. 아직 그것들에 대한 개념이 잡혀 있지 않아서 머릿속이 혼란스러웠던 것이다. 그리고 내 이름을 줄여 말했던 슈아로에가 또다시 원래대로 내 이름을 부르고 있는 점도 나의 혼란을 가중시키고 있었다.

"아, 미안해요. 그러고 보니 레지스트리 군은 용언 마법이나 번역 마법에 대해서 모르죠?"

끄덕.

슈아로에의 물음에 나는 말없이 고개만 끄덕였다. 일단 슈아로에로부터 뭔가 설명을 들어야 할 것 같았기 때문이다. 멍한 표정을 짓고 있는 내 얼굴을 쳐다보며 슈아로에는 나에게 이런저런 것을 알려주기 시작했다.

"마법에는 크게 두 종류가 있어요. 드래곤의 언어, 즉 용언으로 만들어진 용언 마법, 그리고 그것을 인간의 언어로 번역한 번역 마법. 마법이란 건 드래곤들이 만들어낸 것이라 그들의 언어로 되어 있는데, 그것을 인간이 번역해서 사용하고 있어요. 그래서 외우기도 쉽고 사용하기도 쉽지만 번역 마법은 이니셜 코드(Initial Code)가 없으면 사용할 수가 없죠. 그래도 배우기 쉽다는 이유로 요즘의 마법은 대부분이 번역 마법이에요."

"……."

흐으, 설명 잘 나가다가 갑자기 이니셜 코드라는 새로운 용어를 쓰면 어떡해? 이해할 수가 없잖아!

"하지만 용언 마법을 사용하게 되면 이니셜 코드가 필요없기 때문에 매직 오너멘트(Magic Ornament), 그러니까 마법 장신구의 여유가 생기게 돼요. 저 같은 경우는 용언 마법을 사용하고 있기 때문에 케이프에 세 개의 마법 장신구만 붙여놓았어요. 이니셜 코드를 기록한 스크롤이나 마법 장신구 등을 들고 다닐 필요가 없지요."

그렇게 말하며 슈아로에는 흰색 케이프의 양쪽 팔 부근과 칼라 앞쪽에 붙어 있는 세 개의 보석을 가리켰다. 자세히 보니 예쁜 보라색의 빛을 띠고 있는 보석의 겉면에는 뭔가 작은 글씨가 빼곡하게 음각되어 있었다. 일단 그 보석이 마법 장신구란 소리는 알아들었지만 마법에 대한 전반적인 지식이 없는 상태라 슈아로에의 말을 이 자리에서 완전히 이해한다는 것은 사실상 불가능했다.

"마법 장신구나 이니셜 코드… 뭔 소리인지 하나도 모르겠다."

난 솔직하게 말했다. 그러자 슈아로에는 무슨 책을 찾는지 도서실 책들을 살펴보기 시작했다. 그리고는 이내 책 하나를 집어 들고 나에게 건네주었다.

"이 책은 마법 입문서예요. 초보자를 위한 거라 정확한 설명은 아니지만 읽으면 어느 정도 마법에 대해 감이 잡힐 거예요."

"……"

흐으, 난 책 읽는 거 싫어하는데……. 뭐, 어차피 지금 슈아로에가 나한테 뭔가 일을 시킬 것 같지는 않고, 특별히 할 일이 있는 것도 아니니 내키지는 않지만 한번 읽어볼까?

"읽어볼게. 근데… 나 원래 일하려고 여기 온 거 아닌가? 일도 안 하고 책 읽어도 되는 거야?"

"저도 지금 할 일이 있는 건 아니에요. 그러니까 부담 갖지 말고 편히 지내요."

슈아로에는 웃으면서 말하고 있었지만 난 웃을 수가 없었다. 방금 전까지 쓰레기 치우면서 밑바닥 생활을 하던 나에게 느닷없이 편히 지내라고 하니 기분이 묘했기 때문이다. 그렇지만 '나 다시 해리 형님에게로 돌아갈래~!' 라고 하기는 싫어 슈아로에의 말에 따르기로 했다.

"그럼 전 레이뮤님에게 가볼게요. 점심시간이 되면 제가 부르러 올 테니까 그때까지 도서실 관리를 잘해줘요. 그럼 나중에 봐요."

말을 마친 슈아로에는 가볍게 목례를 하고는 도서실을 빠져나갔다. 난 잠시 슈아로에가 나간 쪽을 쳐다보다가 도서실 내부를 한 번 쭉 훑어보았다. 도서실 안에는 방대한 양의 책과 몇 개의 의자, 테이블 정도만 있었다. 그래서 난 가까이 있는 테이블에 앉아 슈아로에가 건네준 책을 읽기 시작했다.

마법 입문.

호오, 꽤 내용이 어려울 듯한 책 제목이구먼. 그냥 '마법

무작정 따라 하기' 라든가, '마법아, 놀자' 같은 제목을 붙이지 제목 참 딱딱하네. 뭐, 어쨌든 내가 이 세계의 글자를 읽을 수 있다는 사실이 다행이다. 영어라고 할 수 있는 이쪽 세계의 용언은 자연스럽게 읽지 못한다는 흠이 있긴 하지만.

마법은 드래곤이 만들어낸 기적이다. 우리가 사는 이 물질계에는 세 가지의 서로 다른 힘이 존재하고 그 힘들은 각각 매직포스, 디바인포스, 스피릿포스이다. 디바인포스는 신계의 신들이 사용하고 있는 힘이며, 스피릿포스는 정령계의 정령들이 사용하는 힘이다. 그리고 마계, 명계, 물질계의 존재들은 매직포스를 사용한다고 알려져 있다.

잉? 이거 마법 입문서 아니야? 근데 왜 마법 외에 다른 것까지 알려주는 거지? 그게 기초인 건가, 아니면 마법만으로는 책 한 권 분량을 만들 수가 없으니까 그냥 끼워 넣은 것? 흠, 진실은 맛동산 너머에 있겠군.

드래곤들은 매직포스를 구성하고 있는 마나를 자유자재로 다루었고, 마법이라는 기적을 창조해 내었다. 일설에 의하면, 이 물질계에서는 신들조차도 드래곤을 함부로 대할 수 없다고 한다. 비록 지금은 드래곤을 보기 쉽지 않지만 그들이 이룩해 놓은 마법은 인간들에게 전해져 무수한 발전을 이루었다.

그러서? 근데 언제 본론으로 들어갈 거야? 설마 서론으로 절반을 때우려는 속셈?

드래곤의 언어로 만들어진 마법은 인간이 배우기에는 너무 어려웠다. 그래서 인간들은 드래곤의 언어를 자신들의 언어로 바꿔 사용했고, 그 결과 번역 마법이라는 새로운 마법을 개발하게 되었다. 용언을 인간의 언어로 바꾸는 이니셜 코드만 가지고 있다면 어려운 용언을 배우지 않고도 마법을 사용할 수 있게 된 것이다. 이 얼마나 위대한 업적인가!

다 필요 없으니까 제발 본론으로 들어가지?

마법을 배우고자 하는 그대여! 이 책을 통해 마법의 기본을 배우길 바란다. 그리하면 그대는 현존 최고의 마법사 레이뮤 스트라우드를 능가하는 데미법시가 될 수 있올 것이다!

잉? 현존 최고의 마법사 레이뮤 스트라우드? 레이뮤 씨, 꽤나 유명한 마법사인가 보군. 하긴, 500년 이상 살아왔다는데 유명하지 않으면 그게 더 이상하겠지. 근데 마법의 기본을 배우는 데 현존 최고의 마법사를 능가하는 대마법사가 된다고? 지나가던 똥개가 썩은 미소를 짓겠다.

……

책을 읽은 지 꽤 시간이 지난 듯했다. 난 처음부터 끝까지 책 한 권을 독파했지만 머리에 남는 것은 하나도 없었다. 마법의 기초라면서 대부분 단순 암기로 주문을 외우라는 식이라서 대충 넘겨 버렸던 것이다. 어차피 나는 마법 주문을 알아도 매직포스를 느낄 수 없어 마법을 사용할 수 없는데 굳이 머리 쥐어뜯으며 주문을 외울 필요가 있나 하는 생각이 들어서였다.

탁.

난 슈아로에가 준 마법 입문책을 책장에 꽂아놓고 다른 책을 골랐다. 독서에는 취미가 없지만 그다지 할 일이 없을 때 독서만큼 좋은 시간 때우기도 없다. 특히 군대에서 컴퓨터도 못하고 TV도 못 보면 할 만한 것은 독서밖에 없었던 것이다. 물론 군대에 있는 책 대부분이 재미하고는 거리가 1억 광년 이상 떨어져 있지만.

"흐음……"

대충 책 제목을 훑어보다가 영어로 쓰여져 있는 두꺼운 책을 발견하곤 그 책을 빼 들었다. 제목이 'Command Code' 라서 왠지 컴퓨터 관련 서적 같은 삘[Feel]이 왔다. 게다가 내용도 영어로만 쓰여져 있어서 전공 서적 같은 느낌이었다.

흐아, 갑자기 컴퓨터 전공 원서를 보고 있는 듯한 이 압박감……. 영어 공부를 제대로 안 했더니 알파벳 철자만 봐도 온몸에 경기가 찾아오던데……. 왜 이런 이상한 세계에 영어가 존재하는 거야? 여기에서도 토익 시험 준비해야 되는 거야? 그런 거야?

스륵─

난 내가 맨 처음에 손에 잡히는 대로 집어 들었던 책과 Command Code라는 두꺼운 책을 놓고 독서를 시작했다. 6년 전에 죽어라고 영어 단어를 외웠던 시절로 돌아간 듯해서 왠지 그리운 느낌이었다.

어쨌든 처음에는 그저 내가 아는 영어 단어가 몇 개나 있나 알아볼 생각으로 독서를 했지만 글을 읽으면 읽을수록 묘한 느낌을 받았다. 슈아로에가 용언으로 쓰여져 있어서 읽기 힘들다고 한 마법 주문책. 그 책에 적혀 있는 다양한 마법 주문들이 어떤 규칙을 가지고 있음을 알게 된 것이다. 아니, 규칙이라기보다는 대부분의 마법이 비슷했다.

허어, 여기 실려 있는 마법 주문 형식이 거의 똑같은데? 일단 시작은 전부 Create Space로군. 그 뒷 글자는 마법 이름 같고 그 다음 줄은 Mapping 어쩌구. 세 번째 줄에 Create Space Road가 있으면 마지막 줄이 Animate Space Road고, 없으면 Render Hundred인가? 뭔가, 프로그래밍 같은 느낌이…….

"레지스트리 군!"

"……!"

내가 독서에 몰두해 있을 때 갑자기 옆에서 비교적 높은 톤의 목소리가 들려왔다. 덕분에 난 책에서 눈을 떼고 목소리가 들려온 쪽으로 시선을 던졌다. 내 시야 앞에는 어느 사이엔가 레이뮤와 슈아로에가 다정히 서 있었다.

"레이뮤 씨… 슈아로에… 언제 왔어요?"

난 자리에서 일어나 그 두 사람을 맞았다. 500년이나 잡수신 할머니 레이뮤가 왔는데 버르장머리없이 앉은 채로 '왔수?' 할 수는 없었기 때문이다. 문제는 겉으로 보기에 레이뮤는 전혀 할머니처럼 보이지 않는다는 점이었다.

"독서를 하고 있었던 모양이로군요?"

레이뮤는 내가 읽고 있던 책을 한 번 스윽 훑어보았다. 그러다가 아주 약간이나마 놀란 표정을 지었다.

"그 책들은 용언으로 쓰여져 있는데… 용언도 읽을 수 있나요?"

"여기 말처럼 자유롭게 쓰는 건 아닌데… 제가 살고 있던 곳에서 이것과 거의 똑같은 언어가 있거든요. 그래서 어느 정도 읽고 쓸 수는 있어요."

난 사실대로 말했다. 어차피 레이뮤나 슈아로에는 나에게 있어서 유일한 협력자들이라 사실대로 알려주는 게 낫다고 판단했던 것이다. 레이뮤도 내 얼굴에서 거짓을 찾지 못했는지 내 말을 곧이곧대로 믿었다.

"그렇군요. 레지스트리 군이 살던 세계와 이곳이 어느 정도 연관성이 있다는 증거이겠지요."

그렇게 용언 이해에 대한 화제를 일단락시킨 레이뮤는 도서실에 온 목적을 말해주었다.

"이제부터 점심 식사를 할 건데 레지스트리 군은 우리와 같이 가도록 해요."

"시간이 그렇게 됐나요? 얼마 안 지났다고 생각했는데."

"지금 오후 1시입니다. 레지스트리 군이 도서실 관리를 맡은 지 네 시간 이상 지났지요. 독서에 열중하다 보면 시간에 대해 잊어버릴 때가 있어요. 그 때문이겠지요."

"예……."

하하, 난 별로 독서에 열중하지 않았는데? 그냥 흥미가 생겨서 이것저것 들추다 보니 시간이 휙 지나가 버린 것 같구면. 근데 난 분명 오전 내내 도서실에 있었거든? 근데 왜 지금까지 한 명도 도서실에 안 왔지?

"물어볼 게 있는데… 학생들이 도서실을 언제부터 이용하죠?"

내가 궁금한 것을 바로 레이뮤에게 묻자 레이뮤는 표정의 변화 없이 대답했다.

"저녁 식사를 마치고 나서부터 도서실 이용이 가능합니다. 그전까지는 학교 수업 때문에 이용할 수가 없지요."

"예……."

이런이런, 그럼 굳이 내가 하루 종일 도서실에 죽치고 앉아 있을 필요가 없잖아? 차라리 그 시간 동안 잠이나 자버릴까? 아니지. 낮에 잠을 자면 개운하지가 않으니까 관두자. 그렇지만 오후에도 독서만 해야 하는 거야? 여기… 다른 놀 만한 거 없어?

또각또각.

레이뮤와 슈아로에가 앞장서서 도서실을 빠져나가자 나 역시 아무 말 없이 그 뒤를 따랐다. 본관 건물에서 식당으로 향하는 동안 식당으로 가는 학생들이나 식사를 마치고 다시 본관으로 복귀하는 학생들과 마주치게 되었다. 그들은 레이뮤와 슈아로에를 볼 때마다 걸음을 멈추고 허리를 숙인 채 두 사람이 지나갈 때까지 기다렸다. 난 눈치가 없는 편이지만 얼핏 보아도 그들이 강제적으로 그런 행동을 하는 것 같지는 않았다. 재수생 수준을 떠나서 한 오수생쯤 되어 보이는 늙은 학생들까지 레이뮤 앞에서 공손하게 행동했기 때문이다.

호오, 레이뮤 씨는 꽤나 존경받는 사람인 것 같군. 역시 500년 동안 살아온 연륜 때문인가? 솔직히 난 별로 존경심 같은 건 안 생기는데……. 슈아로에를 보더라도 그냥 깜찍하고 귀엽고 사랑스러운 소녀라고밖에는 생각이…….

소곤소곤.

조용히 레이뮤와 슈아로에를 영접(?)하던 학생들 사이에서 잡음이 발생했다. 아무래도 처음 보는 미꾸라지 한 마리가 기어들어 와서 자신들이 존경하는 분들 옆에 끼어 있으니 이야깃거리가 되는 모양이다. 얼핏 '마법도 사용 못하는 검은머리가 왜 레이뮤님하고?' 라고 들은 듯했다. 그들 역시 슈아로에처럼 내가 검은색 머리카락이라는 것에 이목을 집중시키고 있었다.

하긴, 마법학교인데 마법도 배우지 못하는 인간이 잠입했으니 이상할 수밖에. 나도 내가 왜 이런 곳에 떨어졌는지 모르겠는데 저들이라고 알까. 이제 슬슬 날 소환했다는 녀석이 나타날 시점 아닌가? 설마 소환만 해놓고 나 몰라라 하는 거 아니야?

"어서 오십시오, 레이뮤님."

식당으로 들어서자 메리 할머니가 두 사람을 맞았다. 그러다가 그 옆에 내가 서 있는 것을 보곤 조금 놀라는 표정을 지었다. 하지만 이내 자신의 표정을 관리하며 레이뮤와 슈아로에를 한 테이블로 이끌었다.

"잠시만 기다리십시오. 금방 준비해 드리겠습니다."

그렇게 말한 메리 할머니는 이내 주방 쪽으로 모습을 감추었다. 난 메리 할머니가 내 몫까지 챙겨줄 것이라 믿으며 자리에 앉으려고 했다. 하지만 원형 테이블에서 어느 쪽에 앉아야 할지 갈피를 잡지 못해 어정쩡하게 서 있었다.

"여기 앉아요."

레이뮤가 가장 먼저 앉고 그 반대편에 슈아로에가 앉았다. 그리고 슈아로에는 자신과 레이뮤 사이에 있는 의자를 권하며 내 자리를 마련해 주었다. 그래서 난 주저없이 레이뮤와 슈아로에 사이에 끼어 앉았다. 원형 테이블이 4인용이었기 때문에 자리가 좁다고 느껴지지는 않았다.

웅성웅성.

넓은 식당 안에는 학생들이 절반 정도 차 있었다. 하지만 학생들을 제외한 선생들은 다른 테이블보다 한 계단 높은 자리에 모여서 식사를 하고 있었다. 그리고 우리들 역시 그런 선생들이 모여 있는 자리에 앉아 있었다.

흐음, 이 자리가 간부들 자리인가? 이거 왠지 있지 말아야 할 자리에 있는 듯한 느낌인걸? 난 이 학교 선생도 아니고, 그렇다고 마법 우수생도 아니고……. 가시방석에 앉은 것 같다.

"레지스트리 군, 도서실 관리는 할 만해요?"

내가 조금 안절부절못하고 있을 때 슈아로에가 부드러운 표정을 지으며 나에게 질문을 던졌다. 뭔가 이야기를 하면 긴장감이 사라질 것 같아서 난 흔쾌히 그녀의 질문을 받아주었다.

"할 만하다기보다 할 일이 없어서 큰일이야. 왠지 일은 안 하고 그냥 놀고먹는 느낌이랄까?"

"후훗, 가만히 보면 레지스트리 군은 일벌레 같아요."

"나, 일하는 거 싫어해. 하지만 가만히 있는 건 더 싫어해."

"그렇군요."

나와 슈아로에가 다정다감하게 이야기를 나누고 있을 때 말없이 앉아 있던 레이뮤가 입을 열었다.

"레지스트리 군, 당신에게 할 말이 있습니다."

"예?"

"앞으로 당분간 레지스트리 군은 슈아로에의 먼 친척입니다. 그리고 마법을 사용할 수는 없지만 마법을 배우기 위해 매지스트로 마법학교에 와서 도서실 관리를 하고 있는 것입니다. 그러니 레지스트리 군의 정식 이름은 레지스트리 이안 트리이며, 슈아로에의 먼 친척으로 마법에 뜻이 있어 이 학교에 온 것이지요. 내 말을 이해하겠나요?"

"예……."

처음에는 레이뮤의 말을 이해할 수 없었으나 잠시 생각해보니 충분히 이해가 되는 상황이었다. 일단 나를 다른 세계로부터 온 인간이다라고 소개하기는 어렵고, 어차피 슈아로에와 같이 도서실 관리를 하게 된 이상 그녀의 친척이라고 하는 게 나았다. 슈아로에와 아무 관계도 아닌데 그녀와 같이 도서실 관리를 한다면 선생들이나 학생들이 이상하게 생각할 것이 뻔했기 때문이다.

그나저나 만약 내가 머리를 염색하고 다니는 쪽이었다면 이들은 나를 마법학교에 입학시켰을라나? 하하, 머리를 염색해도 원래 매직포스 같은 걸 느낄 수 없으니 오히려 염색 안한 쪽이 다행일지도.

"저기… 레이뮤 씨한테 물어보고 싶은 게 있는데요."

"무엇인가요?"

나의 갑작스런 요청에도 불구하고 레이뮤는 표정 하나 바꾸지 않고 내 요청에 응했다. 그래서 난 레이뮤를 봤을 때 줄곧 신경 쓰였던 부분에 대해 질문을 던졌다.

"레이뮤 씨의 이마와 팔에 붙어 있는 보석은… 어떤 의미인가요?"

난 질문을 하면서 레이뮤 씨의 몸에 붙어 있는 보석을 가리켰다. 그녀의 몸에 붙어 있는 보석은 전부 합해서 세 개. 이마에 한 개, 양쪽 팔—정확히는 주사 맞는 부분—에 각각 한 개. 처음 봤을 때도 느낀 것이지만 보석이 살 속을 파고드는 형태가 아니라 그냥 단순히 붙어 있다는 느낌. 그럼에도 전혀 떨어질 것 같지 않은 안정감, 그리고 뭔가 핏빛으로 물들어 있는 듯한 보석의 색. 레이뮤의 미모가 출중해서 신경을 안 쓰면 알아채질 못하지만 자세히 들여다보면 뭔가 불길한 색을 띠고 있는 보석이었던 것이다.

"이 보석 말인가요……?"

레이뮤는 평상시의 그녀답지 않게 말끝을 흐렸다.

"사실 나도 잘 모릅니다. 눈을 떠보니 어느 사이엔가 몸에 붙어 있게 되었다고 할까요? 그리고 이 보석이 붙은 뒤로 나이를 먹지 않게 되었지요."

"……!"

헉! 단순히 보석을 몸에 붙였을 뿐인데 나이를 안 먹어? 그럼 내 몸에도 보석 붙여줘! 나도 더 이상 나이 먹기 싫어!!

"아마도… 그게 에크 트볼레시크의 강림 때였을 겁니다. 지금으로부터 500년 전 같은 장소에 에크 트볼레시크의 강림과 카이드렌의 소환이 동시에 된 적이 있었지요. 그로 인해 도스 제국이 거의 초토화되었습니다. 나 역시 도스 제국에 있었는데 어찌 된 일인지는 모르지만 그 당시 나는 잠들어 있었고, 잠에서 깨어나 보니 나이를 먹지 않는 몸이 되었던 것이랍니다."

레이뮤는 여전히 담담한 표정으로 과거 얘기를 했다. 그러나 나는 모르는 단어의 남발로 인하여 레이뮤가 무슨 얘기를 하는지 알아들을 수가 없었다. 만약 지금 내가 뭔가 하는 일이 있었다면 그냥 무시해 버렸겠지만, 어차피 메리 할머니가 음식을 가지고 올 때까지 특별히 할 일도 없었던 터라 궁금한 것에 대해 붙잡고 늘어졌다.

"그… 에크… 머시기가 뭐죠? 강림이나 소환이라는 건……?"

"아, 나의 실수로군요. 레지스트리 군은 다른 세계에서 왔으니 이곳의 역사를 잘 모르지요."

후후, 외부인이 어찌 이 세계 역사에 대해서 알겠수, 모르는 게 당연하지? 그런데 내가 다른 세계에서 왔다는 말을 할 때 목소리를 일부러 작게 한 것? 역시… 베테랑은 다른 건가.

"에크 트볼레시크는 파괴의 마신 왼팔을 뜻합니다. 그리고 카이드렌은 인간에게 처음으로 마법을 전해준 드래곤의 이름입니다. 마계는 마수(魔獸), 마족(魔族), 마왕(魔王), 마

신(魔神)의 네 계급으로 나뉘고, 각 계급이 또다시 상중하(上
中下)로 나뉜다고 해요. 500년 전까지 인간이 이 땅에 강림
시켰던 마계 종족은 하급 마왕이 전부였습니다. 그런데 갑
자기 마신 중에서도 상급 마신인 에크 트볼레시크가 강림한
것입니다.”

　이야기를 하면 할수록 레이뮤의 목소리에 떨림이 첨가되
기 시작했다. 그렇지만 처음부터 차분했던 어조 자체는 전혀
변하지 않았다.

　“마계 종족을 강림시키는 마법을 흑마술(黑魔術)이라 부릅
니다. 그리고 명계(冥界)에서 영혼을 소환하는 걸 소환술(召
喚術)이라 하죠. 물론 정령술(精靈術) 역시 정령을 소환하는
것이라 어떤 이들은 이 셋을 한꺼번에 소환술이라고도 합니
다만, 어찌 됐든 흑마술이나 소환술, 그리고 마법 모두 매직
포스에 그 근원을 두고 있지요. 흑마술이 하급 마왕 강림까
지만 발전한 것과 마찬가지로, 소환술 역시 죽은 사람의 영
혼 정도만을 소환하는 것이었습니다. 그런 소환술이 갑자기
드래곤을, 그것도 최강의 드래곤 중 하나라고 불리는 카이드
렌의 영혼을 소환한 것이지요. 그러한 갑작스런 고난이도의
강림과 소환이 한 장소에서 같은 시기에 행해진 것입니다.”

　호오, 왠지 뭔가 있을 듯한 얘기인데? 근데 내가 그런 얘기
를 알아봤자 뭐에 써먹지? 어차피 이쪽 세계 역사잖아? 내가
이곳에서 역사 시험을 볼 것도 아니고.

"도스 제국에서 동시에 행해진 에크 트볼레시크의 강림과 카이드렌의 소환은 도스 제국을 괴멸시켰습니다. 아까 말했다시피 나 역시 도스 제국에, 그리고 강림과 소환이 일어난 지역에 있었습니다만 운 좋게 죽지 않았지요. 어째서 그 거대한 힘의 충돌 속에서 나 혼자만이 살아남았는지 지금 생각해도 이해할 수가 없어요."

그 얘기를 하면서 레이뮤는 정말 그 부분이 신경 쓰이는지 고운 아미를 살짝 찌푸렸다. 그것은 내가 처음으로 본 레이뮤의 표정 변화였다. 500년 이상 살아오면서 거의 모든 세상사에 달통한 그녀가 신경을 쓸 정도로 그 문제는 의문투성이인 것 같았다. 그런 레이뮤를 보면서 지금까지 얘기를 듣고만 있던 슈아로에가 모처럼 입을 열었다.

"혹시 에크 트볼레시크와 카이드렌이 충돌했을 때 그 힘이 레이뮤님에게로 흡수된 것이 아닐까요? 그래서 불로(不老)의 몸이 됐을 수도 있잖아요."

"글쎄… 모르겠구나. 하지만 한 가지 마음에 걸리는 건……."

레이뮤는 잠시 말을 끊었다. 우리가 얘기를 나누는 동안 세 명의 아주머니가 음식을 가져왔기 때문이다. 점심시간답게 양고기 같은 육류가 많았다. 어쨌든 우리는 아주머니들이 가져다준 음식을 먹으며 다시 얘기를 시작했다. 먼저 입을 연 것은 슈아로에였다.

"레이뮤님이 사랑하셨던 분이 커널 소유자였다고 하셨죠?"

"그래, 그 사람은 그 일 직후부터 모습을 보이지 않았단다. 아마도 에크 트볼레시크와 카이드렌의 충돌 때 목숨을 잃은 것 같아."

레이뮤와 슈아로에가 자기들끼리 얘기를 했기 때문에 난 중간에 인터럽트를 걸었다.

"커널이라는 게 뭐죠?"

"아, 레지스트리 군은 모르겠네요."

내 물음에 슈아로에가 먼저 반응했다.

"이 세계에는 커널이라는 존재가 있어요. 커널은 100년마다 한 번씩 나타나는데 인간을 주인으로 섬기죠. 커널이 나타나기 시작한 게 아마 거의 천 년 전일 거예요. 그 후부터 쭉 100년마다 출현했는데, 아, 400년 전에는 출현하지 않았지만 어쨌든 여태까지 아홉 가지의 커널이 존재했고, 커널이 나타날 때마다 신성 마법, 흑마술, 소환술, 정령술, 마법 모두가 비약적인 발전을 거두었어요. 그리고 커널 소유자는 모두 비참한 최후를 맞이했죠."

"비참한 최후?"

"네. 커널 소유자들은 자신의 힘을 과신해서 야망을 품었고, 그 결과 많은 사람들을 공포에 떨게 했어요. 심지어 신의 권능을 행하는 사제들조차 커널을 얻자 광포하게 변할 정도였으니까요. 그래서인지 커널 소유자들은 공적이 되어서 모든 이들에게 배척당했죠. 그리고 그 끝은 처형이었구요."

"음……."

난 심각하게 듣는 척했지만 사실 한 귀로 듣고 한 귀로 흘려버리고 있었다. 설명을 들어도 무슨 소리인지 와 닿질 않아서였다. 그래서 커널에 대한 얘기는 그쯤에서 접고 화제를 레이뮤에게로 돌렸다.

"근데 레이뮤 씨가 사랑했다던 사람, 죽은 건가요?"

흐으, 내가 생각해도 바보 같은 질문이군. 벌써 500년이나 지났는데 당연히 죽었지. 할 얘기가 없으니까 불필요한 질문을 던지는 이 형편없는 센스!

"아마도 에크 트볼레시크와 카이드렌 충돌 때 죽었겠지요. 설령 살아 있었다고 해도 500년이나 지났으니 살아 있을 수는 없어요."

레이뮤는 내가 예상했던 그대로의 대답을 친절하게 해주었다. 그러나 슈아로에는 나와 레이뮤의 생각을 부정했다.

"레이뮤님이 살아 있으니까 그분도 살아 있지 않을까요? 시신이 발견된 것도 아니잖아요."

"도스 세국 자체가 닐아가 버려시 시신은 애초에 없단다."

뭔가를 기대하는 슈아로에와는 달리 레이뮤의 생각은 단호했다. 그럼에도 슈아로에는 들뜬 표정을 지으며 말을 이었다.

"혹시라도 그분이 살아 있어서 레이뮤님을 다시 찾아온다면… 레이뮤님은 어떻게 하실 거예요?”

“…….”

워낙 슈아로에가 눈을 반짝반짝 빛내며 물어보았기 때문에 레이뮤는 약간 난처한 표정을 지었다. 그 표정은 내가 두 번째로 보는 레이뮤의 표정 변화였다.

하하, 역시 슈아로에는 열다섯 살 소녀인가 보군. 저렇게 사랑에 관심을 가지니. 내 나이 되어봐. 사랑보다는 당장 취직 걱정에 잠이 안 오지. 아, 나도 저런 시절이 있었… 던가?

“그 얘기는 그만 하자꾸나. 어서 식사하거라.”

“힝…….”

화제를 돌리는 것도 아니고 아예 이야기를 중단해 버리는 레이뮤를 보고 슈아로에는 상당히 아쉽다는 표정을 지었다. 아마도 슈아로에는 레이뮤가 ‘그 사람이 나타난다면 다시 사랑할 거야’ 라는 대답을 기다리고 있었던 듯하다. 로맨스를 동경하는 소녀에게는 그것이 가장 이상적인 대답이었을 것이다. 그러나 이미 500년을 살아오면서 여성을 초월한 것인지 레이뮤는 로맨스엔 별 관심이 없어 보였다.

웅성웅성.

대화를 끝내고 본격적인 식사에 들어가자 주변에서의 웅성거림이 귀에 들어왔다. 작은 목소리로 속삭여서 잘 들리지는 않았지만 나에 대한 이야기라는 생각이 들었다. 심지어는 이 학교 선생들도 나에게 의혹의 시선을 보내고 있었다.

이런, 정말 신경 쓰이는군. 레이뮤가 나보고 슈아로에의 먼 친척이라 얘기하라고 했지만 과연 저 사람들이 얌전히 속아줄까? 슈아로에는 원래 귀족인 걸로 알고 있는데……. 에이, 모르겠다. 뭐, 어떻게든 되겠지. 거짓말이 들통 나면 다시 해리 형님과 함께 밑바닥 생활을 하면 그만이고. 걱정은 둘둘 말아버리자.

제4장

의문의 청년

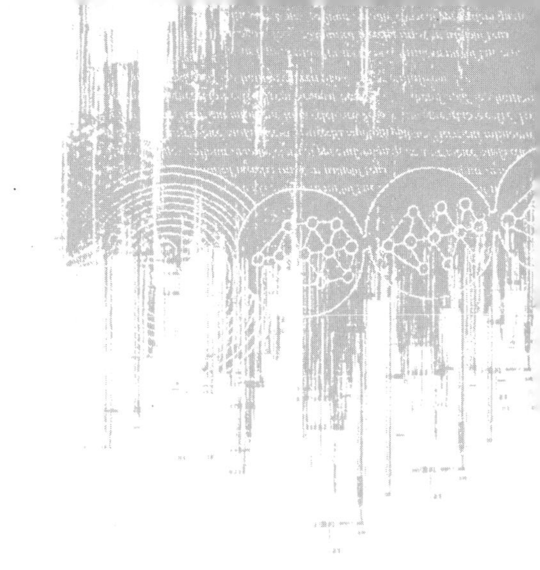

원래 살던 곳에서 이 이상한 세계로 오게 된 지 대략 1주일 정도 지났다. 그동안 도서실에 틀어박혀 책이나 뒤적거리면서 시간을 보냈다. 하는 일이라고는 오후에 학생들 오는 거 쳐다보고 있다가 학생들 다 사라지면 청소하는 것뿐.

가끔씩 학생들에게 '당신 뉘슈?' 같은 질문을 받았지만 슈아로에의 멀고 먼 친척이라고 속였다. 물론 그 말을 곧이곧대로 믿는 사람은 없었으나 레이뮤가 날 옹호해 주고 있어서 별다른 반발은 없었다.

"이것으로 분류도 일단 끝났구나."

레이뮤는 들고 있던 펜을 놓으며 나지막이 한숨을 내쉬었

다. 주말임에도 불구하고 레이뮤는 아침 일찍부터 슈아로에
와 함께 도서실에서 코드 분류 작업을 하고 있었다. 그리고
해가 저물어가는 지금 작업을 거의 마무리 지은 것이다.

"아~ 힘들다!"

슈아로에도 한숨 돌리듯 크게 기지개를 켰다. 키와 나이에
비해 바람직한(?) 몸을 하고 있는 슈아로에라서 양팔을 치켜들
고 기지개를 켜니 덧옷인 흰색 케이프 사이로 팔과 가슴 라인
이 거의 그대로 드러났다. 난 주위 정리를 하는 척하며 그 모
습을 힐끗힐끗 쳐다보며 속으로 음흉스럽게 웃는 중이었다.

"레지스트리 군도 수고했어요!"

기지개를 끝낸 슈아로에가 나에게 격려의 말을 해주었다.
하지만 난 고개를 저었다.

"난 한 일이 없잖아?"

"그래도 레지스트리 군이 있어서 더 빨리 끝낼 수 있었잖
아요. 레지스트리 군이 용언에 대해서 이렇게 많이 알고 있을
줄은 몰랐어요."

슈아로에는 여전히 내 칭찬을 했다. 그것은 내가 두 사람의
작업 과정에서 간간이 끼어들며 잘난 척을 했기 때문이다. 가
끔 슈아로에가 용언이 생각나지 않아서 고민할 때 내가 '혹
시 이 말 아니야?' 하며 알려준 단어가 좀 있었던 것이다. 바
꿔 말하면, 이 세계의 용언이 내가 살던 세계의 영어와 똑같
고 6년 동안 배운 영어 실력이 헛되지는 않았다는 뜻이다.

"레지스트리 군이 매직포스만 느낄 수 있었다면 훌륭한 마법사가 됐을 텐데… 정말 아쉬워요."

슈아로에가 나지막이 한숨을 내쉬었다. 요 며칠 사이에 슈아로에는 그 말을 입버릇처럼 하고 있었다. 그도 그럴 것이, 일주일도 안 되는 시간에 내가 마법의 기본을 마스터했기 때문이다. 아니, 정확히는 코딩(Coding)하는 방법을 마스터했다는 게 옳았다.

일반적으로 평범한 마법사들은 마법 주문을 무조건 외워서 사용하지만 일정 수준 이상이 되면 자신이 주문을 만들어서 사용하는데 이를 매직 코딩, 혹은 줄여서 그냥 코딩이라고 한다. 이 세계에서의 마법 주문은 반드시 'Create A, Mapping B, Animate or Render C'의 공식을 가지고 있고 ABC에 들어가는 코드에 따라 마법 주문이 달라진다. 대부분의 마법사는 ABC에 정신력 제어 코드를 이용하여 마법을 실현한다. 그것은 레이뮤와 슈아로에도 마찬가지이다.

그러나 난 이런저런 마법 코드를 훑어보다가 하나의 사실을 알아냈다. 이 세계의 주문이 마치 3D 제작 프로그램 같다는 것이다. 3D 프로그램처럼 오브젝트를 만든 후 매핑을 하고 렌더링을 거는 작업을 마법 코드가 그대로 수행한다. 예를 들어 파이어 볼의 코드 같은 경우 'Create Space Hotball, Mapping Fire, Create Space Road, Animate Space Road' 인데 이는 Hotball이라는 오브젝트를 만들고 거기에 불[Fire]로 매핑을 하고 경로[Road]를 만들어 애니메이션을 거는 작업이라 볼 수 있다. 여기서 오브젝트를 만들고 경로를 지정하여 애니메이션을 걸거나 렌더링을 거는 건 정신력 제어 코드의 하나인 space를 이용한다. 마법사는 주문을 외울 때 그 코드들에 정신력을 집중시켜야만 마법을 구현할 수 있는 것이다.

3D 프로그램을 접해본 적이 없는 일반인들은 이해하기 매우 힘들겠지만, 물론 전문가라고 하더라도 이쪽 세계의 법칙이니 이해하기 힘들 것이다. 하지만 나로서는 수많은 마법 코드를 훑어보면서 그 생각을 더욱 확고히 했다. 그리하여 레이뮤가 시도하려 했다가 완성하지 못했던 정신력 제어 코드 없는 마법 주문을 내가 완성시켜 버렸다. 그 점 때문에 슈아로에가 매직포스를 느끼지 못하는 나에 대해서 안타까워하고 있는 것이다.

"정말 대단한 업적인데……."

슈아로에는 정신력 제어 코드 없는 파이어 볼의 코드 스크롤을 보며 한숨을 내쉬었다. 그 스크롤에는 내가 완성시킨 파이어 볼 코드가 기록되어 있었다.

```
create sphere.
radius zero dot five.
position zero axis zero axis one axis.
mapping fire.
```

```
create line.
begin zero axis zero axis one axis.
end zero axis ten axis minus two dot five
axis.
animate line.
```

원래의 파이어 볼 주문보다 두 배 이상 긴 코드라서 다 읽는 데 시간이 걸린다는 단점이 있지만, 정신력 제어 코드가 없어 단순히 코드를 읽기만 해도 마법이 발동된다는 장점이 있었다. 그리고 원래의 코드보다 마나를 훨씬 적게 잡아먹는다. 레이뮤가 500년 동안 작업해 왔다는 코드 마나량 계산법에 따르면, 원래 코드보다 내 코드가 거의 절반의 마나만으로 발동이 가능한 것이다.

"전 솔직히 이 코드, 봐도 모르겠어요. 확실히 단순히 코드를 외우기만 해도 마법이 발동되기는 하는데… 정말 신기해요."

슈아로에는 내 파이어 볼 코드를 보며 고개를 설레설레 저었다. 어렸을 때부터 천재, 신동 소리 들으면서 커왔다는 슈아로에도 이해하기 힘든 코드 구성이었던 것이나. 그도 그럴 것이, 이 코드는 구[Sphere]라는 오브젝트를 만들고 그 오브젝트의 반지름과 위치를 x, y, z축으로 결정한 후 매핑을 하고, 동선의 양 끝점을 지정하여 애니메이션을 거는 복잡한 작업을 포함하고 있기 때문이었다. 솔직히 이 코드를 만든 나도 코드를 보지 않고 외워서 쓴다는 건 무리였다.

"어차피 슈아로에는 정신력 제어 코드를 써서 사용하는 게 마법 속도가 더 빠르니까 굳이 이 코드를 외울 필요는 없잖아? 뭐, 난 머리가 나빠서 외우지도 못하지만."

"레지스트리 군이 만들었잖아요, 이 코드?"

"내가 만들었지만 복잡해. 나라도 그냥 정신력 제어 코드를 써서 코딩해 버리지."

"……."

내 말에 슈아로에는 '그럼 이 복잡한 코드는 왜 만들었어요, 정신 사납게?' 라는 표정을 지었다. 내가 '할 짓 없어 심심해서~' 라는 무언의 표정을 짓고 있을 때 가만히 있던 레이뮤가 슈아로에의 머리를 쓰다듬으며 입을 열었다.

"레지스트리 군의 마법 코드는 마나량을 줄인다는 큰 장점이 있단다. 그 하나만으로도 이 코드의 존재 가치는 충분하지 않니?"

"그렇긴 하지만……."

레이뮤의 말을 듣고서도 슈아로에는 뭔가 불만스럽다는 표정을 지우지 못했다. 그것은 아무래도 500년 동안 레이뮤가 완성하지 못한 것을 며칠 새에 끝내 버리는 내 행적 때문인 듯했다. 이 세상에서 레이뮤를 가장 존경하고 있는 슈아로에이니만큼 레이뮤보다 뭔가 뛰어난 사람을 자기도 모르는 사이에 경계하고 있는 것이다.

하하, 이러니 꼭 내가 훌륭한 사람인 것 같잖아? 난 그냥 마법 코드를 분석해서 새로운 코드를 만들었을 뿐이라고. 어차피 마법 코드를 만들어도 당사자인 나는 써먹지도 못하는데. 이론은 알아도 실전은 못한다는 느낌이랄까? 흠, 그냥 이 기회에 이론 마법사라는 새로운 직업을 창조해 버려?

"레지스트리 군."

슈아로에의 불만을 잠재운 레이뮤가 날 조용히 불렀다. 내가 얼굴에 물음표를 띄우고 쳐다보자 레이뮤는 평이한 어조로 말했다.

"내가 정리한 코드 마나량과 레지스트리 군의 코드는 이번에 열리는 마법학회에서 발표할 예정입니다."

호오, 마법학회라는 것도 있나 보지? 연구 세미나 같은 건가? 거기서 무슨 실적이라도 올리면 뭐 나오는 거 있남?

"하지만 레지스트리 군의 코드는 레지스트리 군의 이름이 아닌 내 이름으로 발표될 것입니다."

잉?

"네? 그게 무슨 말씀이세요?"

레이뮤의 빌인이 매우 의외였기 때문에 슈아로에조차 당황스러워했다. 얼핏 들으면 나의 공적을 자신의 공적인 것처럼 발표하려는 의도라고 할 수 있었다. 슈아로에로서는 존경하는 레이뮤가 그런 파렴치한 짓을 하려 한다는 걸 인정할 수 없었던 것이다. 그러나 레이뮤는 여전히 담담한 얼굴로 자신의 말을 이어갔다.

"마법학회의 마법사 중에 레지스트리 군을 알고 있는 사람
은 단 한 명도 없습니다. 그런 상황에서 마법을 사용할 수도
없는 사람이 새로운 코드를 개발했다는 걸 알면 학회가 뒤집
어지겠지요. 어쩌면 레지스트리 군에 대해서 조사하려 들지
도 모릅니다. 그렇게 되면 레지스트리 군이 다른 세계에서 소
환되었다는 것을 알게 되겠지요."

"……."

"일개의 인간이 다른 세계에서 소환되었다……. 이건 굉장
히 큰 문제입니다. 여태까지 사람을 소환했다는 기록도 없고,
누가 그런 소환 마법을 구사했는지도 모르니까요. 살아 있는
사람을 소환하거나 이동시킨다는 건 거의 불가능한 일입니
다. 소환술이란 건 단순히 죽은 영혼을 육체로 불러들이는 행
위일 뿐이니까요."

"……?"

레이뮤의 말을 듣다가 뭔가 이상한 점을 발견했다. 그래서
그 점에 대해 레이뮤에게 질문을 던졌다.

"사람을 소환할 수 없다구요? 그럼 저는 어떻게 소환된 거
죠?"

"……."

내 질문에 레이뮤는 잠시 내 얼굴을 쳐다보았다. 그리고는
약간의 한숨 섞인 말로 대답했다.

“알 수 없습니다. 레지스트리 군을 소환한 것은 분명 마법입니다. 소환술이 아니지요. 하지만 현재 소환 마법이라는 건 존재하지 않습니다. 고대의 드래곤들은 텔레포트 같은 순간이동 마법을 행했다고 하지만 현재 알려진 코드가 없어요. 따라서 지금의 마법사들은 텔레포트는커녕 소환 마법조차 행할 수 없습니다.”

“그럼……?”

“레지스트리 군을 소환한 자가 인간이라면… 그는 알려지지 않은 최고위 마법사일 테고, 인간이 아니라면… 드래곤이라는 소리가 되겠지요.”

“……!”

드래곤이 날 소환했을지도 모른다는 말에 난 기겁했다. 아니, 기겁이라기보다는 당황이라고 하는 게 더 옳았다. 날 소환한 것이 사람이라도 ‘당신이 뭔데 날 소환해? 당신, 나 알아?’라고 할 판에 한 번도 본 적 없는 드래곤이 날 소환했을지도 모른다니 당황하지 않을 수 없었던 것이다.

“아무튼 레지스트리 군이 전면에 나서게 된다면 여러 가지로 문제가 많이 발생할 겁니다. 그래서 일단 레지스트리 군을 소환한 자의 정체가 드러날 때까지 레지스트리 군의 정체는 비밀에 부칠 거예요. 이해해 주세요.”

“뭐…….”

난 전혀 반론을 제기하지 않았다. 사실 별거 아닌 걸 가지고 잘난 척하기도 싫었고, 이곳으로 소환된 이유를 모르는 이상 경거망동할 생각은 없었다. 게다가 내가 만든 코드는 레이뮤의 미완성 코드를 기초로 만든 것이라 사실상 레이뮤가 만들었다고 해도 무방한 것이었다.

"그렇게 해주세요. 그 편이 더 편하니까요."

"넓은 아량에 감사드립니다."

레이뮤는 평소와는 다르게 나에게 허리를 숙이는 자세를 취해 보였다. 그것은 레이뮤 스스로도 자신이 만들지 않은 걸 자신이 만들었다고 발표하는 것에 부담을 가지고 있다는 뜻이었다. 확실히 레이뮤라는 사람은 아무도 모르게 남의 공적을 자신의 공적으로 바꿔치기하는 부류의 인간은 아니었다.

"슈아로에, 이제 방으로 돌아가자."

"네, 레이뮤님."

나와의 모든 얘기를 끝낸 레이뮤는 자신이 작성한 문서 뭉치를 들고 슈아로에와 함께 도서실을 빠져나갔다. 슈아로에는 도서실을 나가기 전에 나에게 한마디 했다.

"오늘은 레이뮤님하고 같이 있어야 돼서 뒷정리는 도와줄 수 없어요. 그러니까 마무리 부탁해요."

"어, 걱정 마."

"그럼 수고해요."

그 말을 끝으로 슈아로에도 레이뮤의 뒤를 따라 도서실을 나갔다. 넓은 도서실에 혼자 덩그러니 남은 나는 주변에 널려 있는 종이를 모으고 뒷정리를 시작했다. 본래 레이뮤와 슈아로에가 깔끔한 성격이라서 작업 중에도 비교적 깨끗하게 도서실을 사용했고, 그래서 별로 정리할 것은 없었다.

……..

도서실 정리를 10분 만에 끝내고 쓰레기통을 비우기 위해 본관 건물 밖으로 나왔다. 사실 쓰레기 양이 많은 게 아니라서 굳이 오늘 비울 필요는 없었지만 할 일도 없고 심심해서 쓰레기 처리장으로 향했다. 약 4일 동안 도서실에서 일하면서 너무 앉아만 있어서 쓰레기통을 들었다 내렸다 하는 등의 운동이라도 해야 했다.

뭐, 원래 난 운동을 별로 좋아하지 않지만 운동을 하지 않으면 몸이 약해지니 하기 싫어도 해야지. 군대에서 체력 없다고 선임병들에게 얼마나 욕을 들어먹었는데. 취사병은 체력 없어도 된다고 생각해서 지원했다가 큰코다치기도 했고. 어쨌든 운동은 조금씩이라도 꾸준히 해줘야 돼.

저벅저벅.

“……?”

내가 식당을 지나 쓰레기 처리장으로 걸어갈 때 누군가의 발자국 소리가 기숙사 쪽으로부터 들려왔다. 현재 시각이 대략 저녁 9시인 데다가 주말을 맞이하여 절반 이상의 학생들이 학교를 탈출한 상태라 아무도 없어야 정상이었다.

도대체 누구지? 기숙사 쪽인 걸 보면 해리 형님은 아닐 테고……. 설마 이 시간에 기숙사를 빠져나온 학생이 있다는 소리인가? 기숙사에 따로 통금 시간이 없다고 듣긴 했지만 밖에 나와서 뭐 하지? 식당에 가봤자 아무것도 안 줄 텐데? 거참, 이상한…….

"후후, 너인가?"

"……!"

기숙사에서 나온 사람이 날 발견하자마자 씨익 웃으며 나에게 말을 걸었다. 밝게 빛나는 별빛 아래로 그 사람의 모습이 드러났다. 나이는 대략 20대 초, 중반으로 보이는 얼굴은 그다지 특이한 구석 없이 평범했다. 하지만 입고 있는 옷이 매지스트로 마법학교의 교복이 아니라 검은색의 로브였다. 로브가 이 세계의 평범한 옷이라고 하더라도 이 학교에서 로브를 입는 사람은 단 한 사람도 없기 때문에 단박에 외부인임을 알아차렸다.

"역시 검은 머리로군. 근데… 마나가 전혀 안 느껴지는데?"

젊어 보이는 얼굴과는 다르게 의문의 청년은 나이를 많이 먹은 투의 어조를 구사했다. 레이뮤도 비교적 그런 식의 어조를 쓰기는 하지만, 지금 내 눈앞의 청년에서 느껴지는 이질감은 레이뮤의 그것과는 질적으로 달랐다. 뭔가 위험한 느낌이 풍겨왔던 것이다.

"어이, 너, 설마 아무것도 못한다는 소리는 아니겠지?"

"……!"

　의문의 청년은 얼굴에 의혹의 빛을 가득 띠고 나에게 성큼 다가왔다. 그래서 난 반사적으로 몇 걸음 뒤로 물러났다. 하지만 손에 쓰레기통을 들고 있고 아직 청년이 나에게 호의를 가지고 있는지 악의를 가지고 있는지 파악하지 못한 어정쩡한 상태라 금방 청년에게 따라잡혔다.

　퉁!

　"윽!"

　갑자기 의문의 청년이 내 멱살을 움켜잡는 바람에 난 들고 있던 쓰레기통을 놓치고 말았다. 쓰레기통에 쓰레기가 얼마 없어서 주변은 지저분해지지 않았지만 그보다 청년의 행동에 당황했다. 느닷없이 멱살을 잡을 것이라고는 생각하지 못했기 때문이다.

　"뭐, 뭐야?!"

　내가 당황해서 소리치자 의문의 청년은 내 얼굴을 자세히 들여다보았다. 그리고 멱살을 잡은 손에 더욱 힘을 주었다. 청년의 악력이 생각보다 강해서 난 청년의 손아귀에서 빠져나올 수 없었다. 그래서 쓰레기통을 놓쳐 자유로워진 손으로 청년의 얼굴을 때렸다. 아니, 때리려고 했다.

　퍽!

　"헉!"

　순간 청년의 주먹이 내 복부를 강타했고, 난 신음 소리와 함께 바닥에 나뒹굴었다. 25년 동안 살아오면서 싸움을 해본

적이 없는 나로서는 처음 맞는 강력한 일격에 정신을 차릴 수가 없었다.

"컥! 커억!"

숨 쉬기 힘들 정도로 강렬한 통증이 엄습해 왔다. 싸움을 한 적은 없어도 싸움을 하게 되면 적어도 상대와 어느 정도 싸울 수 있을 것이란 생각을 줄곧 했었다. 설령 맞더라도 영화나 만화에서처럼 버틸 수 있을 거라고 생각했다. 그러나 난 청년의 복부 강타 한 방에 그 어떤 반격도 할 수 없는 상태가 되고 말았다.

"칫, 진짜 아무것도 못하는 놈이었냐? 미치겠군."

바닥에서 배를 움켜잡은 채 눈물을 흘리고 있는 날 보며 청년이 짜증 난다는 투로 말했다. 그리고는 오른발로 내 가슴을 한 번 걸어찼다.

퍽!

"큭!"

그다지 강력한 킥은 아니었지만 이미 전의를 상실한 나에게 있어서 그것은 아픔보다 두려움으로 다가왔다. 저 청년이 날 죽일지도 모른다는 생각이 들었던 것이다.

"혹시나 해서 이리로 소환하라고 했는데… 마법도 배울 수 없는 놈이라니……. 차라리 무술 학교로 보내라고 할 걸 그랬어."

퍽퍽!

"허억!"

청년은 말하면서도 계속 내 몸 여기저기를 걷어찼다. 신경질적으로 걷어차는 거라 그 힘이 일정하지는 않았으나 뾰족한 구두로 차는 거라 나에게는 상당한 타격이었다. 생전 처음으로 얻어터지는 경험은 나에게 아무런 생각도 하지 못하게 만들었다.

"이 녀석, 약해 보여서 무술을 배워도 영……. 그렇군! 그 방법을 쓰면 되겠어!"

한참 날 걷어차다가 뭔가를 떠올린 듯 의문의 청년은 걷어차는 걸 멈췄다. 고통 때문에 머리가 새하얘진 나는 청년이 무엇을 할지 전혀 예상할 수가 없었다. 뭐든지 좋으니 제발 때리지만 말아달라는 생각뿐이었다.

"이건 내가 알아낸 마나 복사 코드다. 매직포스를 느낄 수 없는 놈도 마법을 사용하게끔 만들지. 이 세상에서 나 말고는 아무도 아는 자가 없어. 그런 코드를 가장 먼저 듣고 가장 처음으로 경험하게 되는 걸 영광으로 생각해라."

청년의 어조는 굉장한 자신감으로 가득했다. 그러던 청년이 갑자기 나에게 질문을 던졌다.

"어이, 너, 이름이 뭐냐?"

"레… 레지스트리……."

"레지스트리? 어디서 들어본 이름인데……? 뭐, 상관없지. 어쨌든 죽기 싫으면 내 연결을 받아들여라. 안 받아들이면 넌 죽어.”

의문의 청년은 그 말을 끝으로 뭔가를 읊조리기 시작했다.

“Create number copy, duplicate code in copy, create dimension Registry, link Registry…….”

“……!”

의문의 청년이 거기까지 읊조렸을 때 갑자기 내 머릿속으로 무엇인가가 파고들었다. 그것은 청년의 의식이었다. 마치 문을 열어달라는 것처럼 청년의 의식은 내 머릿속을 줄기차게 두드렸다.

“크윽…….”

청년의 의식을 내 머릿속으로 들여놓고 싶지는 않았지만 앞서 청년이 한 말이 떠올라 의식의 문을 열어주고 말았다. 순간 청년의 의식이 내 머릿속을 점령하여 자기 마음대로 자리잡기 시작했다. 그 기분은 정말 말할 수 없이 더러웠다.

“Create protocol, substitute copy for code, render thousand twenty four.”

청년의 의식이 침범해 들어오자 청년은 마지막이라고 생각되는 코드를 읊었다. 실행 코드인 render가 나왔기 때문이다. 어찌 됐든 정체를 알 수 없는 청년의 마법 코드는 실행 코드의 발동으로 구현되기 시작했다.

“……!”

무엇인가가 내 머릿속으로 옮겨지기 시작했다. 청년의 의식을 통해서 그것은 내 머릿속으로 파고들었다. 거의 1초에 하나씩 어떤 것이 내 머릿속에 자리를 잡아가는 듯했다. 그렇게 시간은 한정없이 지나갔다.

……

"후우, 끝났군."

의문의 청년은 나지막이 한숨을 쉬며 입을 열었다. 그 말을 듣자마자 난 곧바로 정신을 차렸다. 이미 몸의 통증은 거의 없는 상태였다. 그것은 누가 치료해 줘서 그런 게 아니라 그만큼 시간이 지났다는 뜻이다. 어쨌든 계속 바닥에 쓰러져 있으면 청년이 날 또 걷어찰지도 모른다는 생각이 들어 난 급히 몸을 일으켰다.

"윽!"

몸을 일으키자마자 몸 여기저기가 쑤시고 아팠다. 아픈 곳이 완전히 낫지 않은 탓이었다. 일어나서 비틀거리고 있는 날 보며 의문의 청년이 비웃음을 흘렸다.

"역시 약해 빠진 놈이군. 이런 놈을 흡수해 봤자 별 도움도 안 될 텐데……."

"……?"

무슨 소리지? 흡수하다니?

"지금 내가 네놈에게 마나를 만들어줬다. 그것도 무려 1서클이나 만들어줬어. 그러니까 넌 지금 당장이라도 마법을 쓸 수 있다. 어차피 마법을 쓸 줄도 모르겠지만."

“……!”

마나를 만들어줬다고?

“마법이나 배워서 좀 강해져라. 레이뮤는 원래 베푸는 성격이라 가르쳐 달라고 하면 많이 가르쳐 줄 거다. 나 같으면 절대 안 가르쳐 주겠지만. 어쨌든 빨리 강해져서 놈의 제물이나 돼라.”

“무슨 소리지?”

난 아픔을 억누르고 청년에게 질문을 날렸다. 청년이 용무를 마치고 돌아가려는 기미를 보였기 때문에 그전에 무엇인가를 알아내기 위해서였다. 하지만 의문의 청년은 싸늘하게 웃으며 내 의도를 짓밟았다.

“얌전히 마법이나 배워라. 크크, 넌 어차피 제물이니까 즐길 건 즐겨봐. 안 그러면 후회할 거다, 크크크.”

그 말을 끝으로 의문의 청년은 어둠 속으로 사라졌다. 그가 사라진 방향은 마을 쪽이었다. 하지만 난 청년을 따라잡을 수 없었다. 일단 몸 상태가 정상이 아니었고, 결정적으로 청년을 잡을 만한 능력이 없다는 게 문제였다.

털썩.

청년의 모습이 완전히 사라진 것을 확인하고 난 그대로 바닥에 쓰러졌다. 긴장이 풀려서인지 근육에 힘이 들어가지 않았다. 그렇게 난 차가운 땅바닥에 몸을 누인 채 정신을 잃었다.

*   *   *

난 평상시처럼 컴퓨터를 통해 므흣한 동영상과 사진을 본다. 처음에는 단순히 눈요깃감 정도로 생각했는데 시간이 지날수록 인체 비율과 근육, 동작 등에 신경이 쓰인다. 저런 자세에서는 근육 모양이 저렇구나, 카메라 위치와 각도가 괜찮네, 저런 피부를 표현하려면 어떻게 해야 하지 등등. 3D모델링을 배우면서 내 관심 분야는 인체 모델링이 되고 있다. 난감하다. 18금 자료를 18금의 시선으로 보지 못하는 나의 미래는 어떻게 되는 것인가?

"……."

"아, 일어났군요?"

내가 눈을 뜨자 어디서 많이 들어본 목소리가 내 고막을 울렸다. 방금 전까지 므흣한 자료를 보고 있었는데 눈을 떠보니 난 지금 누워 있었다. 아무래도 내가 보았던 것은 꿈인 듯했다.

"레지스트리 군, 나 알아보겠어요?"

"……?"

잉? 레지스트리 군? 어디선가 들어본 말인데……. 어, 그리고 보니 그 단어는 레이뮤나 슈아로에가 날 부를 때 사용하는 말……. 그렇다는 건 지금 날 부르고 있는 사람은 레이뮤 아니면 슈아로에?

거기까지 생각이 미치자 난 고개를 돌려 날 부르는 사람을 쳐다보았다. 날 보고 있는 한 명은 분홍색의 눈동자와 긴 머리카락을 지닌 숙녀였고, 다른 한 명은 갈색 눈동자와 긴 머리카락을 지닌 키 작은 소녀였다. 그녀들이 레이뮤와 슈아로에라는 건 알고 있었지만 방금 전까지 현실적인 꿈을 꿔서 그런지 그녀들의 존재가 왠지 꿈 같았다.

"설마 진짜로 기억을 잃어버린 거예요?!"

내가 아무 말도 하지 않자 슈아로에가 다급한 어조로 말했다. 그러자 옆에 있는 레이뮤는 매우 담담한 표정으로 슈아로에의 머리를 쓰다듬어 슈아로에를 진정시켰다. 슈아로에가 어느 정도 진정되자 레이뮤가 날 내려다보며 입을 열었다.

"레지스트리 군이 식당 쪽에 쓰러져 있는 걸 식당 청소부가 발견했습니다. 그게 두 시간 전의 일입니다."

"……."

식당 청소부……. 아, 그렇군. 해리 형님에 대한 얘기구나. 확실히 해리 형님은 식당을 청소하는 사람이니까 식당 청소부지. 그리고 며칠 전까지만 해도 나 역시 식당 청소부였고.

"제가… 두 시간 동안 자고 있었나요?"

"그래요. 몸의 상처는 나와 슈아로에가 치유 마법으로 완화시킨 상태입니다."

레이뮤의 말을 듣고 난 몸을 움직여 보았다. 일단 사건으로부터 두 시간이 지난 데다 두 사람의 치유 마법을 받았다고 하니 몸 상태는 거의 정상이었다. 그래서 난 곧바로 상체를 일으켰다. 누워 있다 보니 허리가 뻣뻣했을 뿐 달리 아픈 곳은 없었다.

"대체 무슨 일이 있었던 거예요? 누구한테 맞은 거예요?"

내가 이리저리 몸 상태를 살피자 슈아로에가 걱정스러운 얼굴로 사건의 경위를 물어왔다. 난 잠시 이번 사건에 대해 어떻게 설명하면 좋을까 생각하다가 문득 이상한 느낌을 받았다. 레이뮤와 슈아로에에게서 지금까지 느끼지 못했던 무엇인가를 느꼈기 때문이다.

뭐지, 이 엄청난 기운은? 뭔가 거친 파도 속에 있다는 느낌……. 특히 레이뮤 씨, 그 기운이 장난 아니게 강한데? 혹시 이게 슈아로에가 말하던 그 매직포스라는 건가?

"왜 그래요? 아직 상처가 안 나은 건가요?"

내가 멍하게 앉아만 있자 슈아로에가 내 어깨를 잡고 살짝 흔들었다. 덕분에 정신을 차린 나는 놀란 가슴을 진정하고 슈아로에에게 질문을 던졌다.

"그… 매직포스라는 거… 바다, 아니, 파도 같은 느낌이야?"

"네? 네. 다른 사람에게서 느껴지는 마나가 그런 느낌이긴 한데… 설마 레지스트리 군, 매직포스를 느낄 수 있는 건가요?!"

내 질문에서 뭔가를 알아차린 듯이 슈아로에가 경악한 표정을 지어 보였다. 하지만 옆에 있는 레이뮤는 이미 눈치 챘다는 듯 아무렇지도 않은 얼굴이었다. 사실 처음부터 지금까지 표정 변화가 없으니 눈치를 챘는지, 단지 놀라고 있는지는 확인할 방법이 없었다.

"지금 매직포스를 느끼고 있는 것 같아. 방금 전까지와는 확실히 다른 뭔가를 느껴."

난 그렇게 확신했다. 날 죽도록 팬 의문의 청년이 했던 말. 매직포스를 느낄 수 없는 놈도 마법을 사용할 수 있게끔 하는 마나 복사 코드, 그리고 얌전히 마법을 배워 제물이 되어라. 그 말을 종합해 보면 지금의 나는 매직포스를 느낄 수 있게 되었다는 소리이다.

"레지스트리 군, 이번 일에 대해 상세히 설명해 줘요. 그러면 뭔가 알아낼 것이 있을 것입니다."

내 표정을 가만히 지켜보던 레이뮤가 말했다. 나 역시 말할 생각이었기 때문에 망설이지 않고 자초지종을 설명했다.

"오늘 쓰레기를 버리려고 쓰레기 처리장으로 향하는 도중이었어요. 갑자기 기숙사 쪽에서 검은 로브를 쓴 청년이 걸어오더라구요. 그러다가 절 발견하고 '약한 놈이잖아' 하면서 절 막 팼죠. 그렇게 움직일 수 없도록 패더니 이상한 마법 코드를 외웠어요. 자기 딴에는 매직포스를 느끼게 해주는 마나 복사 코드라는데…… 어쨌든 마법 실행이 끝나고 청년은 사라졌죠. 어차피 제물이니까 얌전히 마법이나 배우라면서.”

“…….”

“…….”

내 설명에 레이뮤와 슈아로에는 입을 다물었다. 그녀들의 상식으로는 이해되지 않는 일이 벌어졌기 때문이다. 일단 의문의 청년이 날 찾아온 것에 대해서는 큰 문제가 없었지만 그가 기숙사 쪽에서 나왔다는 것, 그리고 마나 복사 코드를 사용했다는 것, 그로 인해 매직포스를 느끼지 못하는 내가 매직포스를 느낄 수 있게 되었다는 것. 그 모든 것들을 쉽게 받아들인다는 건 그녀들에게 있어서 어려운 일이었다. 물론 나 역시도 받아들이기 힘들었다.

“기숙사 쪽에서 나왔다라……. 그럼 우리 학교 학생이란 소리인가요?”

맨 먼저 말을 꺼낸 건 레이뮤였다.

“하지만 학교에 검은 로브를 가지고 있는 사람은 없다고 알고 있는데요.”

레이뮤의 말에 반론을 제기한 사람은 슈아로에였다. 비록 레이뮤의 밑에서 직접 마법을 배워서 학생들과의 교류가 많지는 않지만, 그래도 레이뮤보다는 슈아로에가 이 학교 학생들에 대해 자세히 알고 있는 편이었다.

“일단 그 문제는 학생들에게 직접 물어보는 게 나을 듯싶구나. 지금은 너무 늦었으니 내일 알아보도록 하마.”

레이뮤는 기숙사와 관련된 일을 그렇게 마무리 지었다. 그리고 이번엔 의문의 청년이 나에게 한 일에 대해서 의문을 제기했다.

"마나 복사 코드란 건 들어본 적이 없습니다. 매직포스를 느낄 수 없는 사람을 매직포스를 느끼도록 만들다니 이해할 수가 없군요."

"저도 그렇게 알고 있었는데……. 하지만 분명 지금 저는 매직포스를 느낄 수 있어요. 그 녀석의 말로는 1서클의 마나를 만들어줬다고 했습니다. 아직 이 마나를 어떻게 받아들여야 할지 몰라 정말 1서클인지는 확인할 수 없지만, 분명 뭔가 이전과는 달라졌다는 것을 느낄 수 있어요."

"…그것이 사실이라면 레지스트리 군을 공격했다는 그 사람이 레지스트리 군을 소환했을지도 모르겠군요."

"……?"

난 레이뮤의 추론을 이해할 수가 없어서 얼굴에 의문 표시를 떠올렸다. 그것은 슈아로에 역시 마찬가지였다. 하지만 레이뮤는 그런 우리들을 둘러보며 차분히 말을 이었다.

"마나 복사라는 코드를 만들 수 있을 정도면… 살아 있는 사람을 소환하는 것도 가능할지 모르니까요. 물론 공범이 있을 가능성도 있구요."

"……!"

그렇군. 확실히 날 죽도록 팬 그 녀석은 현 마법사들이 할 수 없는 마나 복사를 행했다. 그것은 아직 아무도 한 적 없는 마법을 그 녀석이 할 수 있을지도 모른다는 뜻. 녀석이 날 찾아온 것을 보면 거의 100%의 확률로 그 녀석이 날 소환했다고 볼 수 있겠지. 이제 중요한 건 녀석의 의도인가?

"그런데 어째서 그자는 레지스트리 군을 소환한 것일까요? 혹시 그자에게서 어떤 말을 듣지 못했나요?"

레이뮤가 의문의 청년에 대해서 나를 추궁하기 시작했다. 사실 그 청년이 나에게 한 행동은 전부 의문투성이였다. 만나자마자 날 두들겨 팬 것하며 느닷없이 마나를 복사해 준 것 등등.

"그 녀석은… 제가 약해 보인다는 것에 화를 내더군요. 그리고는 다짜고짜 때렸구요. 그 후에 갑자기 뭔가를 생각해 낸 듯하더니 저에게 마나를 복사해 줬습니다. 그리고 얌전히 마법을 배우라고 했어요. 절 보고는 제물이라고 말하더군요."

"제물?"

"무슨 제물인지까지는 모르겠습니다. 녀석이 곧장 모습을 감췄으니까요."

"……."

레이뮤와 슈아로에는 입을 다물었다. 뭔가 사건이 해결되려 하다가 다시 꼬리를 감추었기 때문이다. 현재 일어난 상황만으로 무엇인가를 추측해 낸다는 것은 무리였다.

"…그자의 얼굴은 기억나나요?"

"솔직히 특징이 없는 얼굴이라 나중에 우연히 만나더라도 알아보지 못할 것 같아요. 오늘 나타날 때처럼 검은 로브를 입고 있지 않는 한."

"그렇군요."

쥐뿔만큼도 도움 안 되는 내 진술을 듣고 레이뮤는 더 이상의 질문을 던지지 않았다. 대신 우리들 중의 리더(?)답게 내 향후 거취를 결정했다.

"일단 레지스트리 군은 계속 이곳에서 지내는 게 좋겠군요. 아마도 그자가 또 나타날 것 같으니 가능하면 혼자 다니지 말도록 해요."

"예."

난 아무런 이의도 제기하지 않고 레이뮤의 말에 따랐다. 사실 나로서는 내쫓기지만 않으면 다행이었다. 얼굴도 제대로 기억 안 나는 상대를 쫓아가는 건 불안했기 때문이다. 그렇게 레이뮤의 선처에 감사하고 있을 때 문득 내가 있는 곳이 내 방이 아님을 알아차렸다.

"…제 방이 아닌데……?"

"여긴 슈아로에의 방입니다."

"……!"

슈아로에의 방에 있다는 말을 듣고 난 놀라지 않을 수 없었다. 여태까지 여자 방에 들어간 역사가 없는 내가 나도 모르게 여자 방에서, 그것도 침대 위에 자빠져 자고 있었다니!

오호~ 슈아로에의 방은 꽤 깜찍한데? 학교 내의 방이라서 가구가 별로 없긴 하지만 대체로 작고 아담한 사이즈의 가구들이군. 커튼 같은 건 레이스 장식이 달려 있고, 인형도 있네? 고양이인가? 나 같으면 저것보다 털이 더 복실복실한 인형을 살 텐데.

"너무 쳐다보지 말아요."

내가 이리저리 고개를 돌려 방 안을 구경하자 슈아로에가 얼굴을 빨갛게 물들이며 중얼거리듯이 말했다. 방 정리가 잘 되어 있음에도 불구하고 남에게 자기 방을 보여주기 싫은 건 인간의 당연한 심리일 것이다. 물론 어떤 사람들은 자신의 방 사진을 인터넷에 당당하게 올리기도 하지만.

하하, 생각 같아서는 여기저기 샅샅이 수색하고 싶지만 그러면 슈아로에가 기분 나빠할 테니 어서 내 방으로 가야겠군. 흐으~ 내가 방금까지 슈아로에의 침대에서 자고 이제 슈아로에가 자는 거야? 뭔가 생각을 하면 할수록 므흣한…….

"제가 차를 타올게요. 잠깐만 기다리세요."

내가 믹 침대에서 빠져나오려고 폼을 잡을 때 갑자기 슈아로에가 그렇게 말하며 방을 빠져나갔다. 순간 나는 다음 행동을 어떻게 해야 할지 갈피를 잡지 못하고 이불 자락을 잡은 채 멍하게 앉아 있었다. 그러자 레이뮤가 조용한 어조로 입을 열었다.

"난 저기 테이블에 앉을 테니 레지스트리 군은 그대로 있
어요."

스륵—

말을 끝내자마자 레이뮤는 방 한가운데에 있는 테이블에
앉았다. 테이블에는 의자가 두 개뿐이라 내가 앉을 자리는 없
었다. 남은 한 자리에는 슈아로에가 앉아야 하기 때문이었다.
그래서 난 할 수 없이 침대에 그대로 앉아 있었다. 그렇지만
언제라도 일어날 수 있도록 양발을 침대 밖으로 빼내어 침대
가장자리에 걸터앉았다.

"레지스트리 군."

레이뮤는 의자를 내 쪽으로 향한 채로 앉아 날 불렀다. 덕
분에 치마 쪽의 긴 사이드 슬릿이 벌어지며 레이뮤의 육감적
인 다리가 모습을 드러내었다. 난 속으로 저런 예쁜 다리를
가진 캐릭터를 만들어보고 싶다는 생각을 하며 레이뮤를 쳐
다보았다. 레이뮤는 내가 속으로 음흉한 웃음을 짓고 있는 것
을 아는지 모르는지 담담한 표정으로 말을 이었다.

"오늘 일로 많이 당황했겠지만 너무 걱정하지 말아요. 우
선 내일 학생들에게 정황을 물어보고 경비병을 둘 것인지 말
것인지 결정할 테니까요."

잉? 경비병?

"레이뮤 씨, 이 학교에는 경비병이 없죠?"

"그래요. 학교에 마법을 구사하는 사람들이 많다 보니 군

이 경비병을 고용할 필요가 없다고 생각했으니까요. 지금까지 100년 동안 외부인이 학교에 함부로 침입한 적이 없어서 너무 안심하고 있었던 것 같군요."

레이뮤는 낮게 한숨을 내쉬었다. 확실히 그녀의 말대로 이 학교는 마법학교라 마법을 쓰는 사람이 절대 다수이고, 산 중턱에 자리잡고 있어서 외부인이 침입하기는 쉽지 않았다. 따라서 굳이 학교 주변에 울타리를 치고 경비병을 세워둘 이유가 없었던 것이다. 그런 상황을 고려하여 난 내 입장을 밝혔다.

"경비병은 두지 마세요."

"…왜죠?"

내 발언에 레이뮤는 의아하다는 반응을 보였다. 나를 위해서 경비병을 두겠다는데 당사자인 내가 반대하고 있으니 당연했다.

"우선 절 공격했던 청년은 저 하나만을 노린 것이라 학생들에게 위협이 되지는 않을 겁니다. 오히려 그 때문에 경비병을 두게 되면 학생들이 불안해할 거예요. 그 정체 모를 청년도 일이 커지는 것이 싫어 이 늦은 시산에 절 찾아온 것인지도 모르구요. 어쨌든 그 청년이 이 학교 학생인지 아닌지에 대해 먼저 알아본 다음, 이곳 학생이라면 그냥 학생 하나가 학교를 이탈했다고 하면 될 것이고, 이곳 학생이 아니라면 그냥 가만히 있는 게 나을 것 같습니다."

“…….”

레이뮤는 말없이 내 얼굴을 쳐다보았다. 무표정하다고 할 지라도 워낙 기본이 되어 있는 얼굴이었기 때문에 난 그녀를 똑바로 쳐다보지 못하고 시선을 아래로 내렸다. 하지만 시선을 아래로 내리다 보니 레이뮤의 매력적인 몸매를 훑어보는 꼴이 되고 말았다. 그래서 할 수 없이 난 시선을 레이뮤의 얼굴 쪽에 고정시켰다. 다른 데를 쳐다보면 오해를 받을 것 같았기 때문이다.

“레지스트리 군의 뜻이 정 그렇다면 그렇게 하도록 하겠어요.”

일단 레이뮤의 입에서 내 의견에 대한 긍정적인 반응이 흘러나왔다.

“처음 슈아로에에게서 들었을 때는 믿기 힘들었는데… 레지스트리 군의 나이가 스물세 살이 맞긴 맞나 보군요.”

잉? 왜 갑자기 내 나이 얘기?

“생각의 깊이가 미성년이라고 보기 힘드니까요. 불시에 그런 일을 당하면 두려움에 떠는 게 보통인데, 레지스트리 군은 정말 침착하군요.”

“아뇨. 별로…….”

레이뮤가 날 칭찬하고 있는 건지 아닌 건지 확실하지는 않지만, 어쨌든 그런 말을 들으니 괜히 얼굴이 화끈 달아올랐다. 얼굴이 어려 보인다는 소리는 몇 번 들어보았지만 침착하다거나 하는 얘기는 처음 듣기 때문이었다. 그런 날 보며 레이뮤는 살며시 미소를 지었다.

"칭찬하고 있는 것이니 부담스러워할 필요 없어요."

"예……."

속으로는 칭찬받아서 부담스럽다 말하고 싶었지만 레이뮤의 미소를 보는 순간 그 생각이 싹 사라졌다. 이 학교로 소환되어 레이뮤를 만난 지 일주일 만에 처음으로 보는 레이뮤의 웃는 얼굴이었기 때문이다. 그 웃는 얼굴은 500년이나 나이를 먹었지만 아직 그녀에게 인간의 감정이 확실히 남아 있다는 뜻이기도 했다.

흐음, 가능하면 레이뮤 씨의 여성스러운 얼굴도 보고 싶지만… 무리겠지? 아무리 그래도 500년 넘게 살았는데 사랑이라든지 질투 같은 감정이 남아 있겠어? 어쩌면 그런 감정이 어떤 것인지조차 잊어버렸을지도 모르고.

"그렇게 빤히 쳐다보니 부끄럽군요."

"……!"

내가 딴생각을 하자 레이뮤가 입을 열어 자신의 입장을 밝혔다. 생각을 하는 동안에 나도 모르게 그녀의 얼굴을 빤히 쳐다보았던 모양이다. 문제는 레이뮤가 입으로는 부끄럽다고 말하면서도 전혀 부끄럽지 않다는 표정을 짓고 있다는 것이었다. 그래서 도리어 내가 부끄러워졌다.

"하하……."

난 뭐라 할 말을 찾지 못하고 머리만 긁적였다. 그런 날 가만히 쳐다보던 레이뮤가 화제를 전혀 다른 쪽으로 돌렸다.

"슈아로에는 이곳 에이티아이 제국 옆에 있는 매트록스 왕국의 귀족 자제입니다."

잉? 에이티아이? 매트록스? 설마 내가 알고 있는 회사 ATI하고 Matrox는 아니겠지? 하하, 그냥 우연히 이름이 같은 것이라고 생각해 두자. 그나저나 갑자기 나한테 슈아로에의 신분을 알려주는 이유는 무엇?

"그녀의 부친은 이안트리 백작으로 퍼미디어 지방의 영주지요. 백작에게는 아들이 없고 슈아로에 하나만 있어서 슈아로에는 성인이 되면 적어도 남작이나 자작의 작위를 얻게 되어 있어요."

호오~ 근데 귀족 계급이 공작, 후작, 백작, 자작, 남작 순이던가? 여기서는 어떤 식으로 계급이 나눠지는 거지? 뭐, 어차피 나는 귀족하고는 거리가 태양만큼이나 떨어져 있으니 알아봤자 쓸모없지만.

"하지만 어릴 때부터 마법에 두각을 나타낸 슈아로에는 이곳으로 와서 단기간에 화이트 케이프를 얻었습니다. 이는 100년 역사의 매지스트로 마법학교에서 처음 있는 일이죠. 그로 인해 슈아로에는 이례적으로 성인이 되자마자 백작의 작위를 얻을지도 모른다고 해요. 말하자면 유력한 백작 후보인 것이죠."

“……!”

이곳의 귀족 계급 체계를 하나도 모르는 나였지만 레이뮤의 말을 통해 슈아로에가 꽤나 높은 지위를 얻을 가능성이 많다는 것을 알게 되었다. 그리고 단순히 한 학교에서 수석을 차지했다고 나라에서 높은 지위를 내려줄 만큼 매지스트로 마법학교의 위상이 상당히 높다는 것도 알 수 있었다. 그래서인지 한 가지 궁금한 것이 생겼다.

“근데 레이뮤 씨도 귀족인가요?”

“나 말인가요? 아니에요. 굳이 말하자면 자유마법사이지요.”

“자유마법사요?”

“어느 나라에도 소속되어 있지 않은 마법사를 뜻합니다. 비록 이 학교는 에이티아이 제국 안에 존재하지만 에이티아이 제국에 소속되어 있는 건 아니에요. 말하자면 독립 학교입니다. 그래서 이 학교에는 각국의 학생들이 다니고 있지요.”

레이뮤는 담담하게 얘기하고 있었지만 난 속으로 놀랐다. 일개 학교가 국가를 초월해서 존재한다는 것 자체가 거의 불가능하기 때문이었다. 물론 한 나라의 역사보다도 훨씬 긴 세월을 살아온 레이뮤이기 때문에 가능한 일일 것이다. 어쩌면 레이뮤라는 존재는 이 세계 마법사들에게 상징적인 존재인지도 모른다.

“슈아로에의 미래는 이미 보장되어 있기 때문에 마법을 소

홀히 여길 수 있습니다. 비록 어릴 때부터 마법에 두각을 나
타냈다고는 하나 갈고닦지 않으면 아무 소용이 없지요. 지금
슈아로에는 정체기입니다."

레이뮤가 또다시 슈아로에에게로 화제를 돌렸다.

"본래 슈아로에는 욕심이 큰 아이입니다. 단지 그것을 겉
으로 드러내려 하지 않을 뿐이지요. 어릴 때 마법 천재라는
소리를 들었던 것도 남들에게 칭찬받고 싶다는 그녀의 욕심
이 만들어낸 결과일지도 모릅니다. 그 욕심이 지금의 슈아로
에를 있게 한 원동력일지도 모르겠군요."

뭐, 누구나 남에게 칭찬받고 싶다는 마음은 가지고 있는 것
이고, 어릴 때부터 뭔가에 두각을 나타냈다는 것 자체가 칭찬
받을 일이니 당연한 거 아닌가? 난 어릴 때 천재라는 소리를
전혀 못 들었는데 말이야. 바보라는 소리를 안 들은 게 다행
이지.

"하지만 나라는 그늘 뒤에서 슈아로에는 전진을 포기했습
니다. 자신이 존경하는 마법사를 뛰어넘기 두렵다, 싫다 그러
면서 슈아로에는 내 뒤만을 쫓고 있지요. 비록 단기간에 화이
트 케이프를 얻었다 하더라도 그 순간부터 그녀의 마법은 성
장을 멈추었다고도 볼 수 있어요. 그 점이 안타까웠습니다."

레이뮤는 진정으로 안타까워하는 표정을 지었다. 그것은
딸의 장래를 걱정하는 부모의 모습과도 유사했다. 그녀가 슈
아로에를 얼마나 끔찍이 아끼고 있는지 잘 알 수 있는 대목이

었다.

"그렇게 전진을 포기했던 그 아이가 다시 마법에 열정을 가지기 시작했습니다. 레지스트리 군이 소환된 직후부터 말이에요."

"……?"

잉? 내가 소환된 직후? 왜지?

"세상에서 살아 있는 사람을 소환할 수 있는 마법이 존재한다는 사실, 그리고 그것을 사용한 사람이 있을지도 모른다는 사실. 게다가 레지스트리 군이 짧은 시간에 마법 코딩을 할 수 있게 되고 새로운 코드까지 개발한 사실. 그것이 지금까지 잠들어 있던 슈아로에의 승부욕을 일깨우는 역할을 했습니다."

오호~ 그럼 내가 결정적인 어시스트를 한 거야? 나, 공격 포인트 기록한 거야?

"그 아이는 레지스트리 군을 라이벌로 생각하고 있어요. 그러니 레지스트리 군도 슈아로에를 라이벌이라 생각하고 마법에 정진해 주길 바래요. 두 사람이라면… 내가 알지 못하는 새로운 마법을 창조할 수 있을 거라 생각하니까요."

레이뮤의 표정은 더할 나위 없이 진지했다. 그러한 레이뮤에게 압도되어 나는 그렇게 하겠다고 고개를 끄덕일 수밖에 없었다.

끼이―

그때 절묘한 타이밍으로 슈아로에가 방 안으로 들어섰다. 그녀가 들고 있는 쟁반 위에는 찻잔 세 개가 놓여 있었다. 뜨거운 물이 1층에서 나오기 때문에 차를 타려고 1층까지 내려갔다 온 것 같았다.

"드세요."

"고맙구나."

"어, 고마워."

슈아로에가 건네주는 찻잔을 받으며 난 그녀를 쳐다보았다. 의문의 청년에 의해서 매직포스를 느끼게 된 지금 슈아로에로부터 흘러나오는 마나의 흐름이 나보다 훨씬 강하다는 것을 알 수 있었다. 이미 시작부터 레벨 차이가 심한데 과연 내가 슈아로에의 라이벌이 될 수 있을지 의심스러웠다.

"좀 더 누워 있지 왜 일어났어요?"

내가 침대에 걸터앉아 있는 것을 보고 슈아로에가 걱정스럽다는 듯이 말했다. 난 몸에 아무 이상이 없다는 것을 알리기 위해 허리를 곧추세웠다. 생각 같아서는 팔도 몇 번 휘저어주고 싶었지만 손에 찻잔을 들고 있는 관계로 가슴만 폈다.

"이제 괜찮아졌어. 차 다 마시면 내 방으로 갈게."

"다행이네요, 건강해 보여서."

슈아로에는 웃는 표정으로 레이뮤의 맞은편에 앉아 차를 마시기 시작했다. 귀족 자제답게 차를 마시는 폼이 매우 안정되어 있었지만 슈아로에가 차를 마시는 모습은 품위있다기보다는 깜찍했다. 반대쪽에서 차를 느긋하게 음미하고 있는 레이뮤와는 풍기는 분위기가 전혀 달랐다. 레이뮤의 차 마시는 모습은 그것만으로도 하나의 작품일 정도로 그녀에게 매우 잘 어울렸다.

하하, 저 두 사람에 비해서 나는 찻잔을 가지고 뭔가를 마셔본 적이 거의 없으니 정말 어색하구먼. 내 성격상 이런 조막만 한 찻잔으로 차를 마시는 것보다 1.5리터짜리 페트 병에다 전부 집어넣고 벌컥벌컥 마시는 게 낫지. 물론 차갑게 식힌 것으로. 손잡이가 작아서 잡기도 힘든 이놈의 찻잔은 정말 적응이 안 돼.

"슈아로에, 그리고 레지스트리 군."

그때 유유자적 차를 마시던 레이뮤가 나와 슈아로에의 이름을 부르며 자신에게 주의를 집중시켰다. 그리고는 여전히 담담한 표정으로 말을 꺼냈다.

"4일 후 마법학회에 참가하기 위해 파헬리아로 떠날 것입니다. 슈아로에뿐만 아니라 레지스트리 군도 데려갈 거예요. 그러니 그렇게 알고 있어요."

"……!"

"……!"

나와 슈아로에는 서로 놀란 표정을 지었다. 슈아로에가 왜 놀라는지까지는 모르겠지만 나로서는 레이뮤가 마법학회에 나를 동행시키겠다는 사실에 놀라고 있었다.

“저도…….”

“저도 마법학회에 가는 건가요?!”

내가 말을 꺼내기도 전에 슈아로에가 빠른 속도로 자신이 할 말을 먼저 해버렸다. 어쨌든 내 목소리는 슈아로에에게 묻혀 레이뮤는 슈아로에 쪽으로 고개를 돌리고는 그녀의 질문에 대답했다.

“그래. 혼자 남아 있으면 적적하지 않겠니? 마법학회에 가면 훌륭한 인재들이 많이 있으니 좋은 친구들을 많이 사귀렴.”

“아, 네!”

슈아로에는 정말 기쁜 듯이 웃었다. 마치 마법학회에 자신이 따라갈 것이라고는 전혀 생각지도 못한 모습이었다. 그것이 이상했기에 난 레이뮤를 향해 질문을 던졌다.

“레이뮤 씨, 슈아로에는 마법학회에 가본 적이 없나요?”

“슈아로에가 나와 같이 생활한 지 5개월 정도입니다. 그래서 작년 마법학회에는 가보지 못했지요. 그때는 아직 화이트 케이프를 얻지 못했어요. 슈아로에가 화이트 케이프를 얻은 건 올해 1월입니다. 그리고 2월부터 같이 생활하고 있지요.”

흐음, 2월부터 같이 생활해서 5개월 정도 지났다는 말은… 지금이 7월달이라는 소리로군. 어쩐지 날씨가 덥다 했더니 7월이었어? 이곳으로 소환된 지 일주일이나 지났는데 이제야 7월임을 알게 된 나는 대체…….

“그런데… 저도 가는 건가요? 아직 마법도 모르는데 마법학회에 가는 건 어색하지 않을까요?"

난 레이뮤에게 이의를 제기했다. 사실 나도 이 학교에 계속 틀어박혀 있는 것보다는 밖으로 나가고 싶은 마음이 굴뚝같았기 때문에 레이뮤의 제안을 수락하고 싶었다. 하지만 명분도 없이 나갔다가 레이뮤나 슈아로에에게 폐를 끼치게 되지는 않을까, 그것이 걱정되었다.

"걱정 말아요. 레지스트리 군은 곧 마법을 능숙하게 구사하게 될 테니까요."

"……?"

레이뮤의 단호한 말에 난 고개를 갸웃했다. 그녀의 말이 선뜻 이해되지 않아서였다. 그런 나를 무시하며 레이뮤는 슈아로에에게 지시를 내렸다.

"슈아로에, 앞으로 이틀간 레지스트리 군에게 마법을 가르치거라. 마법학회로 떠나기 하루 전에 공개적으로 레지스트리 군의 진급 시험을 볼 테니 그렇게 알고 있고."

"……!"

"……!"

나와 슈아로에는 경악했다. 레이뮤의 지시가 너무 황당했기 때문이다. 아직 마법의 마 자도 모르는 내가 진급 시험이라는 것을 봐야 한다니……. 그것만으로도 경악하지 않을 수 없었다.

"레이뮤님, 그건 너무 촉박하잖아요! 이틀 만에 진급 시험

이라니……!'

　내가 무슨 말을 하기도 전에 슈아로에가 반론을 제기했다. 난 그런 슈아로에의 말에 남몰래 고개를 끄덕였다. 하지만 날 쳐다보는 레이뮤의 의지는 확고했다.

　"이미 새로운 마법 코드를 창조할 수 있을 정도의 실력을 가지고 있으니 진급 시험은 무난하게 통과할 것입니다. 물론 코드를 알고 있는 것과 마법을 행하는 것은 분명한 차이가 있습니다만, 그 정도는 극복할 수 있으리라 봅니다."

　"……."

　왠지… 레이뮤 씨가 속으로 즐기고 있는 듯한 느낌이 드는 건 나뿐인가?

　"슈아로에가 스승으로서의 자질이 있는지 알아보는 좋은 기회이기도 하지요. 그러니 열심히 하길 바래요. 안 그러면 모든 학생들 앞에서 망신당하게 되겠지요. 공개 진급 시험이니까요."

　"……."

　역시… 레이뮤 씨… 지금 즐기고 있지?!

　"난 이만 돌아가겠어요. 편히 쉬어요."

　그 말을 끝으로 레이뮤는 유유히 방을 빠져나갔다. 방에 남게 된 나와 슈아로에는 멍한 표정으로 레이뮤의 뒷모습만 쳐다보았다. 젊은 남녀가 한방에 단둘이 있게 된 상황이었지만 지금의 나는 그런 생각을 할 여유가 없었다. 물론 아주아주 조금 그런 생각을 하긴 했지만.

"하아, 이틀 만에 진급 시험이라니……."

침묵을 먼저 깬 사람은 슈아로에였다. 그것을 기회로 나 역시 입을 열었다.

"진급 시험이라는 게 어떤 거야?"

"보다 높은 레벨의 케이프를 얻기 위한 것이에요. 일단 입학하면 기본적으로 레드 케이프를 주고 1차 진급 시험에 합격하면 그린 케이프, 2차 시험에 또 합격하면 블루 케이프를 얻어요. 아마도 레지스트리 군은 1차 시험부터 치르게 될 거예요."

"시험 내용이 어떤 건데?"

"간단해요. 1차 시험에는 2서클 이상의 마법을 성공시키고, 2차 시험에서는 3서클 이상의 마법을, 3차 시험에서는 4서클 이상의 마법을 성공시키면 되는 거니까요."

잉?

"잠깐, 난 이제 1서클인데? 1차 시험이 2서클 이상의 마법이면 난 뭘 해도 안 되잖아?"

난 슈아로에의 말을 끊으며 내 생각을 말하자 슈아로에는 당연하다는 듯이 고개를 끄덕였다.

"맞아요. 이제 1서클인 레지스트리 군이 진급 시험을 본다는 건 말이 안 되죠."

"……."

할 말을 잃어버린 나는 그저 슈아로에의 얼굴만 쳐다보았다. 레이뮤와 슈아로에를 원망한다기보다는 그런 사실을 알면서도 그런 제안을 한 레이뮤와 그런 얘기를 아무 거리낌 없이 하고 있는 슈아로에를 이해할 수 없었기 때문이다. 그런 나의 어이를 상실한 표정을 보며 슈아로에가 검지를 세워 말을 이었다.

"하지만 레지스트리 군에게는 정신력 제어 코드 없는 마법 코드가 있잖아요. 그걸 직접 성공시키면 쉽게 진급 시험을 통과할 수 있을 거예요."

"……."

슈아로에가 무슨 말을 하는지 알아듣긴 했지만 난 걱정이 앞섰다. 비록 내가 만들었지만 외우기도 힘든 그 코드를 머리가 돌덩이에 가까운 내가 직접 외워 사용해야 한다는 사실이 걱정되었던 것이다. 그리고 결정적으로 내가 1서클의 마나를 가지게 되었지만 그것으로 진짜 마법을 사용할 수 있을지 없을지를 아직 모른다는 점이 가장 큰 문제였다.

"내가… 마법을 사용할 수 있을까?"

"걱정 말아요. 제가 철.저.하.게. 가르쳐 줄게요."

슈아로에는 철저하게를 매우 강조하면서 날 격려했다. 사실 격려라기보다 슈아로에 혼자 의욕을 불태우는 것이었다. 이 기회를 통해 레이뮤에게 확실히 인정받겠다는 의지가 엿보였다.

"지금 당장이라도 마법 교육을 시작해 볼까요!"

“…….”

슈아로에, 왜 그렇게 불타고 있니? 옆에 있다가는 나도 통 구이되겠다.

“교육은 내일부터 하자. 오늘은 너무 늦었으니까. 그럼 난 가볼게.”

난 차를 모두 마시고는 찻잔을 들고 나가려 했다. 1층에 그 릇이나 찻잔 등을 모아놓은 주방 같은 곳이 있어 그리로 가져 다 놓을 생각이었던 것이다. 그러나 그런 내 행동을 슈아로에 가 제지했다.

“찻잔은 그냥 놔두고 가요. 내일 제가 가져다 놓을 테니까 요.”

“아… 어.”

“그보다 내일부터 혹독한 교육이 시작될 테니까 각오하고 있어요!”

“예이.”

난 건성으로 대답한 뒤에 찻잔을 테이블 위에 두고 슈아로 에의 방을 빠져나왔다. 그리고 곧장 내 방으로 향했다. 오늘 은 날 소환한 것으로 보이는 의문의 청년에게서 습격을 받긴 했지만, 나에게 마나를 전해준 의도를 알 수가 없어 그 이상 의 추측은 할 수 없었다. 그보다 지금 당장 시급한 문제는 이 틀 뒤에 있을 진급 시험이었다. 그 진급 시험 때문에 그 외의 문제는 완전히 뒤쪽으로 밀려나 버렸다.

　흐으, 이거 왠지 시험 날짜가 가까워져 안절부절못하는 수험생의 모습이로군. 시험이라는 것과는 인연을 끊은 지 벌써 5년 가까이 넘었는데…… 자격증 시험 보는 셈 쳐야 하나? 어쨌든 내일부터 슈아로에의 과외를 받는 수밖에 없겠군. 자, 일단 잠이나 자자.

제5장

진급 시험

"자, 먼저 마나를 모으는 법부터 설명하죠."

난 도서실 의자에 앉아 슈아로에의 설명을 들었다. 이틀 후면 곧바로 진급 시험이기 때문에 시간이 없었다. 그래서 아침 식사를 마치자마자 도서실에서 마법 교육을 받게 되었다. 레이뮤는 어제 일어났던 사건을 조사한다고 몇몇 선생들과 기숙사에 간 상태였다.

"마법을 사용하기 위해서는 마나가 필요하고, 따라서 마나를 모아야 해요. 이미 레지스트리 군은 1서클이라니까 큰 문제 없겠지만 나중에는 마나를 계속 모아야 할 테니 집중해서 해봐요. 마나를 머리에 새긴다는 느낌으로 말이에요."

“…….”

슈아로에의 빈약한 설명 이후 곧바로 난 눈을 감고 잡생각을 버렸다. 그러자 일단 어제 느꼈던 것처럼 마나의 흐름을 느낄 수 있었다.

“느껴지죠? 그걸 모아봐요.”

내 모습을 가만히 지켜보던 슈아로에의 재촉에 난 그녀의 말에 따라 마나를 모으는 생각을 떠올렸다. 이미 마나를 느끼게 되어서일까, 난 거의 본능적으로 내 머리에다 마나를 모으기 시작했다. 하지만 마나를 모은다는 느낌보다는 슈아로에의 말처럼 마나가 머리에 새겨지는 느낌이었다. 아니, 좀 더 정확히 말하면 외부의 마나가 내 의지에 따라 움직이고 그 움직임에 의해 내 머리에 흔적이 남는 것이었다. 그것은 꽤 기이한 느낌이었다.

…….

시간이 꽤 지났다. 그럼에도 나는 마나의 움직임에 의한 흔적을 단 하나밖에 남기지 못했다. 마나로 내 머리를 계속 두드려서 그 흔적을 새기는 일은 결코 쉬운 일이 아니었고, 시간도 굉장히 오래 걸렸다.

“후우, 시간이 얼마나 걸린 거야?”

난 눈을 뜨자마자 슈아로에에게 물어보았다. 내가 갑자기 눈을 뜨고 질문을 날리자 슈아로에는 순간 놀라는 표정을 지었지만 이내 정신을 가다듬고 대답했다.

"아마 30분 정도 지났을 거예요."

"30분······?"

하하, 30분이나 지났는데 마나를 달랑 하나 모은 거야? 나, 진짜 마법에 소질이 없는 거야?

"슈아로에, 그거··· 습득 속도가 무지막지하게 느린 거지?"

난 부끄러움을 무릅쓰고 슈아로에에게 질문을 던졌다. 슈아로에에게 '내 15년 평생 당신 같은 학습 부진아는 처음 봐'라는 말을 듣더라도 지금의 내 실력을 알아볼 필요성이 있었기 때문이다. 그런데 슈아로에는 오히려 이상하다는 반응을 보였다.

"네? 아뇨. 정상인데요? 저도 2서클 마나를 모을 때 그 정도 걸렸어요."

"······?"

잉? 슈아로에도?

"원래 1서클 모으는 데 시간이 얼마나 걸리는데?"

"음··· 하루에 몇 시간 마나 모으기에 투자하느냐에 따라 달라지는데, 저 같은 경우는 세 시간 정도씩 해서 석 달 걸렸어요."

헉?! 석 달?!

"그럼 2서클은?"

"음··· 여섯 달 정도 걸렸었나? 3서클 될 때는 1년 반 정도 걸렸고, 4서클 됐을 때는 3년 정도 걸렸으니까··· 총 5년 석 달 정도 걸렸네요."

슈아로에는 웃으며 얘기했지만 난 웃으며 그 얘기를 들을 수 없었다. 열다섯 살인 슈아로에가 4서클까지 5년 석 달 걸렸다는 건 그녀가 열 살 때부터 마법을 공부하기 시작했다는 소리이고, 천재인 슈아로에가 그 정도 걸렸으니 난 그보다 두 배 이상 걸린다는 소리였다. 그것은 이틀 만에 어떻게든 되겠지라고 맘 놓고 있던 내 생각에 강력한 제동을 걸었다.

"시간이 장난 아니게 걸리네. 2서클 만드는 건 포기해야겠는걸."

"그럼 이틀 만에 2서클을 만들 생각을 했던 거예요? 아무튼 꾸준히 마나를 모아야 2서클이든 3서클이든 되는 거니까 매일 마나 모으기를 빠뜨리지 말고 해요."

"예이……."

맥이 빠져 버린 내 대답에는 진지함이 전혀 없었다. 혹시나 내가 마법에 굉장한 소질이 있는 것이 아닌가 하는 기대를 몰래 가지고 있다가 그것이 아니라는 사실에 좌절하고 말았기 때문이다. 그러나 학생이 썩은 동태 눈깔을 하고 있음에도 슈아로에 선생님은 강의를 계속 진행했다.

"아침마다 일어나면 반드시 메모라이즈(Memorize)를 해야 돼요. 안 그러면 마법을 사용할 수 없으니까요. 메모라이즈라고 해서 특별히 주문 같은 게 있는 건 아니고, 그냥 정신을 모아서 마법을 사용할 준비를 하겠다라는 의지를 가지면 되는

거예요. 마나를 모으는 것과 메모라이즈는 별개니까 두 가지
다 확실히 해놓아야 해요."

"예이."

"일설에는 마나를 전부 소진한 뒤에 곧바로 잠을 자거나
기절을 하면 마나가 원래 상태로 돌아온대요. 1서클의 마나
를 전부 사용하면 완전히 회복되는 데까지 20분 정도 걸리는
데, 5분만 잠을 자고 일어나도 마나가 전부 회복된다나?"

"……?"

"웃기죠? 누가 마법 쓰다가 마나를 다 소진했다고 잠을 자
겠어요? 그사이에 당해 버리지. 레이뮤님도 그게 사실이라고
는 하는데 실전에서는 별 쓸모가 없대요."

"……."

슈아로에는 그저 우스갯소리로 하는 말이었지만 난 왠지
그 말을 흘려들을 수 없었다. 뭔가 있을 것 같다는 느낌이 들
긴 했지만 그것이 무엇인지 구체적으로 떠올리지는 못했다.
아니, 떠올리지 못했다 하더라도 쓸모가 없다는 그것을 쓰고
싶다는 욕구가 생겼다. 남들이 하지 않는 짓을 하고 싶었기
때문이다.

"아무튼 지금까지 설명한 게 마법의 기초예요. 별로 어려
운 건 아니니까 레지스트리 군도 이해했을 거라 생각하는
데… 문제는 레지스트리 군의 마나가 1서클이라는 점과 시간
이 촉박하다는 점이에요. 알겠어요?!"

내가 이런저런 생각을 하고 있을 때 슈아로에가 내 눈앞에 손가락을 들이대었다. 그것은 내 주의를 집중시키려는 행동이었다.

"자꾸 뭔 생각을 그렇게 해요? 진급 시험을 치르려면 2서클 이상의 마법을 써야 하는데, 레지스트리 군은 아직 1서클이라구요. 긴급 상황인 거 몰라요?"

"아니, 알기는 아는데……."

"지금 레지스트리 군에게 남은 희망은 하나밖에 없어요. 시간이 촉박한 이상 그것에 모든 걸 걸어야 해요."

"뭔데?"

"뭐긴 뭐예요? 레지스트리 군이 개발한 코드죠. 그걸로 2서클 마법인 파이어 볼을 사용할 수 있게 되면 진급 시험 통과라구요."

마침내 슈아로에가 나에게 하나의 방법을 제시했다. 물론 나 역시 그 방법밖에 없음을 알고 있었지만 그래도 혹시나 슈아로에가 색다른 방법을 모색하지는 않을까, 기대하고 있었는데 그 기대를 여지없이 무너뜨려 주어서 할 말을 잃었다. 그런 내 마음을 모른 채 슈아로에는 자신의 말을 이어갔다.

"어차피 레지스트리 군은 이니셜 코드가 필요없으니까 코드만 외우면 돼요. 레지스트리 군이 개발한 파이어 볼 코드를 기억하고 있죠?"

"아니."

“…….”

너무나 당당한 내 대답에 슈아로에는 입을 다물었다. 어이 없어하는 표정이 역력했다. 그리고 그 표정은 이내 말로써 드러났다.

“아악! 정말! 남의 일이 아니라구요!”

“…….”

흐음, 왜 난 화를 내는 슈아로에가 귀엽다고밖에 안 느껴지지? 으음… 이거… 철창 박힌 병원에 가서 진료를 받아야 하는 건가?

“잠깐만 기다려요! 제가 코드를 써줄 테니까요!”

슈아로에는 그렇게 말하며 도서실에 비치된 종이를 꺼내오더니 종이에다 마법 코드를 적어 내려가기 시작했다. 그러나 코드 내용이 어려워서인지 머리 좋은 슈아로에조차 버벅이며 코드를 적지 못했다. 아무리 천재라도 단 한 번 본 내용을 모두 기억한다는 건 거의 불가능하기 때문이었다. 그래서 난 천천히 기억을 떠올려 파이어 볼 코드를 적었다.

“…뭐예요? 기억하고 있잖아요?”

내가 파이어 볼 코드를 모두 적는 네 성공하사 슈아로에가 뾰로퉁한 표정을 지었다. 내가 자신을 놀렸다고 생각하는 모양이었다. 그러나 그럴 생각이 전혀 없었던 나는 고개를 설레설레 저으며 말했다.

“내가 만든 거니까 어떻게 만들었는지 생각하면서 적은 거야. 아직 외우지는 못했어."

"그럼 지금 당장 외워요."

슈아로에는 목소리를 낮게 깔고 날 협박했다. 외우지 않았다가는 가만두지 않겠다는 뜻이었다. 나 역시 더 이상 슈아로에를 화나게 하고 싶지는 않았기 때문에 그녀에게 승복의 의사를 표시하며 파이어 볼 코드를 외웠다. 코드를 무작정 외우는 건 어렵지만 그 코드가 왜 그렇게 되었는지 알고 있어서인지 금방 외울 수 있었다.

"다 외웠어."

"좋아요. 그럼 실습하러 가요."

슈아로에는 말을 마치자마자 내 손을 잡고 도서실 밖으로 날 끌고 나갔다. 내 체격이 그리 크지 않은 편이라 내 손 크기도 그다지 큰 편이 아니었다. 그럼에도 슈아로에의 손은 내 손보다도 훨씬 작았다. 마치 딸내미가 아빠 손을 끌고 가는 느낌이 들어서 난 아무런 저항도 하지 않고 얌전히 슈아로에에게 끌려갔다.

또각또각.

어제 일어난 사건을 조사하느라 아직 본관 교실에는 학생이 아무도 없었다. 그래서 슈아로에가 내 손을 잡고 끌고 가는 걸 본 사람은 단 한 명도 존재하지 않았다. 그렇게 나와 슈아로에는 무사히 본관 앞에 있는 넓은 모래 운동장으로 나왔다.

"여기는 마법 실습장이에요. 마법을 써도 큰 피해가 없도록 모래를 두껍게 깔아놓았죠. 그러니까 마음 놓고 파이어 볼을 써봐요."

날 모래 운동장 중앙까지 끌고 온 슈아로에가 나에게 명령을 내렸다. 그녀의 명령에 거역할 수 없었기에 난 마음을 가다듬고 파이어 볼 코드를 떠올렸다. 그러다가 문득 내가 아직 메모라이즈라는 것을 하지 않았음을 깨달았다.

"슈아로에, 나 메모라이즈 안 했는데 좀 기다려."

"아, 그렇군요. 그래도 메모라이즈는 시간이 별로 안 걸리니까 그걸로 시간 잡아먹을 생각 하지 말아요."

"예이~"

허어, 이거 내 대답이 점점 삐뚤어져 가는 듯한…….

"……."

메모라이즈를 하기 위해 난 눈을 감고 정신을 집중했다. 사실 메모라이즈를 어떻게 해야 하는지 전혀 알지 못했지만 무작정 부딪쳐 보았다. 그리고 그 무모한 도전은 별 어려움 없이 성공을 거두었다. 슈아로에가 말했던 대로 메모라이즈는 앞으로 내가 마법을 사용할 테니 준비하라는 사전 통보였다. 그것은 마치 컴퓨터를 부팅하거나 프로그램을 로딩하는 느낌이었다.

"Create sphere, radius zero dot five, position zero axis zero axis one axis, mapping fire, create line, begin zero axis zero axis one axis, end zero axis ten axis minus two dot five axis, animate line."

메모라이즈를 끝낸 후 난 평균 속도로 파이어 볼 코드를 외웠다. 슈아로에와 코드 작업하면서 이런저런 얘기를 하다 코드를 외울 때 각 코드 사이의 간격이 1초를 넘어서는 안 된다는 말을 들었다. 코드를 외울 때 코드 사이의 간격이 1초를 넘게 되면 마법 코딩이 중간에 취소된다는 얘기였다. 다행히 코드를 제대로 외우고 있던 터라 마지막 실행문까지 성공적으로 끝마칠 수 있었다.

화악―

코드를 전부 외우자마자 내 머리 위 1미터쯤 되는 지점에서 반지름 50cm의 불덩어리가 생겼다. 불덩어리의 위치를 결정하는 Position 코드는 마법사의 머리를 중심 축으로 정면이 +y, 오른쪽이 +x, 위쪽이 +z인 값을 갖는다. 그리고 기본 단위는 미터이다.

휘익―

잠시 (0, 0, 1)의 좌표에서 머물러 있던 불덩어리가 내가 설정한 선을 따라 이동하기 시작했다. 애니메이션을 걸기 위한 라인을 만들 때 시작점을 파이어 볼의 중심과 일치시키고 끝점을 목표 지점인 (0, 10, 2.5)로 설정했기 때문에 그 라인을 따라 파이어 볼이 움직이기 시작한 것이다. 목표 지점을 (0, 10, 2.5)로 설정한 이유는 10미터 앞의 장애물을 최종 도착 지점으로 잡았기 때문이다. 좌표를 바꾸면 얼마든지 위치 조정이 가능하다. 어쨌든 파이어 볼은 그다지 빠르지도 느리지도 않은 속도로 내 머리 위에서 비스듬히 떨어지는 형태로 이동했다. 그리고 파이어 볼이 목표 지점에 도달하자,

……

목표 지점에 도달함과 동시에 파이어 볼은 자취를 감추었다. 그 어떤 폭발도, 변화도 없었다. 마치 애초에 파이어 볼 마법을 사용하지 않았다는 느낌이다.

"성공했네요. 근데 표적을 공중으로 잡았나요? 공중으로 잡으면 중간에서 사라져 버려요."

얼떨떨해하는 나와는 달리 슈아로에는 담담한 표정을 지었다. 사실 슈아로에로부터 마법에 대한 얘기를 들어서 알고는 있었지만 막상 경험해 보니 기분이 묘했다.

이곳에서는 이 상황을 마법 소멸이라고 표현하지만, 정확히 말해서 마법 종료였다. 파이어 볼 코드는 일반적으로 쓰이는 코드든지 내가 만든 코드든지 무조건 경로를 지정해서 애니메이션을 건다. 경로 이동 중에 장애물을 만나면 자연적으로 파이어 볼이 폭발하게 되어 있지만, 중간에 장애물이 없을 경우에는 경로 끝 지점까지 도달하면 파이어 볼이 자연적으로 소멸하게 된다. 다시 말해서 애니메이션 작업이 끝났으니 프로그램이 종료된다는 소리였다.

"역시 레지스트리 군의 코드는 적은 양의 마나로 파이어 볼

을 실현 가능하게 하는군요. 1서클밖에 안 되는 마법사가 2서
클 마법인 파이어 볼을 사용한다는 사실을 알게 된다면 아마
모두들 기절할 거예요."

슈아로에의 얼굴에 흡족해하는 빛이 떠올랐다. 자신의 첫
제자(?)가 무난히 진급 시험에 통과할 것이라는 사실에 기분
이 들뜬 듯했다. 처음에는 촉박한 시간에 과연 진급 시험 통
과가 가능할지 불안불안했지만, 내가 파이어 볼을 무난히 성
공시키는 것을 보고는 더 이상 진급 시험에 대한 걱정을 하지
않았다. 그래서인지 슈아로에는 한결 여유로워진 표정으로
재잘거렸다.

"레지스트리 군의 파이어 볼 코드는 1서클에서도 발동 가
능하니까 중력 마법을 한번 해보는 게 어때요? 중력 마법이
정말 신기한 게, 용언 마법으로 중력 마법을 구사하면 1서클
내에서 구현할 수 있는데 번역 마법으로 하면 1서클의 마나
량을 넘어서 버려요. 확실히 번역 마법이 용언 마법보다 마나
를 더 많이 소모한다는 얘기죠."

"중력 마법?"

"네. 레지스트리 군도 정신력 제어 코드로 마법을 사용해
봐야 되잖아요. 속도 면에서 정신력 제어 코드가 확실히 빠르
니까요."

"흠……."

슈아로에의 제안에 난 잠시 갈등했다. 그러나 그 갈등은 금

방 종결되었다. 어차피 마법을 배우기로 결심한 이상 이것저것 가리지 않고 모두 습득해야 하기 때문이다.

"알았어. 근데 나, 중력 마법 코드 몰라."

"저번에 봤잖아요?"

"훑어본 거라 안 외웠어. 중력 마법뿐만 아니라 방금 외운 파이어 볼 코드 빼고는 아무것도 몰라."

"……."

어이, 슈아로에. 왜 그런 눈으로 날 쳐다보는 거야? 난 사실을 있는 그대로 얘기했을 뿐이라고. 세상에 한 번 보고 마법 코드를 외우는 사람이 어디 있어? 특히 나같이 다이아몬드로 되어 있는 머리는 적어도 열 번 이상은 외워야 간신히 머릿속에 세이브가 된다고.

"…제가 가르쳐 줄 테니까 한번 해봐요."

날 있는 대로 째려보던 슈아로에가 포기한 듯이 눈에 힘을 풀었다. 그리고는 나에게 중력 마법 주문을 알려주었다.

"Create space 압력, mapping double gravity, render hundred이에요. 쉬우니까 못 외우겠다는 소리는 하지 말아요."

코드가 세 줄밖에 되지 않았고, 이미 전에 한 번 쓱 봤던 것이기 때문에 외우는 것에는 별 문제가 없었다. 중력 마법은 오브젝트를 목표 지점에 하나 만들고, 거기에 중력의 두 배 힘으로 매핑을 한 뒤 100초 동안 렌더링을 하는 것이다. 문제는 목표 지점을 너무 가깝게 잡으면 2G의 중력으로 인해 마법사 자신도 휘말릴 가능성이 있다는 점이었다.

"Create space 압력, mapping double gravity, render hundred."

난 막힘없이 중력 마법 코드를 외웠다. 완벽에 가까운 암기였기 때문에 내 스스로 매우 만족스러웠다. 하지만 문제는 아무 생각 없이 주문만을 외웠기 때문에 중력 마법이 전혀 구현되지 않았다는 점이다.

"……."

"……."

순간 슈아로에의 표정이 경직되었다. 그리고 이내 신랄한 비난이 쏟아졌다.

"아, 정말! 장난하지 말고 제대로 좀 해요! 정신력 제어 코드는 무조건 주문만 외운다고 발동되는 게 아니라는 거 알잖아요!"

아, 그랬었지, 참.

"알았어. 제대로 정신 집중해서 할게."

더 이상 실수를 했다가는 정말로 슈아로에에게 영원히 미움받을 것 같아 난 최대한 진지한 표정을 지었다. 그리고 코드 하나하나에 집중하며 주문을 외웠다.

"Create space 압력, mapping double gravity, render hundred."

명령 코드는 물론이고 정신력 제어 코드, 그리고 오브젝트 구현까지 완벽하게 해냈다. 처음으로 정신력 제어 코드를 사용하는 것이었지만 나 스스로도 잘했다는 생각이 들 정도로 완벽한 코딩이었다. 그리고 그 결과는,

"……."

"……."

무반응.

"……."

"……."

나와 슈아로에 사이에 잠시간의 침묵이 흘렀다. 그러나 그 짧은 침묵의 순간이 나에게는 지옥 같았다. 이번에도 실패했으니 200%의 확률로 슈아로에에게 엄청난 융단폭격을 당할 생각에 정신이 아찔해졌다. 그러나 슈아로에의 입에서는 의외의 말이 튀어나왔다.

"맞다! 이미 레지스트리 군은 파이어 볼을 썼기 때문에 적어도 1서클의 절반 정도는 마나를 소모한 상태였어. 그러니까 1서클 가까이의 마나가 필요한 중력 마법을 당장 사용할 수는 없는 서구나. 그걸 생각 못했네."

"……."

슈아로에, 지금 나하고 장난치자는 거지? 응?

터벅터벅.

난 성큼성큼 슈아로에에게 걸어갔다. 내가 험악한 표정으

로 다가오자 슈아로에가 순간 기겁을 했다. 그러나 그녀의 모
습에는 신경 쓰지 않고 난 곧바로 그녀의 양쪽 볼을 잡고 가
볍게 쭉쭉 잡아당겼다.

"그런 말은 일찍 좀 해주지 그래? 마나가 부족한데 마법 쓴
다고 코드 외운 난 뭐가 돼? 응?"

"아앙!"

순간적으로 양쪽 볼을 잡혀 버린 슈아로에는 반사적으로
내 손을 잡았지만 억지로 뿌리치지는 않았다. 그것은 자신이
잘못한 점을 인정하는 분위기였기 때문에 난 얼마 안 있어 그
녀의 볼을 해방시켜 주었다.

"우잉……."

빨갛게 부은 볼을 비비며 슈아로에가 코맹맹이 소리를 냈
다. 난 약하게 볼을 잡아당겼다고 생각했는데 슈아로에의 볼
이 빨갛게 되자 순간 뜨끔했다. 하지만 짐짓 아무렇지도 않은
표정으로 담담히 입을 열었다.

"아무튼 마나가 회복될 때까지 마법은 못 쓰니까 돌아가자
고."

"벌써 연습 끝이에요? 파이어 볼 하나만 쓰고?"

"그럼 어떡해? 마나가 회복되려면 적어도 10분 이상은 걸
리는데."

"……."

슈아로에는 불만에 가득 찬 표정을 지었지만 내 말이 사

실이기에 뭐라고 반박하지는 않았다. 대신 자신의 볼을 매만지며 뾰로통한 표정을 지을 뿐이었다. 난 그런 슈아로에의 투정을 무시하며 다시 도서실로 돌아가려 했다. 그러다가 정원 길을 따라 천천히 걸어오는 레이뮤와 선생들을 보게 되었다.

잉? 벌써 학생들 조사가 끝난 건가? 학생들 수가 많을 텐데 굉장히 빨리 끝냈네? 근데 지금 그 수사 결과를 물어볼까? 선생들이 있어서 좀 거시기하긴 한데 그래도 결과가 궁금하기도 하고……. 으아, 갈등 생겨!

"레이뮤님!"

내가 갈등하는 것과는 달리 슈아로에는 레이뮤를 발견하자마자 그녀에게로 날아갔다. 귀족이라면 좀 더 품위있는 모습을 보여야 정상이건만 슈아로에의 모습은 영락없는 어린아이였다.

흐음, 슈아로에가 저리로 갔으니 나도 가야지. 어차피 슈아로에가 내 대신 수사 결과를 물어봐 줄 테고, 난 그걸 옆에서 듣기만 하면 된다. 그러면 선생들이 별로 의심을 안 하겠지?

디벅디벅.

그렇게 결정을 내린 나는 슈아로에와 마찬가지로 레이뮤에게로 향했다. 레이뮤는 모래 운동장에서 다가오는 우리들을 보곤 발걸음을 멈추었다. 그녀 역시 우리를 만난 김에 수사 결과에 대해서 알려주려는 것 같았다.

"우선 선생님들은 돌아가도록 해요."

"알겠습니다, 레이뮤님."

"그럼 실례하겠습니다."

어서 사라지라는 레이뮤의 지시에 선생들은 가벼운 인사를 하고 본관 건물로 들어갔다. 이제부터 수업을 시작해야 하기 때문에 조금 서두르는 모습이었다. 그러나 이 학교 수업과는 하등의 관련도 없는 우리들은 느긋하게 레이뮤와 이야기를 나누었다.

"레이뮤님, 어떻게 됐어요?"

"이제 곧 아이들이 올 테니 일단 올라가서 얘기하자꾸나."

레이뮤는 나와 슈아로에를 데리고 도서실로 향했다. 그녀의 말대로 기숙사 쪽에서 학생들이 하나둘씩 모습을 드러내고 있었기 때문에 길 한복판에서 얘기한다는 것은 무리였다.

드륵.

도서실에 도착해서 안으로 들어간 우리들은 도서실 내의 테이블에 둘러앉았다. 그리고 리더인 레이뮤가 먼저 입을 열길 기다렸다. 그런 나의 바람대로 레이뮤는 천천히 수사 결과를 발표하기 시작했다.

"이번 일은 외부인의 짓입니다. 학생들에게 물어본 결과, 처음 보는 자가 기숙사에 들어와 레지스트리 군의 거처에 대해 물었다고 하더군요. 아이들은 그자에게 레지스트리 군이 도서실에서 일하고 있다는 걸 알려줬고, 그 길로 그자는 레지스트리 군에게로 갔다고 해요.”

잉?

“절 습격한 녀석은 제 이름조차 몰랐는데… 어떤 식으로 저에 대해 물어본 거죠?”

“아이들의 말에 따르면, 그자는 ‘최근에 정확한 정체를 알 수 없는 사람이 나타났을 텐데 모르냐?’ 라고 물어봤다고 하더군요. 그리고 ‘난 그 사람과 아는 사이다’ 라고 하면서 레지스트리 군을 찾았다고 해요.”

흐음, 그렇다면 그 의문의 청년이 날 소환한 것인가? 확실히 마나 복사라는 전대미문의 마법을 구사하는 녀석이니 충분히 사람 소환도 가능하겠지만… 정말 그 녀석일까? 녀석이 한 말 가운데 ‘혹시나 해서 이리로 소환하라고 얘기했는데… 마법도 배울 수 없는 놈이라니……. 차라리 무술학교로 보내라고 할 걸 그랬어’ 가 신경 쓰인단 말이야. 그 말투는 분명 자신이 소환한 게 아니라 제3자가 소환했다는 소리였으니까. 만약 그렇다면… 대체 누가……?

“결국 그자가 누구인지에 대해서는 알아낸 게 없는 건가요?”

내가 생각에 잠겨 있는 틈을 타 슈아로에가 레이뮤에게 질문을 던졌다. 레이뮤는 슈아로에의 질문에 천천히 고개를 끄덕였다.

“그래, 그자에 관한 정보는 없단다. 아이들이 그자에게 레

지스트리 군에 대해 알려준 것은 아마 레지스트리 군을 믿지
못했기 때문이겠지. 갑자기 나타나서 슈아로에의 먼 친척이
라고 하니까 의심할 수밖에."

"아무리 그래도 처음 보는 사람한테 그런 걸 알려준다는
건……."

"아이들의 입장에서는 레지스트리 군도 처음 보는 사람이
지 않니?"

"우……."

레이뮤의 반문에 슈아로에는 할 말을 찾지 못했다. 그녀 역
시 이곳 학교 사람들이 아직 날 불신하고 있다는 걸 알고 있
기 때문이었다.

"그 얘기는 이제 그만 하죠. 정보가 적은 상태에서 얘기해
봤자 얻는 소득은 없으니까요."

난 레이뮤와 슈아로에에게 회의 종결을 선언했다. 그 대신
화제를 다른 쪽으로 돌렸다.

"레이뮤 씨, 근데 제가 마법학회에 갈 이유가 있나요? 제가
가면 오히려 방해만 될 것 같은데……?"

"아뇨. 레지스트리 군은 꼭 필요합니다."

"……?"

잉? 필요한 것도 아니고 꼭 필요하다고?

"특별한 이유가 있습니까?"

레이뮤가 뭔가 큰 것을 노리고 있다는 느낌이 들었기 때문

에 난 진지한 표정으로 물어보았다. 그러자 레이뮤는 담담한 표정으로 말을 이었다.

"이번 학회에서 내가 수백 년에 걸쳐 완성한 코드 마나량과 레지스트리 군의 파이어 볼 코드를 발표할 것입니다. 그런데 레지스트리 군의 코드는 2서클의 파이어 볼을 1서클로 끌어내리는 것이지요. 이를 증명하기 위해서는 1서클의 마법사가 필요합니다."

호오~

"근데 1서클의 마법사는 널리고 널리지 않았나요?"

"물론입니다. 하지만 이제 막 1서클이 된 레지스트리 군이야말로 이번 증명에 적격이지요. 그리고 현재 이 코드를 가장 잘 이해하고 있는 사람은 레지스트리 군뿐이니까요."

레이뮤의 말에서 흠잡을 데가 한 군데도 없었다. 슈아로에의 말을 들어보면, 이곳에서 2서클 반의 마나를 모아도 3서클이 되지 않는 한 사용할 수 있는 마나는 무조건 2서클 이내라고 했다. 때문에 굳이 이제 막 1서클이 된 마법사가 필요한 것은 아니었지만, 어쨌든 1서클 근처에서 놀고 있는 마법사가 증명도는 훨씬 높았다. 게다가 슈아로에도 아직 내 코드를 완전히 이해한 것이 아니기 때문에 현재 내 코드를 가장 잘 구사할 수 있는 사람은 나밖에 없다고 해도 과언이 아니었다.

"그런데 진급 시험은 왜 보는 거죠?"

일단 내가 마법학회에 가는 것은 결정된 사항이라 넘어갔지만 진급 시험에 대해서는 의문을 제기했다. 하지만 레이뮤는 그런 질문이 날아올 것을 예상이라도 했는지 막힘없이 대답했다.

"현재 레지스트리 군의 마나는 1서클. 말하자면 이 학교에서 레드 케이프에 속합니다. 그런 레지스트리 군이 그린 케이프를 입고 나타나면 일단 마법학회 마법사들이 놀라겠지요. 그리고 1서클의 레지스트리 군이 파이어 볼을 사용한다는 것을 알고 그린 케이프 습득의 이유를 알게 될 것입니다. 그린 케이프의 마법사가 정신력 제어 코드 없는 파이어 볼을 설명한다면 누구라도 수긍하겠지요."

잉?

"저보고 설명하라구요?"

"그래요. 만든 사람이 직접 설명해야 어떤 질문이 날아와도 당황하지 않을 테니까요."

"……!"

순간 난 할 말을 잃고 레이뮤를 뚫어져라 쳐다보았다. 남 앞에서 발표한다는 게 상당한 압박인 데다 발표한 적도 손에 꼽을 정도였다. 게다가 마법학회 정도 되면 마법에 통달한 인물들이 수두룩할 텐데, 그런 사람들 앞에서 잘난 듯이 발표를 해야 한다니 부담이 되지 않을 수 없었다.

"걱정 말아요. 레지스트리 군이라면 충분히 잘해낼 거예요."

“…….”

레이뮤 씨, 그 근거없는 자신감은 어디서 나오는 것입니까?

“수많은 학생들 앞에서 진급 시험에 통과한다면 자신감이 붙을 것입니다. 이번 진급 시험은 마법학회 발표의 예비 연습이라고 생각하도록 해요.”

그 말을 끝으로 레이뮤는 자리에서 일어났다. 그리고 ‘발표 준비를 해야 하기 때문에 이만 실례’라고 하면서 유유히 도서실을 빠져나갔다. 레이뮤가 나가자 슈아로에도 황급히 그녀의 뒤를 따라갔다. 하지만 문을 나서기 전에 슈아로에가 날 쳐다보았다. 그리고는 한마디 했다.

“힘내요.”

드륵, 퉁!

슈아로에가 문을 닫고 나가자 도서실 내부가 조용해졌다. 그런 도서실 안에서 난 길게 한숨을 내쉬었다.

하아, 나보고 발표를 하라니……. 에이, 모르겠다. 날 발표 시키는 건 레이뮤 씨니까 발표를 망치든 말든 내 책임은 아님. 난 그저 시키는 대로 했을 뿐. 될 대로 돼라!

＊　　　　＊　　　　＊

진급 시험 하루 전.

점심 식사를 마치고 난 도서실에 앉아 책을 펼쳤다. 어제 레이뮤가 나의 공개 진급 시험이 있다고 선생들과 학생들에게 공표했기 때문에 무조건 시험을 치러야 하는 입장이었다.

대부분 학교 사람들의 반응은 '얼마 전까지만 해도 마나가 전혀 안 느껴졌는데 갑자기 1서클인 데다가 진급 시험?' 이었다. 일부는 '이 학교 학생도 아닌데 진급 시험을 치르게 하는 것은 어불성설이다' 라고도 했지만 레이뮤가 자신의 공권력을 남용하여 안건을 통과시켜 버렸다. 평소에는 무표정한 얼굴로 세상사에 달관한 듯 보이지만, 때로는 억지를 쓸 정도로 고집있는 사람이 레이뮤였던 것이다.

차락.

난 앞에 가져다 놓은 매우 두꺼운 책의 책장을 넘겼다. 이 책의 제목은 'Code Library'. 대부분의 책이 마법 코드를 적어놓은 것과는 달리 이 책은 코드의 역할과 사용 방법에 대해서 적혀 있었다. 문제는 그게 다 용언, 즉 영어로 되어 있어서 내가 읽기에 매우 난감하다는 것이었다.

차락.

오전에 슈아로에와 함께 파이어 볼 연습을 했는데 무난히 성공했다. 그러나 내 마나량으로는 파이어 볼을 한 번밖에 쓰지 못한다는 사실이 제일 마음에 들지 않았다. 게다가 내 마나량을 늘리기 위해 마나를 모으는 연습을 한다 하더라도 그 양은 극히 미미했다. 슈아로에는 '어쩔 수 없지 않느냐' 라며 대수롭지 않게 여겼지만, 난 그것을 매우 대수롭게 여겼다.

차락.

직접 마나를 다루게 되면서 느낀 점이 하나 있다. 그것은 매직포스라는 게 어떠한 거대한 프로그램이고, 마나는 일종의 저장 공간이라는 가정이었다. 즉, 매직포스는 어플리케이션이고 마나는 메모리일지도 모른다는 생각이 들었던 것이다. 그런 가정하에서 몇 가지의 아이디어가 떠올랐다.

차락.

흐으… On, Off라는 코드는 없나? 어디… 없는 것 같군. 그럼 0, 1로 표현되는 건가? 크으… 이것도 아닌데? 설마 마나는 2진수 체계가 아닌가? 설마 16진수? 16진수면 뭔가 상당히 난감하기 그지없는데……. 아니면 예상을 깨고 평범한 10진수?

"뭘 그렇게 인상을 쓰고 있어요?"

"……!"

갑자기 반대편에서 내 얼굴 앞으로 무엇인가가 쑥 들어왔다. 그것은 갈색의 동글동글한 눈동자를 가진 귀여운 소녀의 얼굴이었다.

"슈아로에, 갑자기 얼굴 들이대면 놀라잖아."

난 놀란 가슴을 진정시키며 슈아로에를 질책했다. 하지만 슈아로에는 내 질책에는 아랑곳하지 않고 테이블 위에 상체가 올라간 자세를 유지한 채 양손으로 턱을 괴고 내 얼굴을 쳐다보았다. 그리고는 담담한 얼굴로 입을 열었다.

"부탁이 있는데 들어줄래요?"

"……?"

잉? 슈아로에가 갑자기 나한테 웬 부탁을? 아니, 그건 그렇다 치고, 그 얼굴 좀 치워주면 안 될까? 그렇게 가까이서 들여다보면 내가 므흣한 짓을 하고 싶어지잖아.

"무슨 부탁인데? 내가 들어줄 수 있는 범위라면……."

난 최대한 얼굴을 뒤로 빼는 자세를 취하면서 슈아로에의 요청을 수락했다. 슈아로에는 덜덜 떨고 있는 내 얼굴을 잠깐 동안 쳐다보다가 뜻밖의 한마디를 툭 던졌다.

"웃어봐요."

"……?"

잉?

"뭐야, 뜬금없이?"

슈아로에의 요구가 하도 어이없어서 난 나도 모르게 그녀의 눈을 똑바로 쳐다보았다. 그러자 슈아로에의 눈동자를 통해 내 얼굴이 비춰 보였다. 렌즈처럼 휘어진 동공 때문에 내 얼굴은 왜곡되어 있는 상태였다.

"레지스트리 군, 여기 와서 웃은 적 없잖아요."

내가 자신의 눈동자를 쳐다보고 있음을 아는지 모르는지 슈아로에는 그렇게 말을 이었다. 하지만 나로서는 그녀의 말에 수긍할 수가 없었다.

"내가 안 웃었다고? 꽤 많이 웃은 것 같은데?"

"저번에 곤란한 듯한 미소 말고는 전혀 안 웃었어요."

슈아로에의 표정은 진지했다. 그것은 그녀의 말이 사실임을 뜻하는 것이었다. 물론 난 내가 언제 어디서 웃었는지 따위를 기억할 리 없기에 사실 확인 또한 불가능했다.

"특별히 인상을 쓰는 건 아닌데… 레지스트리 군은 웃질 않아서… 뭐랄까… 말 걸기가 힘들어요."

잉? 말 걸기가 힘들어? 잘만 걸면서 무슨 그런 False Story를……. 엇? False?

"슈아로에, 잠깐만 비켜줄래?"

"아……!"

내가 갑자기 슈아로에의 가슴에 깔린 책을 빼내자 슈아로에가 작은 비명을 질렀다. 평소 같았으면 '어이쿠, 책이 미끄러졌네! 미안!' 할 상황이었지만 지금은 그것에 정신을 쓸 시간이 없었다. 내 머릿속은 하나의 단서를 찾기 위해 혈안이 되어 있었기 때문이다.

차락, 차락.

난 정신없이 책장을 넘겼다. Code Library라는 책이 알파벳 순으로 코드를 기록해 놓고 있었기 때문에 난 F와 T 부분을 집중적으로 찾았다. 그리고 마침내 난 내가 원하는 코드를 찾아낼 수 있었다.

"찾았다. 하하!"

원하는 것을 찾았기 때문인지 나도 모르게 웃음이 나왔다. 그러다가 문득 슈아로에가 뾰로통한 표정으로 날 쳐다보고 있는 것을 보게 되었다.

"왜 그래?"

"……."

내 질문에도 슈아로에는 아무런 대답을 하지 않았다. 그래서 난 재차 질문을 던지려다가 그녀가 자신의 가슴을 양손으로 감싸 안고 있음을 보게 되었다. 그로 인해 내가 책을 빼내면서 슈아로에에게 큰 실수를 한 것이 아닌가 하는 불안감이 엄습해 왔다. 그러나 슈아로에는 내가 예상한 것과 전혀 다른 쪽으로 말문을 열었다.

"레지스트리 군은 역시 마법에 관계되었을 때에만 웃는군요?"

"……?"

잉? 뭔 소리?

"알았어요. 그럼 좋아하는 마법 씨와 열심히 해보세요."

슈아로에는 그렇게 차가운 한마디를 던지고는 자리를 박차고 일어섰다. 그리고는 뒤도 돌아보지 않고 도서실을 빠져나갔다. 바람처럼 나타났다 바람처럼 사라지는 슈아로에의 모습에 난 당혹감을 금치 못했다.

이런, 대체 뭣 때문에 저렇게 삐친 거지? 내가 뭐 잘못한 거 있나? 난 그냥 코드 찾기를 했을 뿐이라고. 제자가 공부를 하는데 응원을 해주는 게 스승의 도리 아닌감? 뭐, 어쨌든 내가 원하는 코드도 찾았으니 바로 코딩 작업에 들어가 볼까?

*　　　*　　　*

"으음……."

끄으아! 뭔가 머리가 뻑적지근한 게… 컥! 몸 여기저기가 쑤신다.

스륵.

몸의 뼈근해져 와 상체를 일으켰는데 내 등으로부터 뭔가가 밀려 내려갔다. 고개를 돌려 살펴보니 그것은 얇은 담요였다. 담요가 왜 내 배가 아니라 등에 덮여 있는 건지 이해하지 못한 나는 주위를 둘러보았다.

잉? 여기… 도서실이잖아? 그렇다는 것은… 내가 도서실 테이블에 엎드려서 잤다는 뜻? 아하, 어제 코딩 작업하다가 나도 모르게 잠이 든 모양이구먼. 근데 이 담요는 누가 덮어준 거지? 허걱! 테이블 위에 침이 고여 있다. 저 희멀건 침은 대체 누구의 것인가? 거참, 예의도 없는 녀석일세!

스슥.

난 누가 볼세라 재빨리 종이로 테이블 위의 침을 닦았다. 그리고 어지럽게 널려진 종이 뭉치를 정리했다. 그렇게 테이블 위의 증거들을 모조리 처분했을 때 슈아로에가 문을 열고 나타났다.

"안녕!"

"일어났어요?"

슈아로에는 내가 도서실에 있음에도 불구하고 전혀 놀라는 표정을 짓지 않았다. 그것은 마치 내가 도서실에 있는 것을 알고 온 듯해 보였다. 이런저런 상황의 정황을 따진 결과, 나에게 담요를 덮어준 사람이 슈아로에라는 걸 금방 알 수 있었다.

"담요, 고마워."

"…아무리 여름이라도 그냥 자면 감기 걸리니까요."

웬일인지 슈아로에의 어투가 차가웠다. 난 그 이유를 생각하다가 문득 어제 슈아로에가 삐친 채 가버렸다는 것을 기억해 냈다. 그래서 난 최대한 웃는 표정으로 말을 이었다.

"어제는 미안했어. 코드 찾는 데 열중해서……."

"……."

내가 사과의 뜻을 표시했지만 슈아로에는 여전히 속내를 알 수 없는 표정을 지으며 내 얼굴을 똑바로 쳐다보았다. 그리고는 이내 한마디를 툭 던졌다.

"역시 억지웃음."

"……."

순간 난 입을 다물었다. 슈아로에에게 정곡을 찔려 버렸기 때문이다. 본심을 드러내지 않는 상대에게 자신의 본심을 보여줄 사람은 아무도 없다. 비록 난 슈아로에를 속일 생각으로 억지웃음을 지은 것이 아니었지만 슈아로에가 그렇게 생각한 이상 그것은 큰 문제였다.

"…할 수 없죠. 레지스트리 군은 원래 그런 사람이니까."

"……?"

난 슈아로에의 말을 이해하지 못했다. 하지만 슈아로에는 본래부터 날 이해시킬 생각이 없었는지 다른 곳으로 화제를 돌렸다.

"근데 어제저녁 내내 여기서 뭘 한 거예요? 오늘 진급 시험 본다는 거 알아요?"

"아, 맞다. 오늘이구나."

"아무 생각 없이 사는군요."

슈아로에는 나지막이 한숨을 내쉬었다. 그렇지만 그건 실망감 때문이 아닌 '그럼 그렇지' 라는 느낌이었다. 슈아로에가 내 행동 패턴이나 성격에 대해서 대부분 파악했다고도 볼 수 있었다.

"진짜 뭘 했기에 밤을 샌 거예요? 진급 시험보다 중요한 게 있어요?"

여전히 슈아로에는 고집스럽게 어제 내가 뭘 했는지에 대해 물어왔다. 아마도 그녀는 스승의 입장에서 제자의 진급 시험 걱정으로 잠도 제대로 자지 못했을 것이다. 그런데 당사자인 내가 쓸데없이 철야 작업을 하니 불안할 수밖에 없었다. 내가 혹시라도 진급 시험에서 탈락하면, 나는 물론이고 슈아로에마저 비난의 화살을 받을 수 있기 때문이었다.

"별거 아닌데…… . 코딩 중이었어."

"코딩? 어떤 마법 코딩이요?"

"마법이라기보다는…… . 뭐, 마법이라면 마법이겠지만……."

"……?"

내가 말을 얼버무리자 슈아로에의 얼굴에 의혹의 빛이 떠올랐다. 난 말로 설명하는 것보다 코드를 보여주는 게 낫다고 생각해서 그녀에게 하나의 종이쪽지를 내밀었다. 그 쪽지에는 한 줄의 코드가 적혀 있었다.

```
Set code with replace true by false.
```

"이게 뭐예요?"

종이쪽지에 적힌 코드를 보자마자 슈아로에가 반문했다. 그녀가 처음 보는 코드임에 틀림없었다. 그래서 난 최대한 자세한 설명과 함께 코드의 용도에 대해 알려주었다.

"보통 마나를 소모하고 나면 회복하는 데 시간이 많이 걸리잖아? 그걸 어떻게 단축시킬 수 없을까 생각하다가 만들어낸 코드야. 이 코드를 쓰면 마냥 기다리는 것보다 100배 정도 빠르게 마나를 회복할 수 있어.”

“……!”

내 설명을 듣던 슈아로에가 놀란 표정을 지었다. 그 모습은 방금 전까지 쌀쌀맞던 슈아로에가 아닌 평소의 슈아로에였다. 그래서인지 괜히 기분이 좋아져서 이런저런 말을 나불댔다.

“이 코드 자체도 약간의 마나량을 차지하기 때문에 1서클인 마법사가 중력 마법을 사용했을 때에는 이 코드를 쓸 수가 없어. 마나량이 초과하더라고. 그래도 정신력 제어 코드 없는 파이어 볼을 쓰고 나서 이걸로 마나를 회복하면 대략 10초 정도 후에 또 파이어 볼을 쓸 수 있어. 아니, 10초도 안 걸릴걸? 뭐, 100배라는 건 그냥 내 느낌이긴 하지만…….”

“잠깐만요!”

느닷없이 슈아로에가 내 나불거림에 태클을 걸었다. 그리고는 내가 적어놓은 코드를 뚫어져라 쳐다보았다. 하지만 이내 또다시 내 얼굴을 올려다보며 소리쳤다.

“이 코드 어디에 그런 명령어가 있다는 거예요?! 마나 회복하는 깃하고 이 코드들은 전혀 연관성이 없잖아요!”

슈아로에의 얼굴에 떠오른 것은 불신이었다. 그도 그럴 것이, 이번 코드에는 회복하다나 돌려놓다 같은 명령어가 하나도 없었으니 슈아로에가 이해하지 못하는 건 당연했다. 솔직히 아직 Code Library책을 다 본 게 아니라서 회복하다나 돌려놓다라는 코드가 있는지는 잘 모르지만, 어쨌든 얼핏 보기에도 이 코드는 마나 회복과는 아무런 관련이 없어 보이긴 했다. 만약 내가 '마나는 메모리'라는 가정을 하지 않았다면 절대 알아낼 수 없었을 것이다.

"음… 뭐랄까… 마나라는 게 사실 두 가지의 종류로 이루어져 있거든? 아니, 있다고 생각하거든?"

"……."

난 부연 설명을 시작했고, 슈아로에는 여전히 불신 어린 표정으로 날 쳐다보았다.

"아마도 마나는 매직포스에 반응하거나 하지 않거나, 두 가지 경우만을 가질 거야. 우리가 마법을 쓸 때 마나가 반응을 하고 마법을 쓰지 않으면 반응을 안 하지."

"당연한 거 아닌가요?"

"당연하긴 한데 마나가 반응하는 걸 나타내는 코드가 바로 True야. 그리고 반응하지 않은 걸 나타내는 코드가 False고. 우리가 마법을 쓰고 나면 마나가 True 성질로 바뀌는데 시간이 지나면 자연적으로 False로 돌아가지. 근데 이 코드를 쓰면 강제적으로 True를 False로 바꿔. 한마디로, 마나를 다시 회복시킨다는 것과 같지. 내가 직접 사용해 본 결과는 마나 회복을 기다리는 것보다 100배 정도 속도 향상이 있었어."

"……."

설명을 들으면 들을수록 슈아로에의 표정은 복잡해져 갔다. 한눈에 보기에도 내 설명을 이해하지 못한 것이 분명했다. 사실 이 코드는 컴퓨터의 메모리 반환이라는 것에 착안을 하고 만들어낸 것이라 컴퓨터를 사용해 본 적이 없는 슈아로에가 단박에 이해를 한다는 건 불가능에 가까웠다.

"그거 외웠다가 나중에 써봐. 효과는 확실할 테니까."

난 이미 코드를 외웠기 때문에 굳이 종이쪽지가 필요없었다. 어제저녁 내내 코드를 완성하느라 질리도록 봤던 것이다. 단 한 줄의 코드였지만 그 코드를 완성하기 위해 들인 시간은 생각 외로 정말 길었다.

후아, 일단 하나는 완성했고, 이제 남은 건 그건가? 그것도 이 메모리 반환 코드. 그래, 그냥 리프레쉬(Refresh) 코드라고 하자. 어쨌든 그것도 리프레쉬 코드하고 개념이 비슷하니까 잘만 하면 완성할 수 있을 것 같은데…… . 에이, 지금은 귀찮으니까 나중에 시간 나면 하자.

"난 좀 씻고 올게. 먼저 아침 식사부터 하는 거지?"

"아, 네…… ."

슈아로에의 대납은 그다지 힘이 없어 보였지만 난 신경 쓰지 않기로 하고 도서실을 나섰다. 그리고 곧장 1층에 있는 공동 욕실로 향했다. 침 흘리고 자서 그런지 뭔가 상당히 찜찜했기 때문이다.

……

아침 식사를 마치고 한 시간 후에 학생들이 일제히 마법 연습장인 모래 운동장에 몰려들었다. 그리고 학교 선생들도 인솔을 위해 학생들 틈에 꼈다.

"이제 가도록 하죠."

본관 건물 쪽에서 학생들이 모두 모였음을 확인한 레이뮤가 나와 슈아로에를 데리고 건물을 나섰다. 아까 밥 먹을 때까지만 해도 리프레쉬 코드를 완성했다는 것에 정신이 팔려 있어서 몰랐는데, 막상 300명가량의 학생들이 줄줄이 모여 있는 것을 보니 굉장한 긴장감이 엄습해 왔다. 중, 고등학교나 대학교에서 발표를 한 적이 있긴 해도 300명 이상의 사람들 앞에서 뭔가를 한다는 건 처음이었기 때문이다.

흐아, 난 무대 체질이 아니라서 많은 사람들 앞에 서면 긴장한다고. 그나마 보고 있는 녀석들이 나보다 어린애들이라 다행… 인가? 오히려 저 아이들에게 두고두고 놀림감이 될 것 같은… 흐으… 떨려.

또각또각.

레이뮤와 슈아로에의 발소리를 들으며 난 그녀들의 뒤를 따랐다. 모래 운동장 쪽으로 나오니 수많은 학생들과 선생들의 시선이 이쪽으로 꽂히고 있는 것을 느낄 수 있었다. 그로 인한 긴장감을 최대한 억누르며 나는 그녀들을 따라 미리 준비된 임시 단상으로 올라갔다.

웅성웅성.

우리들이 모습을 나타날 때부터 웅성거렸던 학생들은 날 보고 더욱 웅성거리기 시작했다. 확실히 이번 진급 시험의 주인공인 나에 대해서 이런저런 얘기를 하고 있을 것이 분명했다. 내 이름―물론 진짜 내 이름은 아니지만―이 저들 입에서 오르락내리락한다는 생각을 하니 긴장감이 더했다.

"Create space range, mapping double amplitude, render ten."

단상에 오른 레이뮤가 처음 듣는 코드를 나지막이 읊조렸다. 그러나 실행 명령이 떨어졌음에도 아무런 변화가 일어나지 않았다. 내가 레이뮤의 행동을 의아하게 여길 즈음 레이뮤는 평상시의 목소리 그대로 입을 열었다.

"모두 조용히 하거라."

"……!"

레이뮤가 입을 열자마자 난 크게 놀라고 말았다. 난 레이뮤의 옆에 서 있었기 때문에 레이뮤가 평소의 톤으로 말했음을 확실히 들었다. 그런데 막상 그녀의 입에서 나온 목소리는 평소보다 훨씬 커져 있었다. 덕분에 가까이 있던 나는 시끄러움을 느낄 정도였다.

레이뮤의 말에 학생들이 일제히 입을 다물었다. 물론 개중엔 여전히 떠드는 녀석도 있었지만 곧 선생들에게 제지당해 장내는 매우 조용해졌다.

"…이제부터 예고했던 대로 레지스트리 군의 1차 진급 시험을 시작하도록 하겠습니다."

맨 처음 했던 말과는 달리 이번에는 평상시 레이뮤의 목소리로 돌아와 있었다. 아무래도 레이뮤가 말을 하기 전에 외웠던 마법 코드가 어떤 영향을 끼친 것 같았다. 아무 생각 없이 흘려들었기 때문에 확실하지는 않지만 그 마법 코드는 음성 증폭 코드일 확률이 높았다.

"레지스트리 군은 이 학교의 정식 학생이 아닙니다만, 꾸준히 마법 공부에 힘을 쓰고 있는 점을 높이 사서 이례적으로 진급 시험을 치르게 하였습니다. 이 점, 모두들 이해하길 바랍니다."

레이뮤의 말투는 매우 딱딱했다. 원래부터 억양없는 말투를 구사하는 레이뮤이긴 하지만 공석에 들어서니 말투 자체가 매우 사무적이었던 것이다. 오히려 강압적인 힘마저 느껴졌다. 물론 옆에 선생들이 떡하니 서 있어서 더 그런 것인지는 몰라도 아무튼 학생들은 레이뮤에게 완전 압도되어 아무 소리도 내지 못하고 있었다.

"일반적으로 치러지는 진급 시험과 마찬가지로 레지스트리 군은 2서클 이상의 마법을 성공시키는 것으로 시험을 치를 것입니다. 성공을 하면 그린 케이프를 얻게 될 것이고, 실패하면……."

실패하면?

"귀향 조치를 내릴 것입니다."

“……!”

“……!”

레이뮤의 선언이 워낙 돌발적이었기 때문에 나와 슈아로에는 크게 놀란 표정을 지었다. 아니, 난 어느 정도 레이뮤가 이상한 말을 하리라 짐작했기에 놀란 표정을 얼굴에 드러내지는 않았다. 그렇지만 속으로는 굉장히 놀라고 있었다.

흐흐, 귀향 조치? 대체 이 세계에 내 고향이 어디 있다고 귀향을 해? 그 말은 결국 시험에 탈락하면 날 내쫓겠다는 거잖아? 하긴, 실력도 없는 날 계속 붙잡고 있으면 슈아로에나 레이뮤의 입장이 난처해질 수도 있고, 게다가 그 이상한 녀석이 다시 찾아와서 학생들에게 무슨 해코지를 할지도 알 수 없으니 레이뮤로서는 그런 결정을 내리는 게 가장 최선이었겠지. 근데 쫓아낼 땐 쫓아내더라도 약간의 푼돈은 쥐어주어야…….

“그럼 이제부터 진급 시험을 시작하도록 하겠습니다.”

레이뮤는 말을 마치고 내 어깨를 짚었다. 그것은 나보고 앞으로 나기서 시험을 치르라는 의미였다. 드디어 올 것이 왔다는 느낌에 난 속으로 한숨을 내쉬며 두 발짝 정도 걸어나갔다.

“…….”

“…….”

흐으… 조용하니까 더 긴장되잖아? 웬만하면 그냥 잡담이나 하면서 좀 떠들지 그래? 뭐, 어차피 다들 내 이름 정도는 알고 있을 테니까 굳이 자기소개를 할 필요는 없겠지. 솔직히 자기소개랍시고 할 말도 없고. 어쨌든 진급 시험이나 후딱 해치우고 튀자!

"후우!"

난 일단 심호흡을 했다. 그러면서 머릿속으로 파이어 볼 코드를 떠올렸다. 어차피 지난 이틀 동안 그 코드 하나만을 외웠기 때문에 까먹을 코드 하나 없었다. 문제는 지금 분위기 자체가 한 번 실패하면 바로 끝이라는 식이라 난 최대한 긴장감을 억눌렀다.

나원, 단판 승부를 하려니까 정말 떨리는군. 지금 사람 바글바글한 곳에다가 파이어 볼을 쓰면 돼지게 맞을 테니까 사람 없는 쪽으로 돌아선 다음, 자, 이제 파이어 볼 코드만 외우면 되는 것이군. 과연 내가 이 압박감을 견뎌내고 마법 구현에 성공할 것인가? 모두의 귀추가 주목되는 가운데…….

"Create sphere, radius zero dot five, position zero axis zero axis one axis, mapping fire, create line, begin zero axis zero axis one axis, end zero axis ten axis minus two dot five axis, animate line."

난 적당한 속도로 코드를 읊었다. 처음에는 긴장감 때문에 목소리가 떨려 나왔지만 코드를 읊는 도중 긴장이 풀려서 어느새 원래의 내 목소리로 돌아왔다. 그렇게 파이어 볼 코드를 모두 외웠을 때,

화악!

"오—!"

내 머리 위 1미터 지점에서 불덩어리가 만들어지자 모두들 탄성을 내질렀다. 그리고 내가 지정한 경로를 따라 파이어 볼이 미끄러지듯 날아가자 탄성 소리는 더욱 커졌다. 그렇게 지정 경로 끝에 도달한 파이어 볼은 공중에서 사라져 버렸고, 난 다시 학생들 쪽으로 몸을 돌렸다. 순간 여기저기서 학생들의 수군대는 소리가 들려왔다.

"저 애 지금 1서클 아니야?"

"근데 어떻게 파이어 볼을 쓴 거지?"

"아니, 근데 파이어 볼 코드가 이상하지 않았어? 처음 듣는데?"

"도대체 무슨 수를 쓴 거야?"

학생들은 물론이고 선생들조차 동요하고 있었다. 모든 선생들이 나보다 높은 마나를 가지고 있었기 때문에 그들은 내 마나가 1서클밖에 되지 않는다는 것을 알고 있었다. 그런데 그런 내가 2서클 마법에 해당하는 파이어 볼을 사용했으니 경악할 수밖에 없는 것이었다.

"Create space range, mapping double amplitude, render

ten.”

장내가 소란스러워지자 레이뮤는 또다시 앞으로 나서며 어떤 코드를 읊었다. 그 코드는 아까 전에도 사용했던 것이다. 그래서 난 그 코드가 음성 증폭 코드라는 것을 100% 확신하게 되었다.

“모두 조용히 하거라!”

레이뮤의 목소리 톤이 약간 높았기 때문에 음성 증폭 마법을 통해 나오는 그녀의 목소리는 아까보다 조금 더 커졌다. 순간 모두들 열었던 입을 닫고 그녀를 주시했다. 그렇게 10초 정도 지난 후 레이뮤는 이번 진급 시험 결과를 발표했다.

“레지스트리 이안트리는 2서클 마법인 파이어 볼을 성공했으므로 매지스트로 마법학교 공식 1차 진급 시험에 합격하였습니다.”

“…….”

원래는 박수가 터져 나와야 할 상황이었으나 학생들은 물론이고 선생들도 의혹의 시선을 나에게 보내고 있었다. 그러니 박수가 나올 리 만무했다. 하지만 이런 상황은 애초부터 예상하고 있었던 것이라 난 별로 신경 쓰지 않았다. 그것은 레이뮤도 마찬가지였다.

“레지스트리 군은 그린 케이프의 자격을 얻었습니다. 1서클의 마법사이면서 2서클의 마법을 사용할 수 있다는 점을 높이 사서 이번 마법학회에 슈아로에와 함께 레지스트리 군도 대동할 것입니다. 모두들 그렇게 알고 있도록 해요."

분명 반대의 목소리가 나와야 할 상황이었지만 아무도 입을 열지 않았다. 레이뮤의 표정이 워낙 단호한 것도 있었고, 자기들의 눈으로 1서클 마법사가 2서클 마법을 사용했다는 것을 확인했기 때문이다.

"이것으로 진급 시험을 끝내겠습니다. 모두들 돌아가도록 해요."

그 말을 끝으로 레이뮤는 앞장서서 단상을 내려갔다. 나와 슈아로에도 그녀의 뒤를 따랐고, 우리들은 의혹에 가득 찬 시선을 뒤로한 채 다시 본관 건물로 컴백했다.

"레지스트리 군, 훌륭히 해냈군요."

도서실로 향하는 도중 레이뮤가 입을 열었다. 고개를 돌리지도 않고 한 말이라 난 순간 깜짝 놀랐지만 이내 마음을 진정시키고 답변했다.

"코드만 잊어먹지 않으면 누구나 다 하는 거니까요."

"그래도 긴장하지 않고 성공했다는 것은 훌륭한 일입니다. 뒤에 있을 마법학회에서도 그런 집중력을 발휘하도록 해요."

"……!"

헉! 그러고 보니 마법학회 참석하러 내일 출발하잖아? 나보고 증인이 되라면서 마법을 시킬 게 뻔한데 실수라도 했다가는 작살나겠군. 이번 진급 시험은 성공해도 실패해도 순전히 내 탓이지만 마법학회에서 실패하면 레이뮤의 이름에 먹칠을 하는 것이니…….

"저기… 레이뮤님."

그때 조용히 따라오던 슈아로에가 레이뮤에게 말을 걸었다. 레이뮤가 무슨 일인가 하고 쳐다보자 슈아로에는 그녀에게 종이쪽지를 하나 건네주었다. 그것은 내 리프레쉬 코드가 적혀 있는 종이쪽지였다.

"이게 뭐니?"

레이뮤는 종이쪽지에 적혀 있는 코드를 훑어보고 나서 슈아로에를 쳐다보았다. 한눈에 보기에도 레이뮤 역시 그 코드를 이해하지 못했다는 걸 알 수 있었다. 그런 레이뮤의 얼굴을 쳐다보며 슈아로에가 약간 떨리는 목소리로 말했다.

"그건… 레지스트리 군이 개발한 코드예요. 레지스트리 군의 말로는 그 코드를 사용하면 원래보다 100배 정도 빨리 마나를 회복시킬 수 있대요."

"……?"

레이뮤의 얼굴 표정은 별 변화가 없었지만 눈에는 의혹의 빛이 떠올라 있었다. 그래서인지 레이뮤는 다시 한 번 종이쪽지에 있는 코드를 들여다보았다.

"이 코드로 100배 정도 빠른 마나 회복?"

레이뮤는 한동안 뚫어져라 리프레쉬 코드를 쳐다보았다. 그러다가 뭔가 알아낸 듯이 내 쪽으로 고개를 돌렸다.

"이 코드… 마나의 성질을 변화시키는 것인가요?"

오, 약간 맞혔네? 역시 노련한 마법사로군.

"예, 반응한 마나는 True고 반응하지 않은 마나는 False니까 코딩을 통해 강제적으로 True를 False로 바꾸는 겁니다. 그렇게 하면 100배 정도 빨리 마나를 원 상태로 돌릴 수 있어요."

"…그럴지도 모르겠군요."

슈아로에와는 달리 레이뮤는 내 설명을 이해한 듯했다. 역시 500년 경력의 마법사라는 게 절대 그냥 얻어지는 건 아니었다. 아무리 처음 보는 코드라 할지라도 그 코드가 어떤 식으로 사용되겠구나 하는 정도는 금방 파악할 수 있는 것이다.

"그럼 직접 보여주겠어요? 눈으로 확인해 보고 싶군요."

레이뮤가 나에게 종이쪽지를 돌려주며 지금 해볼 것을 요구해 왔다. 원래 내 머리가 나빠서 내가 아직 리프레쉬 코드를 외우지 못했다고 생각하는 모양이었다. 어쨌든 난 그 종이쪽지를 받아 들고 레이뮤와 슈아로에를 번갈아 처다보며 말했다.

"아까 파이어 볼을 썼고, 그 후로 5분 정도 지났으니까 일단 파이어 볼을 한 번 너 사용할 수 있어요. 그렇게 파이어 볼을 쓰고 나서 이 리프레쉬 코드로 마나를 회복시킨 다음, 파이어 볼을 또 사용해 보도록 하겠습니다."

난 그렇게 선언을 하고 도서실 복도 한가운데에 섰다. 학생들이 교실로 돌아가는 발자국 소리가 아래층에서 들렸지만 3층에는 교실이 없어 비교적 조용한 편이었다. 난 레이뮤와 슈아로에를 등진 상태에서 파이어 볼 코드를 읊었다.

"Create sphere, radius zero dot five, position zero axis zero axis one axis, mapping fire, create line, begin zero axis zero axis one axis, end zero axis ten axis minus two dot five axis, animate line."

화악!

코드를 모두 외우자마자 불덩어리가 생성되어 비스듬한 각도로 날아가더니 곧 소멸했다. 이번 파이어 볼 사용으로 인해 내 마나는 거의 바닥 상태가 되었다. 리프레쉬 코드 자체가 어느 정도의 마나량을 차지하기는 하지만 그 용량이 그다지 크지 않기 때문에 충분히 코드를 사용할 수 있었다.

"Set code with replace true by false."

리프레쉬 코드를 외우고 나서 난 마냥 기다렸다. 기다리는 동안 내 머릿속은 확실히 마나가 빠르게 복원된다는 느낌으로 가득 찼다. 그렇게 10여 초가량 흐르고 나서 난 곧바로 파이어 볼 코드를 외웠다. 물론 파이어 볼 코드를 외우는 건 이제 기본이 되어버렸다.

화악!

난 아주 무난하게 파이어 볼을 성공시켰다. 그러나 이번 한 번만으로는 리프레쉬 코드의 성능을 증명하기 부족할 것 같아서 난 다시 한 번 리프레쉬 코드를 사용한 뒤 파이어 볼 코드를 읊었다.

화악!

세 번째 파이어 볼을 선보이고 나서 난 코딩을 멈추었다. 이 정도면 레이뮤나 슈아로에가 충분히 리프레쉬 코드의 성능을 인정해 줄 것이란 생각에서였다. 그렇게 생각하며 뒤로 돌아 그녀들의 얼굴을 본 순간 난 경악했다. 슈아로에가 입을 쩍 벌리고 있는 모습은 그다지 생소하지 않지만, 레이뮤가 입을 벌린 채 놀라는 모습을 하고 있는 건 정말 의외였기 때문이다.

"저기……."

내가 먼저 말을 하지 않으면 아무도 말을 하지 않을 듯한 분위기라서 난 조심스럽게 두 사람을 불렀다. 그러자 가장 먼저 제정신을 찾은 레이뮤가 원래의 표정으로 돌아왔다. 그러나 눈동자가 조금씩 흔들리는 것으로 봐서는 아직 충격에서 벗어나지 못한 모양이었다.

"레지스트리 군, 그 리프레쉬란 코드… 어떻게 알아낸 거죠? 설마… 그 코드도 직접 만들었나요?"

"뭐… 이런저런 코드를 뒤지다가 이렇게 저렇게 짜다 보니 완성됐어요."

"……."

설명은 허접했으나 결국 내 스스로 만들었다는 소리였기 때문에 레이뮤는 내 말뜻을 이해했다. 그리고는 천천히 고개를 끄덕였다.

“그렇군요. 이것 역시 만들었군요.”

“……?”

아니, 뭐, 만들면 안 되는 걸 만들었나? 난 그저 마법을 편하게 사용하려고 만들었을 뿐이라고. 탓하려면 느려 터진 마나 회복 속도를 탓해. 난 아무 잘못 없어.

“레지스트리 군.”

“아, 예!”

갑자기 레이뮤가 내 이름을 불러서 난 조금 긴장했다. 뭔가 레이뮤에게서 혹평이 쏟아질 것 같았기 때문이다. 그러나 레이뮤는 날 혹평하려는 게 아니었다.

“레지스트리 군의 파이어 볼 코드는 분명 놀라운 마법 코드입니다. 그렇지만 그건 내가 어느 정도 기틀을 잡아놨기 때문에 레지스트리 군이 완성할 수 있었던 것이지요.”

“예…….”

“하지만 그 리프레쉬 코드는… 그 누구도 생각하지 못한 것입니다. 마법사라면 누구나 마나의 회복 속도가 느리다는 것을 답답하게 여기지만 마나의 회복 속도를 더 빠르게 하려는 시도를 하지 않았죠. 오히려 마나를 더 많이 모음으로써 마나 회복 속도를 커버하려고 합니다. 그 편이 나중을 위해서도 좋다고 판단한 것이겠지요.”

흠, 확실히 그렇군. 일단 마나를 많이 모아두면 나중에 고 레벨의 마법을 쓸 수 있으니까 좋겠지. 그래도 나처럼 달랑 1서클밖에 없는 허접 마법사는 마나를 최대한 아껴야 한다고. 그러니까 마나가 빨리 회복되면 될수록 좋은 거지.

"마나를 소모한 뒤 리프레쉬 코드로 마나를 빠르게 회복해서 연달아 마법을 사용한다……. 이건 기존의 사고방식을 완전히 뒤엎어 버리는 발상입니다. 정신력 제어 코드 없는 파이어 볼 코드 자체도 놀라운 것입니다만, 리프레쉬 코드는 마법사들을 공황 상태로 몰아넣을 거예요."

하하, 겨우 리프레쉬 코드 하나 가지고 무슨 공황씩이나…….

"리프레쉬 코드는… 일단 우리끼리만 알고 있도록 해요. 함부로 발표했다가는 어떤 사태가 일어날지 알 수 없으니까요."

"……?"

나로서는 의문이 뭉게구름처럼 피어났지만 레이뮤의 표정은 매우 진지했다. 그리고 옆에 있는 슈아로에도 레이뮤의 의견에 완전히 수긍하고 있었다. 세 명 중 두 명이 찬성을 했으니 내가 반대를 하더라도 다수결 원칙에 의해 내 의견은 묵살되는 상황이었다. 물론 애초부터 마법학회에 발표하려고 리프레쉬 코드를 만든 게 아니기 때문에 오히려 발표를 하지 않는 게 나로서는 마음이 편했다.

"난 출발 준비를 해야 하기 때문에 먼저 돌아가겠어요. 슈아로에는 레지스트리 군하고 같이 있거라. 이제 진급 시험도 끝났으니 마음 편하게 쉬어야지.”

레이뮤는 내 지도를 잘했다는 듯 슈아로에의 머리를 쓰다듬은 뒤 유유히 자신의 방으로 향했다. 난 잠시 레이뮤의 뒷모습이 보이지 않을 때까지 서 있다가 할 일도 없고 해서 도서실 안으로 돌아가려 했다. 하지만 중간에 슈아로에의 인터럽트가 발생했다.

“레지스트리 군은 정말 무서워요.”

“……?”

잉? 내가 무섭다고? 아니, 어려 보인다는 말은 몇 번 들었지만 무섭다는 말은 처음 듣는데? 나 스스로 이런 말 하긴 뭣하지만, 그래도 이 정도 얼굴이면 어디 나가서 욕먹지는 않는다고.

“리프레쉬라는 코드가 얼마나 사기적인지 모르죠?”

그렇게 말하는 슈아로에의 표정은 진지, 그 자체였다. 너무 진지하다 보니 난 농담조차도 할 수 없었다. 내가 멍하니 있는 것을 보며 슈아로에는 말을 이어나갔다.

“원래 마법사는 마법을 사용한 직후에는 아무것도 할 수 없어요. 마나가 회복되는 몇십 분간을 완전한 무방비 상태죠. 그 때문에 마법사들은 보통 자신의 몸을 지켜주는 전사나 무사 등과 같이 파티를 이뤄요.”

그건 당연한 거 아닌가? 수많은 RPG 게임이나 온라인 게임에서 그런 걸 기본으로 하고 있으니까. 뭐, 어떤 게임은 파티

플레이 없이 Only 솔로잉을 추구하기도 하지만.

"그런데 레지스트리 군의 리프레쉬 코드는 마법사의 공백 시간을 단축시켜 버려요. 마법사가 마법을 연달아서 사용할 수 있는 거죠. 한마디로, 마법사의 약점이 없어져 버리는 거예요."

오호, 그런 점이 있었군. 근데 그렇다고 하더라도 리프레쉬 코드 자체에도 실행 시간이 존재한다고. 실력있는 전사나 무사라면 그 몇십 초 사이에 마법사를 해치울 수 있지 않을까? 뭐, 원거리에서 마법사가 공격을 퍼붓게 되는 꼴이면 전사나 무사 입장에서는 GG겠군. 마법사의 쿨 타임 때에 죽어라고 달려가도 몇십 초 후에 곧바로 마법이 날아올 테니까.

"그것 때문에 레이뮤님도 발표를 신중히 생각하시는 걸 거예요. 리프레쉬 코드는 잘못하면 마법사를 최강으로 만들어 버릴 수도 있으니까요."

잉? 그것은… 내 코드로 인해 밸런스가 붕괴된다는 거야? 나, 밸런스 파괴의 주범이 되는 거야? 그럼 마법사 하향 패치를 내놓든가 전사나 무사의 상향 패치를 내놓아야지. 새로운 패치가 나왔으면 거기에 적응을 하는 게 당연한 거 아닌감? 안 그래?

"가만히 보면 레지스트리 군은 이세계(異世界)에서 온 용사 같아요. 아니, 마법사인가? 하여튼 레지스트리 군을 보면 그런 느낌이 들어요."

슈아로에는 나에 대해서 그렇게 결론을 내린 듯했다. 이 세계로 소환된 지 일주일이 넘는 시간 동안 내가 두 가지의 코드를 만들어냈다는 것이 큰 작용을 했을 것이다. 그러나 사실상 아직 나는 슈아로에의 발끝조차 미치지 못하는 초보 마법사이기 때문에 그런 말을 받아들이기 어려웠다.

"이제 1서클의 마법사한테 그런 말을 해봤자 안 통해. 적어도 슈아로에처럼 4서클은 되어야 '아, 이놈이 이제 마법사 삘이 좀 나는구나' 하지."

"아하하! 뭐예요, 그게?"

꽤 오래전 개그인데―물론 이 세계에서는 없었겠지만―슈아로에는 재미있다는 듯이 웃었다. 그것은 억지웃음이 아닌 진짜 웃음이었기 때문에 보는 사람도 즐거워졌다. 확실히 상대가 진심을 보이면 믿음이 간다는 걸 느끼게 되었다.

이 세계로 소환되고 나서 내가 너무 마음을 닫아놓았던 게 아닐까? 슈아로에는 최대한 날 도와주려고 하는데 난 내 생각만 하고 있었으니……. 어찌 보면 내가 가장 나쁜 놈이겠군. 도움만 받고 도움을 주질 않으니 말이야. 어쨌든 이제부터라도 슈아로에와 놀아줘야겠군. 안 그러면 슈아로에가 또 삐칠 테니까. 뭐, 삐친 모습도 귀엽긴 하지만 아무래도 웃는 모습이 훨씬 더 귀여우니까 열심히 웃겨야겠다.

제6장

자유 기사

제6장

자유 기사

마침내 마법학회에 참석하기 위해 출발해야 하는 날이 밝았다. 말을 들어보니 여기서 마법학회가 열리는 파헬리아까지 대략 8일씩이나 걸린다고 한다. 하루 만에 도착할 것이라고 생각했던 나는 잠시 여러 가지 생각을 해야 했다. 8일 동안 아무 생각 없이 교통편만 이용하는 건 재미없기 때문이었다.

"이것이 레지스트리 군의 그린 케이프입니다."

아침 식사를 마치고 도서실에서 여행 중에 읽을 책을 챙기는 도중 레이뮤가 나에게 옷가지 하나를 건네주었다. 그것은 밝은 녹색의 케이프였다.

"이걸 입고 있어요. 출발은 마차가 도착하면 바로 할 것입니다."

"예."

난 그린 케이프를 받아 들고 이리저리 살펴보았다. 색깔 자체는 그리 나쁘지 않았지만 청바지와 녹색의 상의는 솔직히 별로 어울려 보이지 않았다. 하지만 따로 입을 옷도 없고 해서 그냥 주는 대로 입었다.

"와, 이제 마법사처럼 보여요."

내가 그린 케이프를 걸치자 슈아로에가 감탄을 터뜨렸다. 그것이 진심인지 거짓말인지 알 방법이 없었지만 일단 좋게 생각하기로 했다.

"근데 이 보석은 뭐죠? 무슨 특별한 의미가 있어요?"

난 그린 케이프에 달린 세 개의 보석을 가리키며 물었다. 어깨 부근에 두 개, 칼라 앞쪽에 하나. 그러한 구성은 슈아로에가 걸치고 있는 화이트 케이프와 동일했다. 레이뮤는 내 질문을 받고 담담한 표정으로 설명을 시작했다.

"그 보석은 매직 오너멘트입니다. 거기에 코드를 새겨 넣을 수 있지요. 보통 매직 오너멘트 실행 코드는 scan code by contact라서 손을 대면 발동하는 형태입니다. 자주 쓰는 마법 코드를 매직 오너멘트에 새겨 넣으면 코드를 외우지 않아도 마법을 사용할 수 있어요."

오, 그거 괜찮은데? 특히 나처럼 기억력이 마리아나 해구 수준인 녀석한테는 정말 유용하겠어.

"그럼 잠시 기다리고 있어요. 아마도 오전 중에 마차가 도착할 겁니다."

그 말을 남기고 레이뮤는 유유히 도서실을 빠져나갔고, 난 그린 케이프를 입은 채로 다시 여행 중에 읽을 책 선별 작업에 돌입했다. 그런 날 물끄러미 쳐다보던 슈아로에가 궁금하다는 듯 질문을 던졌다.

"지금 뭐 해요? 설마 책을 가져가려구요?"

"어. 가져가면 안 돼?"

"아뇨. 어차피 관리자는 레지스트리 군이니까 상관없는데… 여행 중에 공부하려는 거예요?"

"공부라기보다는 심심해서."

"……."

순간 슈아로에가 질렸다는 표정을 지었다. 천재라고 불리는 슈아로에에게서 그런 표정을 보게 되니 뭔가 신선했다. 슈아로에라면 '마법사로서 기본 자세가 되어 있군요' 라고 하는 편이 더 어울릴 것 같았기 때문이다.

"설마 또 말도 안 되는 코드를 만들려는 건 아니겠죠?"

슈아로에는 자신의 얼굴을 내 얼굴에 가까이 들이대면서 날 추궁했다. 리프레쉬 코드를 사기라 생각하고 있는 그녀의 입장에서는 내가 또 이상한 코드를 만들까 봐 걱정되는 모양이었다. 그러나 불행히도 난 또다시 다른 코드를 구상 중이었다.

"그냥 만들어보고 싶은 코드가 있어서. 될지 안 될지는 자신없지만."

"……."

슈아로에가 눈을 가늘게 뜨고 날 쳐다보았다. 그것은 극명한 불신의 눈빛이었다. 그 눈빛에 쫄아서 내가 아무 말도 하지 못하자 슈아로에는 약간 누그러진 어조로 입을 열었다.

"열심히 하는 건 좋은데, 너무 혼자서 하려고 하지는 말아요. 저번처럼 도서실에서 자면 곤란하다구요. 제가 도와줄 테니까 같이해요."

"어, 알았어."

난 그저 슈아로에의 의견에 고개만 끄덕였다. 그녀의 말대로 나 혼자서 책만 붙잡고 코딩하는 것보다 슈아로에와 함께하는 게 시간도 절약되고 편했다. 사실 리프레쉬 코드를 만들 때에도 슈아로에에게 도움을 청하고 싶었지만 괜히 슈아로에의 시간만 뺏는 것이 아닌가 하는 생각에 관두었다. 그런데 슈아로에 본인이 돕겠다고 나서니 나로서는 얼씨구나 하고 바로 받아들였다.

"이번에는 어떤 코드를 만들려는 생각이에요? 같이 만들기로 했으니까 저도 알아야죠."

슈아로에의 직접적인 추궁이 시작됐다. 어차피 동맹(?)을 맺은 이상 숨김없이 내 다음 계획에 대해 알려주었다.

"굳이 마나 모으기를 하지 않아도 자동적으로 마나를 모으게 하는 코드."

"……!"

순간 슈아로에는 그대로 얼어버린 듯 굳었다. 툭, 치면 쓰러져 버릴 것같이 완전히 몸동작을 멈춘 상태였다. 워낙 슈아로에의 반응이 컸기 때문에 도리어 내가 당황했다.

"왜 그래?"

"…레지스트리 군."

"응?"

"어떻게 그런 생각을 하게 됐는지는 모르지만 그런 코드는 있을 수가 없어요. 그런 코드가 있다면 아무도 고생하면서 마나 모으기를 하지 않는다구요."

슈아로에의 목소리에는 떨림이 섞여 있었다. 그것은 차라리 분노라고도 할 수 있었다. 지금까지 모든 마법사들이 하루에 몇 시간씩 투자하면서 마나를 모아왔는데, 내가 개발하려는 코드는 그 노력을 비웃는 것이었기 때문이다. 나도 그것을 알고 있기에 가능하면 혼자서 코딩을 하려고 했던 것이나.

"물론 지금까지 그런 코드가 없었으니 마나 모으기를 직접 했겠지. 하지만 반대로 생각하면, 마나 모으기가 정신력만으로 가능하니까 마나 모으기 코드를 만들 생각을 하지 않은 게 아닐까?"

"······!"

"이번 코드가 만들어질지 어떨지는 아직 몰라. 하지만 적어도 노력해 보는 건 괜찮을 거라고 생각해. 설령 만들지 못하더라도 그걸 만들기 위해 코드를 공부하는 만큼 다른 어떤 소득을 얻게 될지도 모르고. 슈아로에는 어떻게 생각해?"

"······."

내가 슈아로에의 의견을 묻자 슈아로에는 잠시 입을 다물었다. 그녀가 충분히 생각할 여유를 주기 위해서 난 느긋하게 기다렸다. 아무것도 안 하면서 뻘쭘하게 서 있는 걸 나름대로 잘하기 때문이었다.

"전… 저도 괜찮을 거라 생각해요."

얼마 안 있어 슈아로에의 입에서 흘러나온 말은 긍정의 표시였다.

"그래도 진짜 그런 코드가 만들어진다면 뭔가 지금까지 헛일을 한 것 같은 느낌이 들 거예요. 솔직히 말해서 그런 코드는 만들 수 없다는 결론이 났으면 좋겠어요."

슈아로에는 자신의 마음속 생각을 솔직하게 말했다. 그 점이 나로서는 다행이었다. 적어도 슈아로에는 마나 모으기 코드를 부정하기 위해서라도 내 코딩을 적극적으로 도와주겠다는 뜻을 밝힌 것이기 때문이었다. 그렇게 동업자가 생겨서 난 기분이 좋아졌다.

"앞으로 많이 도와줘. 난 아직 코드를 많이 모르니까."

"네, 그럴게요."

그렇게 의견의 일치를 보고 코딩을 위한 책을 슈아로에와 함께 골랐다. 최소한의 책으로 최대의 효과를 내기 위해 이런 저런 책을 뒤적이다 보니 어느새 한 시간이 훌쩍 지나가 버렸다. 그사이 레이뮤가 다시 도서실로 돌아왔다. 여행을 떠나는 것이라 그런지 레이뮤는 흰색의 미니 가디건을 걸쳐 입었다. 조끼 비슷한 미니 가디건을 입자 노출되어 있던 레이뮤의 어깨가 감추어졌다. 여행을 떠날 때에는 언제나 그걸 입는 모양이었다.

"마차가 도착했습니다. 출발할 준비를 마쳤으면 따라와요."

"예."

"네, 레이뮤님."

나와 슈아로에는 레이뮤를 따라 본관 건물을 나섰다. 나가서 보니 마법 연습장으로 쓰이는 모래 운동장에 큰 마차 한 대가 서 있었다. 수용 인원이 대여섯 명 정도는 될 듯한 마차라서 그런지 마차를 끄는 말은 두 마리였다. 그리고 그 말들 자체도 그다지 별 볼일 없어 보였다. 과연 이것이 당대 최고라고 불리는 대마법사를 싣고 갈 마차인가 하는 생각이 들 정도였다.

"기다리게 해서 미안하군요."

"아닙니다. 위대한 대마법사 레이뮤 스트라우드님을 만나게 되어 영광입니다."

레이뮤는 마차 앞에 앉은 마부보다도 마차 옆에 서 있는 한 사람에게 말을 걸었다. 그 사람은 한눈에 보기에도 매우 특이한 복장을 하고 있는 기사였다. 게다가 여자, 아니, 소녀였다.

"처음 뵙겠습니다. 저는 센트리노 제국에서 '자유기사' 칭호를 얻은 유리시아드 케리만입니다. 앞으로 유리시아드라고 불러주세요."

자신을 유리시아드라고 칭한 소녀 기사는 숙였던 고개를 천천히 들었다. 그사이 난 그녀의 전신을 대충 훑어보았다. 원래 초면에 남의 몸, 그것도 여자의 몸을 훑어보는 건 내 취향이 아니었지만 소녀의 복장이 워낙 특이해서 보지 않을 수가 없었다.

우선 가장 먼저 눈에 들어온 것은 소녀 기사의 붉은 머리였다. 레이뮤나 슈아로에와는 달리 단발머리인 유리시아드는 눈동자마저 붉은색이라 얼핏 보면 굉장히 정열적인 성격을 가진 것으로 생각하겠지만 그녀의 얼굴은 싸늘함 그 자체였다. 조금 창백하다고도 볼 수 있는 피부와 붉은색이 묘한 대조를 이루어서 뭐라고 딱히 꼬집을 수 없는 분위기를 창출하고 있었다. 그래도 한 가지 확실한 건 유리시아드가 굉장한 미인이라는 점이었다.

아니, 얼굴 분위기나 생김새는 다 좋은데 말이지, 기사 아니야? 기사라면 온몸을 갑옷으로 둘러싸야 하는 게 정상 아닌가? 근데 왜 저 애는 관절 부분을 전부 드러낸 거야? 갑옷이 있는 부분이라고는 가슴, 팔의 상박과 하박, 허벅지 일부, 무릎부터 발 부분 정도잖아? 어깨, 팔꿈치, 손, 허리 아래에서 무릎 위쪽까지는 완전 무방비? 검은 망토로 어깨를 살짝 가린 상태라고는 해도 망토가 어깨 방어를 해줄 것도 아니고, 기사가 왜 검정색 가죽 스커트를 입고 있는 거지? 그것도 짧은 거. 나야 눈이 즐거워서 좋긴 한데… 그걸로 방어가 돼?

"……!"

그때였다. 갑자기 유리시아드로부터 매우 살벌한 눈초리를 느꼈다. 그것은 누가 봐도 한번에 알아볼 수 있는 적의(敵意)였다. 마치 날 철천지원수처럼 보는 듯했다.

잉? 왜 그렇게 살벌한 눈으로 쳐다보는 거야? 설마 내가 몸 훑어보는 걸 알아챈 건가? 난 꽤 자연스럽게 스윽 훑어봤다고 생각했는데……. 역시 기사답게 예리한 안목!

"저기… 전 슈아로에 이안트리라고 해요."

워낙 유리시아드가 날 사납게 노려보고 있었기 때문에 슈아로에는 머뭇머뭇거리며 자기소개를 했다. 그러자 유리시아드는 적의, 아니, 살의에 가까운 눈을 거두어들이고 슈아로에를 향해 입을 열었다.

"명성은 많이 들었어요. 매지스트로에서 5년 이내에 화이트 케이프를 얻은 유일한 학생이죠. 센트리노 제국에까지 알려져 있어요."

"그, 그래요?"

슈아로에는 자신의 이름이 다른 나라에까지 퍼져 있을 줄은 몰랐는지 꽤 놀란 표정이었다. 하지만 난 그것보다도 나한테는 살기를 보내면서 슈아로에나 레이뮤한테는 부드럽게 대하는 유리시아드의 태도에 놀라고 있었다.

"저는 레지스트리……."

번뜩—!

내 소개를 채 마치기도 전에 유리시아드의 살벌한 시선이 다시 내 얼굴에 꽂혔다. 덕분에 난 찍소리도 하지 못하고 입을 다물어야 했다. 나보다 키가 좀 작은 유리시아드였지만 그녀의 전신에서 풍기는 분위기는 평범한 사람의 그것이 아니었다.

으… 왜 자꾸 날 볼 때마다 죽여 버리겠다는 시선을 보내는 거야? 난 그저 몸 한 번 훑어본 죄밖에 없다고. 게다가 난 아무 사심 없는 순수한 눈으로……. 어쨌든 요상한 생각은 하나도 안 품었다고. 그냥 평범하게 온몸을 덮는 갑옷을 입었다면 애초에 내가 쳐다보지도 않았지. 왜 그렇게 특이한 옷을 입어 가지고 사람 시선을 잡느냐고!

"아, 저기……."

나를 보는 유리시아드의 눈빛이 심상치 않음을 느꼈는지 슈아로에는 안절부절못했다. 그러나 레이뮤는 매우 여유로운 표정으로 천천히 입을 열었다.

"센트리노 제국의 유리시아드 케리만 공작. 어렸을 때부터 마법과 무술에 두각을 나타내어 16세 어린 나이에 '붉은 장미'란 별명을 얻고 17세에 자유기사라는, 전 대륙의 유일무이한 칭호를 얻은 소녀 기사. 이 자리에서 만나게 되어 영광이에요."

"저는 단지 센트리노 제국에서 자유기사라는 칭호를 얻었을 뿐이지만, 스트라우드님은 전 대륙의 모든 마법사가 인정한 자유마법사인걸요. 제가 어찌 감히 스트라우드님과 비교되겠습니까."

"난 성으로 불리는 걸 좋아하지 않으니 앞으로 이름으로 불러줘요."

"아, 네. 알겠습니다, 레이뮤님. 저 역시 공작이라는 칭호는 좋아하지 않으니 이름으로 불러주시면 감사하겠습니다."

"그렇게 하지요, 유리시아드."

레이뮤와 유리시아드는 매우 화기애애한 대화를 나누었다. 내 짐작대로 레이뮤나 슈아로에를 대하는 유리시아드의 태도는 조금 딱딱히긴 히지만 그래도 부드리운 편이었다. 그렇기 때문에 유리시아드가 날 싫어하는 이유는 두 가지 정도로 압축될 수 있었다. 유리시아드는 원래 남자를 매우 싫어한다든가, 아니면 내가 뭘 크게 잘못했다든가.

"아, 저도 슈아로에라고 불러주세요. 전 아직 작위도 없으니까 편하게 부르세요."

옆에서 지켜보던 슈아로에가 레이뮤와 유리시아드 사이에
끼어들었다. 유리시아드는 그런 슈아로에를 바라보며 입을
열었다.

"그래, 앞으로 슈아로에라고 부를게."

"네."

슈아로에와 유리시아드 사이의 호칭 관계도 정리되었다.
이제 남은 건 나와 유리시아드 사이의 호칭 문제였다. 분명
유리시아드는 나보다 어리지만 한 나라의 공작이라는 점에
있어서 나보다 까마득히 높은 존재였다. 나이보다는 지위를
중시하는 이쪽 세계의 관습에서 볼 때 난 유리시아드에게 존
칭을 해주어야 했다.

"전 레지스트리……."

번뜩—!

우아악! 제발 말 좀 하자! 말할 때마다 그렇게 노려보면 내
가 어떻게 말을 하라고! 너무 노골적으로 노려보니까 슈아로
에하고 레이뮤 씨가 당황하잖아!

"소문뿐인 줄 알았는데 사실인가 보군요."

유리시아드가 날 노려보는 걸 보더니 레이뮤가 고개를 끄
덕이며 입을 열었다.

"붉은 장미는 사람의 마음을 꿰뚫어보는 힘이 있다고 들었
습니다. 지금 유리시아드는 아마도 레지스트리 군의 마음을

꿰뚫어 보고 적대감을 표시하는 것이겠지요?"

"……?"

잉? 뭔 소리래?

"그렇지 않나요, 유리시아드?"

레이뮤가 유리시아드를 쳐다보자 날 노려보던 유리시아드는 이내 고개를 끄덕이며 대답했다.

"그렇습니다. 제가 사람의 마음을 읽을 수 있는 건 아니지만… 그 사람의 마음속에 어떤 욕망이 있는지는 알 수 있어요. 지금 저 남자의 마음속에는… 차마 설명하기도 싫은 욕망이 가득하네요."

"……."

이보슈, 아줌씨. 왜 날 지목하면서 '저 남자'라고 하는 거슈? 듣는 남자 기분 나쁘게. 그리고 내 마음속 욕망이 어떻게 생겨먹었기에 그런 소리를 하지? 난 이래 봬도 매우 건전한 25세 아저씨, 아니, 청년이야!

"유리시아드가 레지스트리 군을 싫어하는 이유는 알겠지만, 그래도 동행하게 될 사이이니 너무 싫어하지는 말아요. 게다가 레지스트리 군은 유리시아드보다도 나이가 많으니 노골적으로 싫어하는 건 실례가 아닐까요?"

유리시아드가 날 싫어하는 이유를 알겠다는 레이뮤의 말이 매우 신경 쓰이기는 했지만, 일단 레이뮤는 다행히도 내 편을 들어주었다. 사실 레이뮤가 날 외면하면 유리시아드가 당장이라도 검을 빼 들고 내 목을 날려 버릴 분위기였기 때문에 레이뮤의 도움은 당연하다면 당연한 것이었다. 그런데 유리시아드는 레이뮤의 말을 듣고 급격한 표정의 변화를 보였다.

"저 남자가… 저보다 나이가 많다구요?"

"……."

왜 이놈의 동네는 내 나이 가지고 놀라는 거야? 내가 그렇게 어리고 만만하게 보여? 키도 내가 더 크구먼 왜 날 다 어리다 생각하냐고. 젊게 봐주는 건 좋은데, 너무 오버하는 걸 보면 뭔가 기분이 찜찜한…….

"많아봐야 동년배일 거라 생각했는데……."

유리시아드는 내 얼굴을 찬찬히 뜯어보며 중얼거렸다. 그래도 그녀의 눈빛에는 여전히 적의가 맴돌았다. 그런 살벌한 눈빛으로 쳐다보니 마치 얼굴이 잘 달구어진 바늘에 찔린 듯이 화끈따끔했다.

"지금은 비록 그린 케이프이지만 앞으로 발전 가능성이 높은 아이입니다. 어쩌면 전 대륙의 마법사들보다도 위대한 업적을 만들어낼지도 모릅니다. 그러니 이 아이를 이해해 주길 바랍니다."

레이뮤는 내 어깨에 손을 얹으며 유리시아드를 설득했다. 원래는 내 머리를 쓰다듬으려는 분위기였지만 내 키가 레이뮤보다 좀 컸기 때문에 그냥 어깨에 손을 얹어놓는 선에서 끝난 것 같았다. 그리고 레이뮤의 얘기는 유리시아드에게 날 적대시하지만 말고 연상으로 대하라는 뜻이었다. 한 나라의 공작 지위를 가진 사람에게 무계급의 사람을 높여 부르라는 말에 도리어 내가 기겁했다.

아무리 레이뮤 씨가 유리시아드보다 높은 지위라고는 해도 공작이 평민에게 존댓말을 하는 건 뭔가 이상하지 않나? 게다가 레이뮤 씨는 '이 아이' 하면서 왜 날 그렇게 칭찬한 거지? 하긴, 내 칭찬을 하지 않으면 유리시아드가 날 계속 살인 눈빛으로 쳐다볼 테니까 그런 거겠지만. 그래도 다 큰 성인을 아이라고 부르는 건 좀 거시기하지 않나? 뭐, 어쨌든 이제 남은 건 유리시아드의 반응뿐이로군. 제발 발끈해서 날 검으로 치지만 말아줘.

"…알겠습니다. 제가 너무 지나쳤던 것 같네요."

잠시 갈등을 하던 유리시아드가 마침내 결정을 내렸다.

"이름이 레지스트리라고 했나요? 앞으로 레지스트리 씨라고 부르죠."

"예……."

"그쪽은 그냥 편하게 불러요. 그쪽한테서 존칭을 듣고 싶지는 않으니까."

"……."

이봐, 존칭 듣고 싶지 않다면 내가 어떻게 불러야 되는데? 그냥 '어이, 유리시아드' 라고 하면 검으로 날 벨 거지?

"나보다 나이가 많다고 하고 레이뮤님도 그렇게 말씀하시니 인정해 주겠어요. 하지만 그렇다고 그쪽이 좋아질 것 같지는 않네요.”

유리시아드는 그 말을 끝으로 나에 대한 호칭 문제를 종결시켰다. 사실 뭔가 애매모호하게 끝나서 난 여전히 어떻게 유리시아드를 대하면 좋을지 알 수가 없었다. 아니, 그보다는 공작의 지위이면서도 평민에게 존칭 쓰는 걸 별로 의식하지 않는 유리시아드의 사고방식이 매우 궁금했다.

“그런데 유리시아드는 어떻게 우리의 경호를 맡기로 한 건가요? 센트리노 제국에서 여기까지는 시간이 꽤 걸릴 텐데?”

내가 유리시아드의 사고방식을 유추하는 동안 레이뮤가 유리시아드에게 질문을 던졌다. 유리시아드는 내 쪽으로 향하던 살벌한 표정을 풀고 부드러워진 표정으로 대답했다.

“매트록스 왕국을 여행하는 도중에 마법학회 참석 제의를 받았습니다. 그때 마침 레이뮤님의 방문 소식을 듣고 자청해서 경호를 맡은 것입니다. 대마법사 레이뮤님을 한번 뵙고 싶었으니까요.”

“영광이군요.”

흐으, 레이뮤 씨하고 얘기할 때는 표정이 풀어지는데 날 쳐다볼 때는 죽일 듯이 노려보니 원……. 내가 전생에 무슨 죄가 있다고 저런 미인에게 미움을 받는 건가? 이 얼마나 안타까운…….

“그럼 출발하도록 하지요, 슈아로에, 레지스트리 군. 어서 마차에 올라타요.”

레이뮤는 그렇게 말하며 앞장서서 마차 안으로 들어갔다. 나와 슈아로에가 뒤따라 마차 안으로 들어갔고, 유리시아드는 그냥 밖에 서 있는 말 한 마리에 올라탔다. 붉은 장미라는 별명에 걸맞게 붉은색의 적토마였다. 아니, 솔직히 말해서 다 죽어가는 핏빛의 걸쭉한 붉은색이었다. 전체적으로 어두운 색인 유리시아드이기 때문에 차라리 백마가 더 낫지 않을까 라는 생각을 해보았다.

“이랴!”

히이잉—

여태까지 마부석 위에 줄곧 말없이 앉아 있던 마부가 말에 채찍을 가하자 말들이 일제히 앞으로 내달리기 시작했다. 마차 속도가 그다지 빠른 편은 아니었지만 산길을 따라 내려가 보니 많이 들썩거렸다. 역시 비포장 도로에서는 마차를 타고 가는 것보다 유리시아드처럼 말을 타고 가는 게 엉덩이 건강에 더 좋아 보였다.

따그닥따그닥.

“잉! 엉덩이!”

슈아로에는 마차에 적응이 안 되는지 엉덩이가 아프다면서 얼굴을 찡그렸다. 물론 나 역시 엉덩이가 아프긴 했지만 남자로 태어났기에 무작정 참았다. 반면 레이뮤 씨는 들썩거리는 마차 안에서도 변함없는 표정으로 앉아 있었다. 500년

의 세월이 그녀의 감각 신경을 무디게 만든 것이 아닌가 하는
생각을 몰래 해보았다.

"그 보따리는 무엇인가요?"

달리는 마차 안에서 레이뮤가 내 손에 들린 보따리를 가리
키며 물었다. 난 마차 안의 진동에 몸을 맞추며 보따리를 풀
어 보였다.

"마법 책이에요. 8일 동안 아무것도 안 하면 심심해서요."

"그렇군요. 레지스트리 군다워요."

잉? 나답다니? 그거 좋은 뜻이여, 나쁜 뜻이여?

"그리고 레지스트리 군의 리프레쉬 코드에 대해서 생각해
본 결과……."

레이뮤는 계속해서 말을 이었다.

"역시 발표를 보류하기로 했어요. 그리고 우리 학교 학생
들에게도 알려주지 않을 생각입니다. 당분간은 레지스트리
군 혼자 알고 있도록 해요."

"예……."

결국 보류인가? 직업 밸런스가 파괴될까 봐? 뭐, 마법이 강
해지면 대부분의 사람들이 마법 쪽으로 우르르 몰려들어서
양적 팽창, 질적 저하를 이루겠지만 그런 건 모든 상황에 적
용되잖아? 유행이나 신드롬에 따라 이리저리 방황하는 사람
들이 대부분인걸. 뭐 하나가 떴다 하면 그쪽으로 우르르, 다
른 게 떴다 하면 또 그쪽으로 우르르. 어차피 벌어질 일, 일찍

벌어지나 늦게 벌어지나 똑같다고 생각한다만, 얹혀사는 입장에서 레이뮤 씨의 의견을 따라야겠지. 안 그랬다가 쫓겨나면 난감하니까.

＊　　　＊　　　＊

점심시간에 가까워지자 마침내 마차가 산길을 벗어나 강변 도시에 진입했다. 말을 들어보면 여기서부터 에이티아이 제국이 아닌 매트록스 왕국의 영토라 했다. 하지만 그쪽이나 이쪽이나 입은 옷이나 사람 생김새가 똑같아 국경을 넘었다는 것을 실감할 수 없었다.

"점심은 저 식당에서 먹도록 예정이 잡혀 있습니다."

에이지피라는 큰 강을 끼고 있는 한 도시에서 유리시아드가 식당 하나를 가리켰다. 이름은 '마법학회 공식 지정 업체, 내 이름은 요리사'였다. 식당 바깥에 Magic Academy를 그림처럼 배치해 놓은 깃발이 보이는 걸로 봐서 확실히 마법학회의 공식 지정 업체인 듯했다.

"어서 오십쇼! 공문을 보여주시겠습니까?"

우리가 탄 마차가 식당 앞에서 멈추자 남자 종업원 하나가 재빨리 튀어나와 무엇인가를 유리시아드에게 요구했다. 그러자 유리시아드는 허리 뒤로 손을 가져가더니 스크롤 하나를 꺼내 들었다. 아마도 허리에 찬 철제 벨트 뒤에다 스크롤을 묶어놓았던 모양이다.

"대마법사 레이뮤 스트라우드님이시군요. 특등석으로 준비해 놓았으니 따라오십쇼."

남자 종업원은 잠깐 스크롤을 확인하더니 다시 유리시아드에게 돌려주며 그렇게 말했다. 그래서 우리들은 마차에서 내려 남자 종업원을 따라갔다. 식당 자체 크기가 다른 식당에 비해 굉장히 커서 꽤 잘나가는 식당이라는 걸 한눈에 알 수 있었다.

잉? 마부 아저씨는 그냥 1층에 자리잡았네? 하긴, 신분이 낮은 마부가 레이뮤 씨하고 같이 밥을 먹기는 불가능하겠지. 근데 사실 나도 신분이 낮아서 저 마부 아저씨랑 함께 노닥거리며 먹어야 하는데…….

웅성웅성.

워낙 미인들인 레이뮤 세 자매(?)가 들어서자 식당 내에 작은 소란이 일어났다. 어차피 그들 중에 나한테 신경 쓰는 사람은 단 한 명도 없었기 때문에 난 느긋한 마음으로 그들을 살펴보았다.

흐음, 전부 다른 나라의 마법학교 학생들이나 대표인가? 평상복은 없고 전부 교복뿐이군. 어떤 교복은 완전 정장 차림이고, 어떤 건 완전 드레스 차림이군. 로브처럼 보이는 단순한 디자인도 있구면. 교복 종류가 가지가지인 건 좋은데, 그걸 입고 있는 인물들이 영 아니라서 그다지 눈요깃감이 안 되는걸? 오히려 눈에 심각한 데미지가……

　"원하시는 자리에 앉으시면 됩니다요. 주문은 저기 서 있는 여종업원에게 해주십쇼."

　우리를 2층까지 끌고 온 남자 종업원이 웃으면서 말했다. 그 말을 듣고 레이뮤가 자리를 물색하고 있을 때 난 내려가려는 남자 종업원을 붙잡고 물었다.

　"여기는 원래 마법학회에 참석하는 사람들만 다니나요?"

　"아뇨. 이번 2주 동안만 그렇습니다요. 마법학회 참가 분들에게는 무료로 모든 서비스를 제공해 드리죠. 마법학회가 끝나면 다시 원래 영업을 합죠."

　"그럼 손해 아닌가요? 2주 동안 돈을 못 벌잖아요?"

　"그래도 세금을 안 내니까 장사는 잘되는 것 같던뎁쇼? 전 종업원이라서 자세한 건 모르지만요."

　남자 종업원은 그 말을 끝으로 총총히 1층으로 내려갔다. 난 그의 말을 듣고서 곰곰이 생각했다.

　흐음, 마법학회의 지정 업체가 되면 세금 감면이 아닌 세금 면제라……. 그거 꽤 이득이 되는 거 아닌가? 마법사들이 많이 먹는 것도 아니고, 2주 정도만 넘기면 그때부터 흑자 모드일 테니까. 역시 마법학회 지정 업체 선정에 뭔가 뒷돈이 오고갔겠지? 민주주의도 아닌데 설마 공정거래를 했으려고?

　"레지스트리 군, 어서 와요!"

　잡생각을 하고 있을 때 슈아로에가 나를 향해 소리쳤다. 덕분에 주위의 시선이 나에게로 집중됐고, 난 쪽팔림을 견뎌내며 레이뮤 일행이 앉은 테이블로 향했다.

"어느 걸로 주문하시겠습니까?"

여종업원은 내가 앉는 걸 확인하곤 레이뮤에게 메뉴판을 건네주었다. 메뉴판이라고 해봤자 나무 판때기에 메뉴를 써놓은 종이를 붙여놓은 것이라 대단하지는 않았다. 그래도 메뉴판씩이나 있다는 사실에 경의를 표하며 여종업원을 살폈다.

오호~ 저 정도면 예쁜 축에 속하는 여자인걸? 역시 잘되는 집은 종업원을 뽑을 때도 얼굴 보고 뽑나? 특히 인권 같은 건 별로 안 따지는 이 세계의 성격상 얼굴 보고 종업원을 뽑을 확률이 200%겠지. 문제는 내 주위에 하도 S급 미인들이 즐비해서 A급 정도로밖에 평가를 못 내리겠어.

"모처럼 강 근처 도시까지 왔으니까 신선한 물고기 요리 먹는 게 어때요?"

레이뮤가 메뉴판을 찬찬히 훑어보는 도중 슈아로에의 의견 제출이 있었다. 그리고 그 의견은 레이뮤와 유리시아드의 동의에 의해 통과되었다. 일행 중 마법 경력 면에서 가장 짬밥이 안 되는 나는 한쪽 구석에 찌그러져 있었다.

"이걸로 줘요."

"알겠습니다. 잠시만 기다려 주세요."

세 여자가 상의하다 하나의 음식을 선택하자 여종업원은 영업용 미소를 지어 보이며 주방 쪽으로 사라졌다. 선택권이 없는 나로서는 그저 2층 식당 내부를 빙 둘러보았다.

오호, 1층과는 달리 2층은 어느 정도 뽀대 나는 사람들이 모여 있는데? 뭔가 사회적으로 높은 지위에 있는 사람 같은 중후한 포스가 느껴지는 아저씨들이 있군. 여자들도 행동이 품위있는 걸 보니 교육을 제대로 받은 모양인걸? 얼굴도 대체적으로 잘난 편이고. 이 식당도 지위에 따라 1층, 2층으로 사람을 구별하는 것 같군.

"잠깐 실례 좀 해도 될까요?"

우리가 주문한 음식을 기다리는 동안 다른 테이블에서 한 남자가 찾아왔다. 왠지 빤짝빤짝 빛날 것 같은 밝은 녹색의 긴 머리에 얼굴은 잘생긴 편이었다. 물론 남자인 내 입장에서는 매우 느끼하게 생긴 면상이지만.

"저는 엔비디아 제국의 '베스트 오브 베스트' 통칭 '보브' 마법학교 학생 대표 레일 에인마크입니다."

밝은 녹색 긴 머리의 남자가 자신을 그렇게 소개했다. 그가 입고 있는 옷은 몸에 쫙 달라붙는 쫄쫄이 정장이었는데, 개인적으로 매우 싫어하는 것이었다. 레일이라는 남자의 몸이 꽤 좋아서 그나마 그 옷이 이울려 보았지 내가 입으면 눈이 썩어 버렸을지도 몰랐다.

"보브의 블루 넥타이로군요."

레이뮤는 레일의 넥타이 색을 보고 담담한 표정으로 입을 열었다. 순간 난 보브 마법학교에서도 매지스트로 마법학교와 마찬가지로 학생 계급이 존재한다는 것을 눈치 챘다. 그리고 보브나 매지스트로나 같은 종류의 계급 표시를 사용할 것이라는 추측도 했다.

"대마법사 레이뮤 스트라우드님을 이 자리에서 뵙게 되어 무한한 영광입니다."

레일은 미소를 지으며 레이뮤의 말에 화답했다. 난 레일이 말을 할 때마다 전신에서 흐르는 강력한 느끼 포스에 몸을 부르르 떨어야 했다.

흐으, 미치겠군. 왜 난 저 인간이 느끼하다고 느껴지지? 내가 녀석을 부러워해서인가? 아닌데? 난 원래 저런 스타일을 싫어해서 부러워한다고 생각할 리가 없어. 아니면 레이뮤나 슈아로에, 유리시아드가 저런 녀석에게 반할 것 같아서 불안해하고 있는 건가? 흐음, 차라리 그 편이 더 설득력 있을지도……

"모처럼 만났는데 괜찮으시다면 합석하시는 게 어떻습니까?"

드디어 레일이 자신의 본심을 드러냈다. 그의 시선이 항상 여자들 쪽에 머물러 있는 것이 그 확실한 증거였다. 그는 말 그대로 부킹하러 온 것이다.

"미안합니다만……"

여태까지 입을 다물고 있던 유리시아드가 갑자기 끼어들었다.

"저희는 방금 이곳에 도착해서 피곤한 상태입니다. 그래서 쉬고 싶으니 합석은 정중히 사양하겠습니다."

유리시아드는 명백한 거부의 의사를 밝혔다. 그녀의 얼굴에 약간 불쾌한 기색이 떠오른 걸 봐서는 나 이외에도 남자들 전체를 싫어하는 듯했다. 그렇지만 날 몰아붙일 때보다 레일을 상대할 때의 적대감이 약했기 때문에 난 여전히 좌절 모드였다.

"붉은 장미님을 기분 나쁘게 해드렸다면 죄송합니다. 그럼 서로 저 넓은 테이블로 옮기는 것이 어떻겠습니까?"

레일은 여전히 합석을 강요했다. 유리시아드는 더욱 강한 거부의 의사를 표현하려고 잠시 숨을 골랐다. 하지만 그녀가 말을 채 꺼내기도 전에 레이뮤가 조용히 입을 열었다.

"그렇게 하도록 하지요."

스륵.

말을 마친 레이뮤는 자리에서 일어섰고, 리더인 레이뮤가 일어섰으니 쫄다구인 우리들도 같이 일어서야 했다. 그렇게 우리들은 비어 있는 넓은 테이블로 이사를 갔고, 레일 일행으로 보이는 사람들도 같은 테이블로 이사를 왔다.

"호호, 1년 만이로군요, 레이뮤님."

"그렇군요, 소렌느 경."

두 쪽 학교 사람들이 만나자마자 레이뮤와 반대편 할머니가 인사를 나누었다. 백발이 성성한 할머니였는데 흰색의 드레스를 입고 있어서 솔직히 쳐다보기가 심히 괴로웠다. 나이

가 들어 군데군데 검버섯이 보이는 피부와 비쩍 마른 체격을
가지고 있음에도 불구하고, 소렌느라는 할머니는 손에 고급
깃털 부채까지 흔들며 자신이 마치 20대 여성인 것처럼 행동
했다.

나원, 척 봐도 저 소렌느 할머니는 레이뮤 씨에게 라이벌
의식을 가지고 있구먼. 그러니까 나이에 걸맞지 않게 오버하
고 있지. 이건 전부 레이뮤, 당신 때문이라고. 500년 넘게 살
았는데 아직도 20대 얼굴이니 저 할머니가 시기하잖아!

"아까 소개했던 대로 전 학생 대표 레일 에인마크입니다.
그리고 이쪽은 같이 동행한 기사 트레일 오어론네스입니다."

"반갑습니다. 트레일 오어론네스라고 합니다."

느끼남 레일은 자신의 옆에 앉은 한 명의 기사를 우리에게
소개시켜 주었다. 그는 한눈에 보기에도 기사 같아 보였다.
온몸을 감싸고 있는 철제 판금 갑옷과 육중한 체격, 거의 슈
아로에만 한 검을 허리에 차고 있었기 때문이다. 같은 기사인
유리시아드와는 모든 면에서 정반대였다.

"저는 매지스트로 마법학교의 학생 대표 슈아로에 이안트
리라고 해요."

"경호를 맡고 있는 유리시아드 케리만입니다."

슈아로에와 유리시아드는 그들과 인사를 나누었다. 어차
피 레이뮤나 소렌느 할머니는 서로 잘 알고 있는 사이이고 학
교의 대표이다 보니 굳이 통성명을 할 필요가 없어 보였다.

결국 자기소개가 남은 사람은 나뿐이었다.

이런, 대체 난 내 소개를 어떻게 해야 되지? 학교에서는 슈아로에의 먼 친척이라고 소개했지만 여기는 지금 슈아로에의 고국이잖아? 이런 데서 '난 슈아로에의 먼 친척이유' 하는 건 자살 행위가 아닐까? 게다가 수준 떨어지는 그린 케이프의 마법사를 학생 대표라 소개하기도 거시기하고. 정말 난감한걸.

"에… 저는……."

내 차례가 돌아오자 난 잠시 머뭇머뭇거리며 활로를 모색했다. 슈아로에와 유리시아드는 내가 제대로 말을 하지 못하자 긴장한 줄 알고 느긋하게 기다리고 있었다. 하지만 눈칫밥 500년인 레이뮤는 내 어려움을 한번에 파악했다.

"이 아이는 레지스트리라고 합니다. 원래 학교에서 일을 하는 잡부였는데 마법에 소질을 나타내어 내가 거두어들였지요. 고아이기 때문에 성은 없습니다."

"예, 레지스트리입니다."

레이뮤의 어시스트를 받아 난 무사히 내 소개를 끝냈다. 어차피 그늘도 내 마나가 얼마 되지 않는다는 걸 눈치 챘기 때문에 나에 대해서 별로 신경 쓰고 있지 않았다. 그렇다 보니 그냥 대충 소개했어도 괜찮지 않았을까 하는 생각도 들었다.

흐으… 근데 나, 순식간에 고아에다 잡부가 되어버렸네?

뭐, 사실 그게 맞는 말이니까 뭐라고 할 수는 없지. 얼마 전까지만 해도 해리 형님과 쓰레기 치우고 하수도 청소하고 그랬으니까. 게다가 이 세계에는 내 부모님이 없으니 고아나 마찬가지고. 아, 내가 생각해도 난 너무 불쌍해!

"흐음."

내 소개가 끝나자 유리시아드가 '그럼 그렇지' 라는 듯이 고개를 끄덕였다. 특히 그녀가 납득하는 부분은 내가 잡부였다는 점이다. 만날 때부터 나에게 적대감을 표시했으니, 그런 내가 일개 잡부였다는 말에 오히려 쾌감을 느낀 것인지도 몰랐다.

스륵.

통성명을 모두 마친 후 모두들 자리를 잡고 앉았다. 직사각형 모양의 긴 테이블에 우리 쪽은 유리시아드, 레이뮤, 슈아로에, 나 순으로 앉았고, 반대쪽은 트레일, 소렌느, 레일 순으로 앉았다.

"소문은 많이 들었어요, 이안트리 양. 2년 만에 화이트 케이프를 얻었다고 했죠?"

"네……."

소렌느 할머니는 슈아로에를 지목하며 연신 입맛을 다셨다. 왜 슈아로에 같은 인재가 하필이면 레이뮤 밑으로 들어갔나 하고 안타까워하는 듯했다. 학생 대표로 따라온 레일이라는 남자는 아직 블루 넥타이 수준이라 슈아로에의 재능이 더욱 아쉬운 모양이었다.

"이런 미인 분들을 만나게 되어 무한한 영광입니다."

레일은 자기가 생각하기에 멋들어진 웃음을 날리며 슈아로에와 유리시아드의 관심을 끌어보려 했다. 그렇지만 아직 어린 슈아로에는 낯선 남자의 접근을 경계하는 상태였고, 유리시아드는 애초에 남자를 꺼려 하고 있었다. 그러다 보니 레일의 말에 맞장구를 쳐주는 사람은 아무도 없었다.

"케리만 양, 붉은 장미의 소식은 많이 들었습니다. 언젠가 꼭 한번 대련해 보고 싶습니다."

이번엔 소렌느 할머니의 경호로 왔다는 트레일 오어론네스라는 기사가 유리시아드를 쳐다보며 입을 열었다. 그의 표정이 어느 정도 풀린 것으로 봐서 유리시아드에게 넋을 빼앗겼다고 봐도 무방했다.

"미안하지만 난 이제 성인이에요. '씨' 로 불러줬으면 하네요."

유리시아드는 매우 싸늘한 어조로 정정을 요구했다. 레이뮤의 말대로 정말 유리시아드에게 독심술이 있는 건지 어떤지는 모르겠지만 그녀가 사람을 차갑게 대한다는 건 확실했다. 특히 자신에게 뭔가 흑심을 품은 남자의 경우에는 그 강도가 더했다.

"으하하! 이거 실례했습니다, 케리만 씨."

트레일은 호탕하게 웃었지만 그것은 멋쩍음을 만회하기 위한 행동이었다. 그런 모습이 오히려 불쌍해 보이기도 했지만 덩치가 덩치인지라 그렇게 생각하는 게 트레일에게는 실례가 될 것 같았다.

잉? 그런데 저쪽은 전부 이름을 안 부르고 성을 부르네? 역시 처음 보는 사이에서는 성을 불러주는 게 예의인가 본데? 그럼 슈아로에나 레이뮤 씨, 유리시아드를 처음 보고 대뜸 이름으로 부른 나는 뭐가 되나? 예의범절도 배우지 못한 후레자식?

"슈아로에, 근데 성인이 되는 나이가 몇 살이야?"

이 세계의 예의 따위는 모르기 때문에 난 여전히 슈아로에의 이름을 부르며 질문을 던졌다. 물론 큰 소리로 이런 질문을 하면 상대편 쪽에서 '뭐 저런 덜떨어진 놈이 있어?' 라고 할 게 뻔해서 모기만 한 목소리로 물어보았다. 슈아로에는 내 질문에 의아한 듯이 고개를 갸웃하다가 자신이 사는 세계와 내가 사는 세계가 다르다는 걸 떠올리고는 웃는 얼굴로 답변했다.

"열여덟 살이에요. 열여덟 번째 생일을 맞이하면 성인이 되죠. 레지스트리 군 쪽도 열여덟 살이 성인인가요?"

"음, 그렇지. 우리도 열여덟 번째 생일이 지나면 거의 성인이 되니까."

외국에서는 대체적으로 나이를 만으로 따지니 만 18세면 거의 20세나 마찬가지였다. 슈아로에도 15세이므로 우리나라식으로 따지면 17세. 고등학교 1학년 정도 되는 나이인 것이다. 그리고 유리시아드는 막 대학에 들어간 신입생 정도라고 보면 되었다.

"근데 슈아로에는 나이에 비해서 키가 작네? 아직 덜 자라서 그런가?"

"……!"

거의 중얼거림에 가까운 내 말에 슈아로에가 순간 발끈했다. 여기가 식당이 아니었다면, 아니, 적어도 맞은편에 다른 학교 사람들이 없었다면 화를 내며 앙탈을 부렸을지도 모른다. 하지만 다른 사람들의 눈을 의식해서인지 슈아로에는 대꾸를 하지 않았다. 대신 삐친 표정으로 내 얼굴을 죽어라 뚫어지게 쳐다볼 뿐이었다.

"아니, 뭐… 앞으로 성장 가능성이 충분히 있으니까 너무 그러지 마."

"……."

난 사태를 수습하기 위해 말을 바꿨지만 여전히 슈아로에의 표정은 뽀로통했다. 사실 슈아로에 같은 경우 키가 작은 것 빼고는 몸의 균형이 잘 잡혀 있기 때문에 지금 당장 성장이 끝났다 해도 충분히 매력적이었다. 그렇지만 키가 작은 걸 콤플렉스로 느낄지도 모르는 슈아로에에게 그런 말을 하는 건 자살 행위나 마찬가지라 난 입을 다물어야 했다.

"그런데 레지스트리 군… 이라 했습니까?"

내가 슈아로에와 눈싸움을 하자 레일이 나에게 말을 걸어

왔다. 그래서 난 슈아로에와의 눈싸움에서 기권하며 레일에
게로 눈을 돌렸다. 순간 날 쳐다보는 레일의 시선이 결코 곱
지 않다는 것을 본능적으로 느끼고 말았다.

"예, 레지스트리입니다."

"레지스트리 군은 어쩌다가 마법학회에 참가하게 된 것인
지?"

"……?"

난 레일의 질문 의도를 파악하지 못해서 대답을 하지 못했
다. 자신의 질문이 조금 애매모호하다는 것을 자각했는지 레
일은 얼굴에 미소를 띠며 재차 질문을 던졌다.

"1서클 정도의 마나를 가지고 그린 케이프라… 조금 의외
라서 그럽니다. 마법학회가 아무나 올 수 있을 정도로 개방된
곳은 아니니까요."

"……."

레일의 미소 뒤에 숨겨져 있는 것은 악의였다. 그린 케이
프밖에 얻지 못한 내가 마법학회에 참가하는 것에 대한 불
만, 1서클밖에 되지 않는 마법사에게 그린 케이프를 준 레이
뮤에 대한 실망 등이 포함되어 있었기 때문이다. 거꾸로 그
것은 자신들의 학교가 매지스트로보다 더 수준이 높다는 뜻
도 되었다.

"그렇습니까?"

하하, 이거 왠지 기분이 매우 나빠지려고 하는걸? 자기는

블루 급밖에 안 되면서 남을 깎아내려? 녀석이 화이트 급이었다면 내가 말을 안 해. 자기 수준은 알지 못하고 남의 수준을 깎아내리는 녀석은 개인적으로 매우 싫어하거든? 게다가 넌 외모도 느끼해서 더 맘에 안 들어!

"1서클밖에 되지 않는 마법사가 레드 케이프가 아닌 그린 케이프를 얻은 것에는 다 나름대로 이유가 있습니다. 그리고 레이뮤 씨가 절 마법학회에 데려온 것도 이유가 있구요. 마법학회에 가면 모든 걸 알 수 있을 겁니다."

난 최대한 담담한 표정을 지었다. 화가 난다고 괜히 언성을 높였다가는 손해 보는 건 결국 나란 생각이 들어서였다. 그런데 레일 및 소렌느 할머니는 내 말 자체보다는 내가 레이뮤를 부른 호칭에 대해서 경악하고 있었다.

"레, 레이뮤… 씨?!"

잉? 왜 그래? 뭐 잘못 먹었어? 왜 다들 사래 들린 표정을 짓고 있는 거야?

"호호, 좀 의외로군요. 도대체 저 소년이 어떤 존재이기에 스트라우드님을 그렇게 부를 수 있는지."

소렌느 할머니는 깃털 부채로 얼굴을 가리며 억지로 웃었다. 아무래도 자신은 레이뮤를 '성+님' 으로 부르고 있는데 나는 '이름+씨' 라고 부르고 있으니 심사가 매우 뒤틀린 듯했다.

흐음… 그러고 보니 이 세계의 사람들은 레이뮤 씨를 전부

'레이뮤님'이나 '스트라우드님'으로 부르는군. 뭐, 대륙을 통틀어 500년 이상 된 마법사가 없을 테니 당연한 거겠지만. 난 그런 사실도 모르고 레이뮤 씨라고 불렀으니 어떻게 보면 운이 좋다고도 볼 수 있겠지. 물론 레이뮤 씨가 그렇게 불러도 전혀 화를 내지 않았던 점도 있고.

"레지스트리 군은 조금 특별한 아이입니다. 그리고 내가 선택한 아이이기도 하니 슈아로에와 마찬가지로 대해주었으면 해요."

"……!"

내가 말할 때에는 전혀 안 듣던 인간들이 레이뮤의 말 한마디에 크게 경악했다. 역시 공신력있는 사람의 말은 그만큼 강력함이 들어 있다.

흠, 그런데 레이뮤 씨가 날 감싸주다니 의외로군. 하긴 처음 만났을 때부터 날 옹호해 줬으니 당연한 건가? 그래도 레이뮤 씨는 상대에게 존댓말을 하면서도 절대 자신을 낮추는 말인 '저는'이나 '제가'를 한 번도 안 쓴 것 같은데……. 그거야 500년 이상 살아왔으니 굳이 자신을 낮출 필요가 없었겠지. 오히려 연령만으로 본다면 레이뮤 씨가 이 세계 모든 사람들에게 말을 낮춰도 아무도 뭐라 할 사람이 없을걸?

"음식 나왔습니다~"

분위기가 조금 묘해진 시점에서 여종업원 몇 명이 음식을 가지고 왔다. 주문하고 나서 종업원이 보든 말든 자리를 옮겼는데 그걸 어디선가 확인한 모양이었다. 역시 잘나가는 집은 눈치도 굉장히 빨랐다.

"맛있게 드세요~"

여종업원이 음식을 놓고 사라지자 일행의 분위기가 다시 썰렁해졌다. 그것을 깨려는 듯 레이뮤는 음식을 먹기 시작했고, 그에 따라 다른 사람들도 식사를 시작했다.

달그락.

여기저기서 나이프와 포크 소리가 들리며 내 식욕을 자극했다. 그렇지만 레이뮤 등 세 여자가 시킨 음식은 주로 물고기 요리였다. 물고기 살이 잘 발라져 있어서 어떤 종류의 물고기인가는 확인할 수 없었지만 내 포크는 물고기 살 쪽으로는 잘 가지 않았다. 개인적으로 강이나 바다에서 나는 것은 잘 먹지 않기 때문이었다.

"왜 안 먹어요?"

"응? 아니……."

내가 요리보다는 샐러드나 그런 부수적인 음식들 위주로 먹고 있자 슈아로에가 의아함을 나타내었다. 마법학교에서는 주로 육류 위주로 나오다 보니 내가 어류 음식을 좋아하지 않는다는 걸 모르는 모양이었다.

"난 원래 물고기 같은 거 잘 못 먹어."

"그래요? 그럼 다른 거 시켜요."

"아니, 이 정도면 됐지, 뭐."

"되긴 뭐가 돼요? 레지스트리 군은 살 좀 쪄야 된다구요."

슈아로에는 그렇게 말하더니 마침 지나가던 여종업원을 붙잡고 음식을 추가시켰다.

"스테이크 하나 더 주세요. 완숙으로요."

"네, 알겠습니다."

여종업원이 웃으며 사라지자 슈아로에는 에헴, 하며 말했다.

"완숙 스테이크 먹죠?"

"어."

"모처럼 나왔는데 많이 먹어야죠. 안 그러면 안 커요."

"……."

저기, 슈아로에 씨? 매우 죄송합니다만 저는 이미 성장이 끝났거든요? 운동을 하지 않는 한 먹은 건 전부 뱃살로 간답니다. 절 배불뚝이로 만들고 싶으신지요.

"그런데 스트라우드님, 몇 달 전에 노스브릿지 산맥의 엘프 족이 '성스러운 건틀렛'을 빼앗겼다고 하던데… 소식 들으셨는지?"

한참 식사를 하던 도중에 소렌느 할머니가 깃털 부채로 입을 가린 채 레이뮤에게 말을 걸었다. 하지만 레이뮤는 손으로 입을 가리지는 않고 음식 먹기를 끝낸 후에 입을 열었다.

"들었습니다. 일곱 개의 성물(聖物)을 전부 모으면 세계를 지배할 수 있다는 소문이 있긴 하지만 한 개의 성물은 500년 전에 이미 자취를 감추어 버렸고, 게다가 성물 자체는 마법을 배우지 않는 자에게는 아무런 쓸모가 없습니다. 그런데도 성물을 탈취했다는 것은 마법사의 소행이라는 뜻이겠지요.”

“호호, 붉은 장미님도 조심하셔야 할 겁니다. 붉은 장미님의 망토는 일곱 개의 성물 중의 하나인 ‘성스러운 망토’ 이니까요.”

“…….”

소렌느 할머니는 느닷없이 유리시아드의 망토를 걸고넘어졌다. 그 말을 듣고 유리시아드는 조금 불쾌한 표정을 지었지만 이내 표정을 풀었다. 대신 싸늘한 어조로 입을 열었다.

“제 물건을 지키지 못할 정도로 약하지 않습니다.”

“호호, 붉은 장미님의 심기를 불편하게 했나 보군요. 실례.”

소렌느 할머니의 말 어디에서도 사과의 뜻은 찾아볼 수 없었다. 오히려 유리시아드를 한 수 아래로 깔보는 듯한 인상을 주었다. 그러한 점이 소렌느 할머니에게는 심각한 마이너스 요소가 되고 있었다.

흐음, 근데 유리시이드의 망토가 성물? 성스러운 물건이라고 보기에는……. 그냥 평범한 망토 같은데? 무슨 특별한 기운이 느껴지는 것도 아니고. 그러고 보니 유리시아드도 거의 슈아로에 급의 마나를 가지고 있는 것 같네? 저기 앉아 있는 레일이라는 남자는 블루 넥타이니까 3서클 정도 되겠고… 소

렌느 할머니는 레이뮤 씨와 거의 비슷? 잉? 비슷하다니? 살아
온 연도가 몇 배 차이인데.

"슈아로에, 궁금한 게 있는데……."

"뭐예요?"

"레이뮤 씨 마나 서클은 몇이야? 왠지 저기 보브 대표 분하
고 비슷한 것 같아서."

"아!"

내 질문에 슈아로에는 고개를 끄덕였다. 내 질문의 요지를
이해한 것이다. 레이뮤의 마나에 대해서 어떻게 설명하면 좋
을지 잠깐 고민하던 슈아로에는 결국 간단하게 설명을 해주
었다.

"레이뮤님의 마나는 6서클 정도라고 알고 있어요. 원래 그
보다 더 높은 마나를 가져도 이상하지 않지만, 아마도 장수하
시면서 마나를 계속 소모하고 있는 것 같아요. 그래서 마나가
6서클에서 멈춘 것 같구요."

"……."

그래? 뭔가 맞는 것 같기도 하면서도 아닌 것 같기도
한……. 하긴, 500년 이상을 살아왔는데 뭔가 지불하는 게 없
으면 그게 더 이상하겠지? 그럼 레이뮤 씨는 진짜 마법으로만
오래 살고 있는 건가? 하지만 레이뮤 씨 스스로도 자신이 오
래 사는 이유를 모른다고 했는데… 뭔가 이상하잖아? 대체 레
이뮤 씨가 죽지 않고 오래 살고 있는 이유는 뭐지?

"스테이크 나왔습니다."

그때 여종업원이 스테이크를 가지고 와서 내 앞에다 두었다. 누가 주문을 했고 누가 먹을 것인지 확실히 인지하고 있는 여종업원의 센스에 난 속으로 놀랐다. 나 같은 경우에는 머리가 나빠서 그런 걸 제대로 외우지 못하기 때문이었다.

웅성웅성.

식사가 계속되는 동안 레일과 트레일은 끊임없이 유리시아드와 슈아로에게 말을 걸었다. 하지만 유리시아드는 그들의 말을 거의 무시했고, 슈아로에도 간헐적으로 짧은 대답만 했기 때문에 그들의 대화는 한 가지 화제로 오래 지속되지 못했다. 그리고 소렌느 할머니와 레이뮤 역시 소렌느 할머니의 도발에 레이뮤가 넘어가지 않음으로써 커뮤니케이션의 단절을 여실히 보여주었다. 나에게는 그 누구도 말을 걸어주지 않았기에 레이뮤 등의 식사 속도에 맞추어 여유롭게 점심을 즐겼다.

"그럼 우리는 이만 가보겠어요. 먼저 실례."

레이뮤는 식사를 끝내자마자 우리를 데리고 식당을 빠져나왔나. 중간에 소렌느 일행에게 잡히지 않기 위해 서두르는 모습이 역력했다. 아무리 마음이 넓은 레이뮤라도 자신에게 승부욕을 불태우는 사람과 같이 있는 건 부담스러운 모양이었다. 게다가 경호를 맡은 유리시아드와 자신의 제자인 슈아로에가 두 남자의 질문 공세에 시달리는 걸 보고 빨리 자리를 벗어나야겠다고 결심했는지도 몰랐다.

"어? 마부 아저씨, 어디 갔지?"

1층으로 내려왔을 때 난 식당 내에 마부의 모습이 보이지 않는 것을 확인했다. 사실 얼굴을 확실히 기억했다고는 할 수 없지만 그가 앉은 자리를 기억해 두고 있었기 때문에 그 자리에 아무도 없는 것을 확인하고 마부가 어디론가 사라졌음을 알게 된 것이다.

"제가 마부를 찾아보겠습니다. 레이뮤님이나 슈아로에는 먼저 마차에 올라타 계세요."

유리시아드는 그렇게 말하고는 식당 밖으로 나갔다. 난 속으로 유리시아드가 날 언급하지 않은 사실에 쳇쳇거리며 레이뮤와 슈아로에의 뒤를 따라 마차에 올라타려 했다. 그러나 유리시아드가 마부를 찾으러 본격적으로 나서기 전에 마부가 식당 밖의 골목길에서 어슬렁어슬렁 걸어나왔다.

흠… 화장실이라도 다녀온 건가? 근데 식당에 화장실이 있어? 화장실이 없어서 일부러 밖에까지 나가서 으슥한 골목에서 볼일을 본 것? 잉? 근데 시원하게 볼일을 마친 사람의 표정이라고는 보기 힘들다. 왠지 뭔가를 두려워하고 있는 듯이 보이는 건 나의 착각인가?

"뭐 해요? 어서 타요."

내가 마차 문 앞에 선 채 마부를 쳐다보고 있자 먼저 안에 탄 슈아로에가 날 불렀다. 그래서 난 마부에게서 신경을 끄고 마지막으로 마차에 올라탔다. 내가 올라타고 얼마 안 있어 마차가 출발했다.

따그닥따그닥.

식당에 있던 사람들 중 우리가 가장 먼저 출발한 것인지 다른 마차들은 여전히 식당 앞에 머물러 있었다. 모두들 어차피 같은 목적지겠지만 오히려 그 점이 더 불편할지도 몰랐다. 목적지가 같으니 보기 싫어도 같은 루트를 타는 이상 언젠가는 만날 수밖에 없기 때문이다.

이힝—

그때 잘 나가던 마차가 갑자기 속도를 줄이더니 이내 멈춰섰다. 우리가 이상하게 생각하고 있는 동안 마부와 이야기를 나누던 유리시아드가 말을 탄 채 마차 쪽으로 다가왔다.

"레이뮤님, 마부가 지름길을 알고 있다고 하는데 그 길로 가시겠습니까?"

"지름길?"

유리시아드의 말을 듣고 레이뮤는 잠시 생각에 잠겼다. 그런 레이뮤를 보며 난 그녀의 결정을 예상해 보았다. 만약 식당에서 무난히 식사를 마쳤다면 굳이 지름길을 선택하지 않을 것이다. 하지만 식당에서 귀찮은 사람들과 만난 이상 그들보다 빨리 도착해서 가능한 한 얼굴을 맞대는 횟수를 줄이고 싶을 것이다. 그렇기 때문에 난 레이뮤가 지름길을 선택할 것이라고 예상했다.

"지름길로 가면 얼마나 시간을 단축시킬 수 있나요?"

"마부 말로는 네다섯 시간 정도 빨리 도착할 수 있다고 합니다. 길이 좀 험해서 문제이긴 하지만."

"그런가요?"

네다섯 시간을 줄일 수 있다는 말에 레이뮤의 표정이 동했다. 그리고 잠시 후 레이뮤는 내 예상대로 지름길을 선택했다.

"그 길로 가도록 해요."

"알겠습니다, 레이뮤님."

레이뮤의 결정이 내려지자 유리시아드는 마부에게 결과를 알려주었고, 곧 마차는 다시 출발했다. 지름길이라 그런지 아까 전과는 달리 마차는 다른 방향으로 앞머리를 돌리더니 이내 울퉁불퉁한 길로 진입했다.

덜컹덜컹.

"앙! 엉덩이!"

슈아로에는 여전히 엉덩이가 아프다며 투덜댔고, 레이뮤는 진동에 몸을 맡기며 명상에 잠겼다. 아마도 마나 모으기 아니면 단순한 명상일 듯했다. 나도 가능하면 마나 모으기나 마법 공부 같은 생산적인 일을 하고 싶었지만 흔들리는 마차 안에서 그런 것을 할 정도로 내공이 쌓이지 않아서 그냥 마차 창밖으로 바깥 경치만 구경했다.

잉? 꽤 깊은 산속까지 들어가는 것 같은데? 내가 듣기로는 강줄기를 따라 쭉 올라가면 파헬리아에 도착한다고 한 것 같은데 왜 느닷없이 산길이지? 아까부터 자꾸 옆으로 새는 듯한 느낌이 드는 건 단순히 나만의 착각인가? 흐음, 근데 더 이상한 건 왜 마부가 지름길로 갈 걸 제시한 거지? 어차피 마부는 빨리 도착하나 늦게 도착하나 같은 봉급을 받지 않나? 마법학회 개최 시간에 늦지만 않으면 되잖아? 뭔가 생각하면 생각할수록 이상하다?

이히힝―

내가 여러 가지 의문을 품었을 때 갑자기 마차가 급정거를 했다. 마차의 진행 방향과 같은 쪽에 앉아 있던 슈아로에와 레이뮤는 균형을 잃고 앞으로 쓰러졌고, 마차의 진행 방향과는 반대쪽에 앉아 있던 나는 등 뒤의 의자 때문에 별 충격을 받지 않았다. 사실 마차 속도가 그다지 빠른 편이 아니라 급정거를 해도 넘어질 정도는 아니었다. 하지만 자동차나 버스 같은 쾌속 차량을 타본 적이 없는 레이뮤와 슈아로에로서는 예상하지 못한 급정거에 몸의 균형을 잃어버린 것이었다.

"아야야!"

"대체 무슨 일이……?"

마차 바닥에 쓰러진 두 여성은 몸을 추스르며 다시 의자에 앉았다. 그사이 난 마차 문을 열고 밖으로 나갔다. 마부에게 급정거 이유를 따질 생각이었다. 나 혼자 타는 마차였다면 급정거를 하든 급출발을 하든 상관하지 않았겠지만 레이뮤와 슈아로에의 체면에 심각한 데미지를 입혔기 때문에 따질 생각을 한 것이었다.

"아니, 대체 뭣 때문에 갑자기 멈춰 선……!"

마부에게로 가서 큰 소리로 따지려는 순간 난 입을 다물어야 했다. 마차 위쪽에 있어야 할 마부가 마차 앞쪽에서 여러 명의 사내들 사이에 끼어 있었기 때문이다.

마차가 멈춰 선 곳은 산림이 울창한 산 중턱의 좁은 길목이었다. 그 길목 한가운데에서 족히 일곱 명은 되어 보이는 건장한 사내들이 길을 막고 떡하니 버티고 서 있었던 것이다. 그들은 하나 같이 경장갑을 입고 파괴력 좋아 보이는 무기를 들고 있었다.

"너희들은 뭐냐?"

창—!

유리시아드가 말에서 내리더니 허리에 찬 검을 뽑으며 사내들에게 소리쳤다. 가드의 양쪽 끝 부분에 발톱 세 개가 달린 듯 튀어나온 특이한 검이었다. 검신 부분은 납작한 형태의 전형적인 서양 검이었지만, 그런 검신 중앙에 길게 나 있는 혈조(血漕)의 존재는 그 검을 단순한 서양 검이라고는 볼 수 없게 만들었다.

흐음, 혈조라……. 확실히 유리시아드가 들고 있는 검은 그녀가 들기에 조금 무거워 보이니까 검의 무게를 줄이려고 검신에 혈조를 팠을 수도 있겠지. 하지만 찌르기 위주의 공격을 하는 검사라면 상대의 몸에 박힌 검을 쉽게 빼내기 위해서 혈조를 만들 가능성도 있을 테고… 어쩌면 유리시아드의 경우는 그 두 가지를 전부 충족시키기 위해 혈조를 팠을지도 모르겠군.

"흐흐흐, 네가 붉은 장미인가? 소문보다 훨씬 예쁜데?"

일곱 명의 사내 중에서 가장 체격이 좋은 사내가 앞으로 한 발 나섰다. 얼굴은 우락부락하고 체격도 매우 좋다 보니 아무리 봐도 산적, 그 이상도 그 이하도 아니었다. 하지만 그들을 단순한 산적으로 보기에는 지금의 상황이 석연치가 않았다.

일단 우리가 이 산길을 이용하게 된 것은 마부의 제안 때문이었고, 그 제안이 아니었다면 강줄기를 따라 이동하였을 것이기에 산적과 조우할 일이 없다. 그런데 마부가 예정에 없는 길로 들어섰고, 그 결과 우리는 저 일곱 명의 산적 아저씨들과 첫 대면을 하게 된 것이다.

"당신은 무슨 이유로 그들에게 우리를 데려온 거지?! 저들의 사주를 받았나?!"

유리시아드는 내 의문을 해결해 주려는 듯 마부를 향해 소리쳤다. 그러나 마부는 몸을 딜딜 떨며 사내들 뒤로 몸을 숨길 뿐이었다. 하지만 사내들 뒤에 숨어서도 마부는 안절부절 하지 못하는 모습을 보였다. 그것은 마부가 사내들에게도 공포심을 가지고 있다는 사실을 알려주고 있었다.

"붉은 장미! 얌전히 성스러운 망토를 넘겨준다면 곱게 돌려보내 주겠다!”

두목 같아 보이는 사내는 손에 든 메이스를 유리시아드에게로 향했다. 긴 쇠막대기 끝에 거대한 철구를 박아 만든 메이스는 보기만 해도 막강해 보였다. 키, 체중, 무기, 모든 면에서 유리시아드가 두목 사내에게 밀리고 있었다. 하지만 유리시아드는 전혀 위축된 모습을 보이지 않았다. 오히려 사내보다 더 큰 목소리를 냈다.

“성스러운 망토를 노리는 거냐? 성물은 마법사가 아니면 쓸모없는 물건이라는 걸 모르고 하는 소리는 아닐 텐데?”

“흐흐, 그냥 망토만 넘겨주면 돼. 붉은 장미가 아무리 무공에 뛰어나다고 해도 내 힘 앞에서는 새 발의 피야.”

두목 사내에게서 자신감이 철철 흘러넘쳤다. 그리고 뒤에 서 있는 다른 사내들도 각자의 무기를 뽑아 들고 유리시아드를 위협했다. 7대 1. 숫자상으로도 유리시아드의 절대적인 열세였다.

이런, 이거 상황이 매우 심각해져 가고 있는데? 붉은 장미에다 자유기사라는 칭호를 얻은 유리시아드라고 해도 좀 버겁지 않을까? 아니, 그건 그렇고, 난 어떻게 해야 돼지? 그냥 넋 놓고 구경만 해야 하나?

“그대들은 누구의 사주를 받고 우리를 공격한 것인가요?”

“……!”

그때 마차 안에 있던 레이뮤가 마차에서 내려 두목 사내에

게 질문을 던졌다. 그녀의 질문이 정곡을 찔렀는지 두목 사내
는 잠깐 움찔한 표정을 지었다. 하지만 이내 호탕하게 웃으며
상황을 무마시켰다.

"크하하! 그딴 건 너희들이 알 필요 없다! 아무리 레이뮤
스트라우드가 대마법사라 하더라도 마법을 전개할 시간을 안
주면 우리의 승리! 망토를 주지 않겠다면 힘으로 뺏겠다!"

두목 사내의 말이 끝나기가 무섭게 느닷없이 두 명의 사내
가 나와 레이뮤 쪽으로 뛰어왔다. 아마도 우리를 인질로 삼아
유리시아드를 협박할 생각인 듯했다. 그걸 알아챈 이상 그들
에게 잡히면 안 되지만 싸움이라고는 해본 적이 없는 나로서
는 선뜻 결단을 내리기 힘들었다. 그렇게 내가 멍청히 서 있
기만 하는 동안 레이뮤는 손에 들고 있던 마법 지팡이의 구슬
을 손가락으로 슥 훑었다.

우르릉—

"컥!"

"헉!"

두 사내와의 거리가 10미터 이상이었기 때문에 레이뮤는
충분히 마법을 사용할 수 있었고, 그 결과 두 사내는 레이뮤
의 마법에 걸려 움직이지 못했다. 그녀가 무슨 마법을 사용했
는지 알 수는 없었지만 두 사내가 서 있는 땅이 흔들리는 걸
로 보아 지진 마법의 일종 같았다.

"어서 저 연놈들을 잡아!"

　자신의 쫄다구 두 명이 레이뮤의 마법 때문에 꼼짝을 못하자 두목 사내는 버럭 화를 내며 나머지 부하들에게 출동 명령을 내렸다. 그러자 나머지 네 명의 사내가 두 편으로 나뉘어 한쪽은 유리시아드에게로, 다른 한쪽은 내 쪽으로 공격해 들어왔다.

　헉! 내 정면으로 오잖아?! 나도 마법을 써야 하는데 이 상황에서 대체 무슨 마법을 써야 하는 거지? 내가 아는 거라고는 파이어 볼 마법밖에 없는데, 근데 내가 코드를 외우는 동안 놈들이 날 베겠다! 게다가 코드가 하나도 기억이 안 나! 이런, 젠장!

　"Hotball!"

　화악―!

　두 사내가 달려오는 것을 뻔히 보고도 멍청히 서 있는 나와는 달리 어느 사이엔가 마차 밖으로 나와 있던 슈아로에가 화이트 케이프 칼라 앞에 있는 보석을 손가락으로 훑으며 외쳤다. 매직 오너먼트를 이용한 그녀의 마법 구현은 한 치의 오차도 없이 정확했고, 그에 따라 반경 50㎝의 불덩어리가 두 사내에게로 날아갔다.

　콰앙!

　파이어 볼의 동선을 지면과 겹치게 설정했는지 파이어 볼은 지면에 닿자마자 폭발했다. 그 폭발의 여파 때문에 두 사내는 우리 쪽으로 다가오지 못하고 주춤거렸다. 레이뮤의 마법에 걸려 있던 두 사내들도 여전히 움직일 수 없는 상황이었다. 그렇게 레이뮤와 슈아로에가 네 사내의 움직임을 묶고 있는 도중 유리시아드는 두 명의 사내와 맞상대를 하고 있었다.

까강―!

2대 1의 싸움인데도 유리시아드는 매우 여유롭게 사내들의 공격을 막아내었다. 사실 네 명의 사내에게 공격을 받고 있는 나와 레이뮤, 슈아로에의 상황이 더 좋지 않았는데도 내 시선은 유리시아드에게로 향하고 있었다. 어차피 내가 있어 봤자 전력에 전혀 보탬이 되지 않기 때문에 이 기회에 싸움 구경이나 실컷 하자는 말도 안 되는 생각을 하고 있는지도 몰랐다.

"선인기(選寅氣), 위노궁(位勞宮), 성백(成百)!"

까강―! 깡―!

유리시아드가 알 수 없는 말을 중얼거리자 갑작스럽게 사내들이 파워에서 유리시아드에게 밀리기 시작했다. 체격상 절대 있을 수 없는 일인데도 유리시아드는 사내들의 거대한 무기를 검으로 쳐내며 사내들의 자세를 흐트러뜨리고 있었다. 경장갑을 입은 사내들보나 훨씬 가벼운 삽옷 차림의 유리시아드가 속도 면에서는 훨씬 빨랐다. 거기에 사내들의 유일한 이점이었던 힘에서도 유리시아드가 압도하기 시작하자 승부는 빨리 결정났다.

"크윽!"

“컥!”

유리시아드의 검은 인정사정없이 사내들의 팔과 목을 베었다. 한 명은 팔 한쪽이 완전히 날아가 전투 불능 상태가 되었고, 다른 사내는 목이 반쯤 잘려 피를 왈칵 쏟으며 그대로 꼬꾸라졌다. 사람이 피를 흘리며 죽어가는 걸 보는 건 처음이었지만 난 그저 제3자의 입장에서 그 광경을 쳐다보고 있었다.

스윽―

번쩍―!

지진 마법으로 추정되는 마법 렌더링 시간이 끝나자 레이뮤는 곧바로 마법 지팡이의 수정 구슬을 손가락으로 훑었다. 레이뮤의 손가락이 아까와는 다른 구슬의 부분을 쓰다듬자 이번엔 번개가 치기 시작했다.

“컥!”

“흐억!”

번개임에도 불구하고 번개의 속도는 빛의 속도에는 한참 모자랐다. 거의 파이어 볼이 날아가는 수준과 비슷해서 사실 별로 위협적으로 보이지 않았다. 그렇지만 아까 지진 마법 때문에 중심을 잃고 있었던 두 사내는 레이뮤의 번개 마법을 피하지 못했다.

그 번개에 어느 정도의 전류가 실려 있는지는 알 수 없었지만 사내들이 번개를 맞자마자 쓰러져서 다시는 일어나지 못한 것을 보니 치사량의 전류를 가지고 있는 것 같았다.

"이년이!"

레이뮤가 두 사내를 처리하자 슈아로에의 파이어 볼에 막혀 주춤했던 나머지 두 사내가 달려들었다. 레이뮤는 이미 번개 마법을 사용한 상태라 달려오는 두 사내에게 마법을 사용할 시간적 여유가 없었다. 그리고 유리시아드 역시 우리를 도울 상태가 아니었다. 두 명을 쓰러뜨리기는 했지만 곧이어 두목 사내와 접전을 벌이고 있었기 때문에 우리 쪽에는 신경을 쓰지 못한 것이다. 그렇게 되면 남은 희망은 이제 슈아로에뿐이었다.

"압력!"

두 사내가 거의 가까이까지 접근했을 때 슈아로에는 화이트 케이프에 붙어 있던 세 개의 보석 중에서 왼쪽 팔에 있는 보석을 손가락으로 훑으며 그렇게 외쳤다. 그러자 달려오던 두 사내는 더 이상 전진하지 못하고 바닥을 나뒹굴었다.

슈아로에보다 앞에 서 있던 나 역시 슈아로에의 마법 영향권에 들어가서 두 사내와 마찬가지로 구르기 쇼를 보였다. 내 몸이 앞으로 굴러가는 걸로 봐서는 슈아로에가 두 사내의 뒤쪽에 중력 마법을 건 듯했다. 어쨌든 슈아로에가 두 사내의 발을 묶어놓았기 때문에 레이뮤가 재차 마법을 사용할 시간을 벌게 되었다.

스윽―

번쩍—!

역시나 이번에도 확실한 살상용인 번개 마법이 발동되었다. 아무리 봐도 빠르지 않아서 충분히 피할 수 있어 보이는 번개 마법이었으나 중심을 잃고 뒹굴고 있는 사내들에게 번개를 피할 수단이 없었다. 결국,

"허억!"

"크윽!"

단말마의 비명 소리와 함께 두 사내는 번개에 감전되어 명을 달리했다. 다행히 레이뮤가 번개 마법을 사용할 때 타깃을 나에게 두지 않았기 때문인지 사내들과 같이 나뒹굴고 있던 나는 번개에 맞지 않았다.

깡!

한편 유리시아드는 두목 사내와 막상막하의 접전을 펼치고 있었다. 아까까지 두 사내를 압도하던 파워가 어디로 갔는지, 유리시아드는 빠른 발놀림으로 두목 사내의 공격을 흘리거나 피하기에만 급급했다.

두목 사내의 메이스가 한 번 휘둘려질 때마다 유리시아드가 그 공격을 정면에서 받아치지 않고 살짝 흘리고 있는 것이 파워 면에서 밀리고 있음을 나타내고 있었다. 대신 스피드 면에서는 유리시아드의 몸놀림이 압도적으로 빨랐다. 그래서 두목 사내는 끊임없이 메이스를 휘두르고 있었지만 유리시아드의 몸에 전혀 맞추질 못하고 있었다.

"이런 쥐새끼 같은 년!"

두목 사내는 화가 났는지 더욱 매섭게 메이스를 휘둘렀다. 그러나 그것은 오히려 자신의 자세 균형을 무너뜨리는 결과를 낳았다. 메이스를 거세게 휘두르고 난 직후 두목 사내는 중심을 살짝 잃고 기우뚱했고, 유리시아드는 그 작은 틈을 놓치지 않았다.

푸욱―

"컥!"

유리시아드의 검이 두목 사내의 갑옷 틈 사이로 깊숙이 파고들었다. 검이 파고든 위치가 옆구리였고, 게다가 수직으로 파고들어 간 거라 두목 사내의 내장이 거의 파괴되었다고 해도 무방할 것 같았다.

슥―

일단 결정적인 부상을 입히자 유리시아드는 검을 뽑고 몇 발짝 뒤로 물러섰다. 원래 검이 그렇게 깊이 살 속에 박히면 근육이나 혈관 때문에 잘 뽑히지 않는 게 정상이다. 그렇지만 검신에 혈조를 팖으로써 공기가 유입되는 통로가 생겼고, 그로 인해 검은 쉽게 옆구리에서 빠져나왔다.

"역시… 붉은… 장미……."

두목 사내는 옆구리에서 내장과 피를 쏟으며 그대로 꼬꾸라졌다. 난 여태까지의 장면을 땅바닥에서 나뒹굴며 보고 있었지만 내장과 피가 쏟아지는 것까지 보고 싶지는 않아서 재

빨리 자리를 털고 일어났다. 그사이 유리시아드에 의해 한쪽 팔이 날아가 버린 사내가 비명을 지르며 달아났다. 어차피 팔 한쪽이 날아가 버린 터라 저대로 둔다 해도 과다 출혈로 사망할 가능성이 매우 높았다. 그렇지만 유리시아드는 조금의 인정도 봐주지 않았다.

"뜨거운 벽!"

검을 쥐지 않은 유리시아드의 왼 손가락이 어깨 아래쪽에 착용한 방어구를 훑었다. 그 방어구에 박혀 있는 보석을 만진 듯했다. 그리고 얼마 안 있어 도망치던 사내 앞에 거대한 불의의 장벽이 생겼다.

"으앗!"

도주로 앞에 파이어 월이 생겨서 사내는 더 이상 전진을 할 수 없게 되었다. 유리시아드가 마법을 사용했다는 것에 내가 놀라는 사이 그녀는 구결 같은 걸 외웠다.

"선사기(選巳氣), 위노궁(位勞宮), 전사기(傳巳氣), 조법선(造法線), 동법선(動法線)."

팟—

뭔가의 중얼거림을 마친 유리시아드는 곧바로 사내를 향해 검을 휘둘렀다. 그녀가 구결을 외우기 시작했을 때부터 사내의 앞을 가로막고 있던 파이어 월은 사라진 상태였다. 그렇지만 사내는 겁에 질려 움직이지 못하고 있었고, 유리시아드의 검은 사내와 거의 10미터 이상 떨어진 거리에서 휘둘려졌다.

쉬익―

"……!"

유리시아드의 검에서 거센 바람 소리가 들려왔다. 그리고 검으로부터 뭔가가 날아가는 듯한 착각이 들었다. 아니, 분명히 뭔가가 날아갔다. 그 무언가가 날아갈 때 주변 사물이 살짝 왜곡되었기 때문에 뭔가가 있는 게 확실했다.

"컥!"

그 정체 모를 무언가가 사내에게 도달하자 사내는 피를 쏟으며 그 자리에서 꼬꾸라졌다. 그의 머리는 뭔가에 베인 것처럼 완전히 날아가 버렸다. 살아 있는 사람의 머리가 떨어져 나가는 장면은 웬만한 강심장이 아니고는 똑바로 쳐다보기 어려웠다. 나 역시 사내가 죽었다는 것만을 확인하고 바로 고개를 돌려 버렸다.

"죄송합니다, 레이뮤님. 제가 미숙해서 제대로 경호를 하지 못했어요."

어느새 우리 쪽으로 다가온 유리시아드가 레이뮤를 향해 고개를 숙였다. 그녀의 말대로 유리시아드는 경호를 위해 우리와 같이 따라온 것인데 일곱 명의 사내 중 절반 이상인 네 명을 레이뮤와 슈아로에가 콤보로 쓰러뜨렸으니 유리시아드의 체면이 말이 아니었다. 그러나 레이뮤는 고개를 설레설레 저으며 말했다.

“상대 인원이 많았으니 어쩔 수 없는 것이지요. 일단 아무도 다치지 않았으니 다행입니다.”

“그래요. 모두 무사해서 다행이에요.”

레이뮤의 말에 슈아로에가 맞장구를 쳤다. 두 여성의 격려에 유리시아드가 안심하고 있을 때 나는 뭔가를 잊고 있다라는 느낌에 주위를 둘러보았다. 그리고 그런 내 눈에 띈 한 사람이 있었다.

“저기… 그런데 저 사람은 어떻게 해야 할까요?”

난 땅바닥에 주저앉아 벌벌 떨고 있는 마부를 가리켰다. 그제야 마부의 존재를 파악한 레이뮤 일행은 곤란한 표정을 지었다. 마부를 어떻게 처리해야 할지 고민하는 듯했다. 그래서 일단 나는 마부에게로 다가가서 물음을 던졌다.

“마부 아저씨, 자초지종을 설명해 보시죠?”

“히익!”

마부는 날 저승사자로 생각한 모양인지 더욱 겁을 집어먹었다. 그러다가 나의 선한(?) 얼굴을 보곤 내 앞에 무릎을 꿇고 머리를 조아리며 간곡히 부탁했다.

“제발 목숨만은 살려주십시오! 저에게는 일곱 살밖에 안 된 딸내미와 칠순이 넘으신 어머니가…….”

“아니, 그런 건 필요없고, 왜 우릴 속였는지 말해봐요.”

난 단도직입적으로 마부의 배신 이유를 물었다. 그러자 마부는 울상을 지으며 답변했다.

"식사를 마치고 마차에서 기다리고 있는데 갑자기 저 사내들이 다가와서 저를 끌고 가는 겁니다! 끌고 가서 두드려 패더니 죽고 싶지 않으면 마차를 이쪽으로 몰고 오라고 했습니다! 그래서 할 수 없이……!"

"……."

이런, 거의 도움이 안 되는 얘기로구먼. 결론은 마부도 왜 저 사내들이 우리를 공격했는지 모른다는 거 아니야? 이거 참, 난감한걸? 성스러운 망토 탈취라는 목적으로 배후에 누군가가 분명 있을 것 같기는 한데, 상대는 우리를 알고 우리는 상대를 모른다라……. 불리하군.

"제발 목숨만은 살려주십시오!!"

마부는 더욱 간절히 애원했다. 마부의 처리 여부를 나 혼자 결정할 문제는 아니었기에 고개를 돌려 레이뮤 등 세 여자를 쳐다보았다. 그러나 그녀들은 도리어 나보고 결정하라는 듯이 수수방관하고 있었다.

흐으, 이번 전투에서 아무것도 한 일이 없으니 이런 잡일이나 처리하라는 건가? 솔직히 가장 간단한 방법은 배신자인 마부를 이 자리에서 즉결 처형히는 것이겠지만, 그 방법은 쓰고 싶지가 않군. 내가 남의 잘못을 판가름할 수 있는 위인도 아니고 나 역시 마부의 입장이었다면 똑같이 행동했을 수도 있으니까. 그래도 일단 판결은 내려야겠지.

"사람은 언제나 선택의 기로에 놓이게 되죠."

“······?”

내가 느닷없이 이상한 말을 하자 마부가 멍한 표정을 지었다. 그런 마부를 무시하고 내 할 말을 계속했다.

“아저씨는 오늘 저 사내들의 말을 듣느냐, 우리들에게 알리느냐라는 선택의 기로에 놓여 있었습니다. 그리고 아저씨는 그 기로에서 사내들의 말을 듣는 쪽으로 선택했죠. 만약 우리들이 사내들에게 당했다면 아저씨의 선택은 최상이었을 겁니다. 그런데 불행히도 당한 쪽은 사내들이 되었죠. 그렇기 때문에 결과적으로 아저씨의 선택은 최악이 되었습니다.”

“······!”

“만약 아저씨가 사회적으로 높은 지위에 있었다면 아저씨의 행위는 명백한 배신입니다. 모든 이들에게 질타를 받았겠죠. 하지만 아저씨는 단순한 마부입니다. 아무런 힘이 없는 마부이죠. 그 점은 아저씨에게 있어서는 다행이라면 다행일 겁니다.”

“······.”

마부는 대체 내가 무슨 말을 할까 조마조마해하며 내 얼굴만 쳐다보았다. 난 잠깐 말을 끊고 마부의 얼굴을 쳐다보았다. 그다지 얍삽해 보이지도 않은, 도리어 선량하게 생긴 얼굴이었다. 그렇지만 강력한 힘 앞에서는 한없이 나약해지는 그런 사람의 얼굴이었다. 그리고 나 역시 그런 종류의 사람일지도 몰랐다.

"어쨌든 난 아저씨를 죽일 생각이 없습니다. 죽여봤자 나에게 돌아오는 이득이 하나도 없으니까요. 대신 아저씨는 우리를 배신했기 때문에 우리는 아저씨를 믿을 수 없습니다. 그러니 여기서 작별하는 게 좋겠네요."

그것이 내 결론이었다. 대신 그냥 작별하면 재미없기 때문에 난 레이뮤와 슈아로에를 향해 물음을 던졌다.

"혹시 말 탈 줄 아세요?"

"그래요. 탈 수 있어요."

"슈아로에도?"

"승마는 기본이니까요."

아, 그러시군요. 승마가 기본이셨군요. 저는 말 구경도 못해본 사람이랍니다. 기껏 타본 거라고는 어렸을 적 세발자전거뿐이었지요. 왜 두발자전거 얘기를 안 하냐구요? 간단해요. 두발자전거가 없었거든요. 우리 집이 원체 가난해서 말이지요.

"뭐, 말 탈 수 있다니까 잘됐네요. 그럼 아저씨, 우리는 저 말을 타고 갈 거니까 아저씨는 아저씨가 알아서 가세요. 마차를 버리고 가든지 끌고 가든지 맘대로 하시고."

난 마부를 뒤로하고 레이뮤와 슈아로에에게 내 의견을 전달했다.

"여기 말 두 마리가 있으니까 이걸 타고 가요. 새로 마부를 구하는 것도 귀찮고 하니까 차라리 말 타고 가는 게 더 빠를 것 같은데……."

"음, 그렇긴 하군요."

레이뮤가 가장 먼저 내 의견에 동의했다. 리더 격인 레이뮤가 동의를 했으니 슈아로에나 유리시아드가 반대할 리 없었다. 그렇게 우리는 마차에 묶여 있던 말 두 마리를 우리 것으로 만들어 유리시아드의 적토마까지 총 세 마리의 말을 확보했다.

"저기… 그런데 전 누구와 같이 타죠?"

유리시아드가 자신의 말에 올라타고 레이뮤와 슈아로에가 마차 위에 있는 예비용 안장을 말의 등에 얹고 올라타자 나 혼자만 덩그러니 남았다. 게다가 안장이라고 해도 전부 1인용이라 내가 탈 만한 상태도 아니었다. 이러다가 저기서 여전히 벌벌 떨고 있는 마부 아저씨와 마찬가지로 일행에게 버림받는 것이 아닌가 하는 걱정마저 들었다.

"레지스트리 군은 저랑……."

내가 뻘쭘하게 서 있는 것을 보고 슈아로에가 날 부르려고 했다. 그러나 슈아로에의 말이 채 끝나기도 전에 유리시아드가 말을 가로챘다.

"경호를 맡은 제가 저 남자와 같이 타겠습니다."

"그렇게 하도록 해요."

레이뮤도 유리시아드의 말에 찬성했다. 개인적으로는 슈아로에랑 같이 타는 게 마음이 제일 편했지만 레이뮤가 그렇게 말을 하니 할 수 없이 유리시아드랑 같이 말을 타야 했다.

"내 손을 잡고 올라와요."

유리시아드는 의외로 나에게 손을 내밀었다. 안장이 1인용이라 사실 먼저 타고 있는 사람의 도움 없이는 말 위로 올라가는 건 힘들었다. 그래서 날 싫어하는 유리시아드일지라도 나에게 손을 내민 것이었다. 어쨌든 나는 한 손으로 유리시아드의 손을 잡고 다른 한 손으로는 학교에서 가져온 보따리를 든 채 한 번에 말 등 위로 올라갔다.

흐음, 유리시아드, 손이 부드럽군. 다 큰 여자 손을 잡아보는 건 처음인 것 같은데……. 아, 슈아로에의 손도 잡아봤구나. 하지만 슈아로에는 어리니까 여자라고 볼 수 없지. 후훗, 그런데 유리시아드는 분명 검사 아닌가? 그럼 손에 굳은살이 박혀야 정상인데 손이 매끈매끈하니 신기하군. 으윽! 처음 말에 탔더니 엉덩이 아프다! 뭔 놈의 말 등이 이렇게 딱딱해? 이상태로 계속 타고 가다가 치질 걸리는 거 아냐?

"꽉 잡아요."

유리시아드는 출발할 기세인지 뒤도 돌아보지 않고 그렇게 말했다. 그래서 난 서둘러 유리시아드의 몸을 잡으려고 했다. 그렇지만 막상 잡으려고 보니 잡을 데가 없었다. 일단 유리시아드는 관절 부분을 모두 드러낸 경갑 스타일이라 움켜쥘 만한 것이 없었고, 유일하게 있는 옷이라고는 조금 두꺼워 보이는 스커트와 검은 망토뿐이었다.

흐으, 생각해 보니 레이뮤 씨나 슈아로에와 같이 타더라도 잡을 만한 곳이 없었겠군. 모두들 옷차림이 가벼워서 움켜쥐었다가는 옷이 찢어질 테니까. 결국 허리를 잡아야 한다는 소리인데, 유리시아드는 움직이기 편하게 허리 라인을 완전히 드러낸 상태라 잡기도 뭐하단 말이야. 아, 그러고 보니 스커트 쪽에 철제 벨트가 있었지! 검을 묶기 위한 벨트인가? 어쨌든 이걸 잡고 가면 되겠다. 보따리는 나하고 유리시아드 사이에 넣어두면 되겠지?

"이랴!"

내가 철제 벨트를 움켜쥐자 유리시아드는 곧바로 말을 출발시켰다. 처음 말을 타보는 거라 말이 움직이기 시작하자 나는 순간적으로 벨트를 놓칠 뻔했다. 그것을 알아챘는지 유리시아드는 탐탁지 않은 어조로 입을 열었다.

"불쾌하긴 하지만 안전을 위해서 허리를 잡아요. 대신 이상한 곳을 만졌다가는 그 자리에서 죽여 버릴 거예요."

"……."

난 찍소리도 하지 못하고 유리시아드의 허리를 감싸 안았다. 차가운 철제 벨트를 움켜쥐고 있다가 따뜻한 피부를 감싸니 그 차가움에 유리시아드가 몸을 살짝 떨었다. 하지만 아무런 행동도 취하지 않고 계속해서 말을 몰았다. 그렇게 유리시아드가 앞장을 서고 레이뮤와 슈아로에가 그 뒤를 따랐다.

으으, 이거 가시방석에 앉은 느낌이다. 엉덩이가 말 등 때

문에 아픈 것도 그렇지만 유리시아드에게서 뭔가 좋은 향기
가 나서 골치인걸? 만약 중간에 책 보따리가 없었다면 유리시
아드와 완전히 밀착해서 더 위험할 뻔했다. 역시 말을 타고
파헬리아까지 가는 건 재고해 봐야겠는걸? 엉덩이가 아픈 건
둘째 치고, 이 상태로 몇날 며칠을 유리시아드랑 붙어 갈 수
는 없으니까.

제7장

마법학회 1

저녁때가 되어 마법학회 공식 지정 업체에 들러 식사와 함께 새로 타고 갈 마차를 물색했다. 그 일은 유리시아드가 맡아서 끝냈고, 우리는 마법학회 공식 지정 여관에서 하룻밤을 묵기로 했다. 점심때 출발은 우리가 제일 먼저 했지만 중간에 있었던 사고 때문에 거의 꼴찌로 도착해서 좋은 방은 다 빼앗겨 버렸다. 여기서 좋은 방이라는 건 1인용 고급 방을 뜻한다.

"어떡하죠? 두 명씩 한 방을 쓸 수밖에 없대요."

남은 방들도 고급형에 속했지만 전부 2인용 이상이라는 것이 문제였다. 그래서 슈아로에는 곤란한 표정을 지었다. 남자

하나에 여자 셋인 상황에서 두 명씩 묵게 되면 필연적으로 한 명은 나하고 같은 방을 써야 하기 때문이었다.

나 드디어 여자랑 같은 방 쓰는 거야? 그러다가 므훗하고 잇힝한 일이 일어나면 어쩌지? 뭐, 내가 이 나이 되도록 그런 경험이 없어서 자신할 수는 없지만 나름대로 여러 매체(?)를 통해서 기본적인 지식은 많이 쌓아뒀으니까 실수할 리는 없을 거야. 그러니 모두들 안심하고 나의 품으로……!

"……!"

내 머릿속에서 무슨 생각이 오가는지를 알아챘는지 유리시아드가 죽일 듯이 날 노려보았다. 워낙 살기 가득한 눈빛이라 난 머릿속의 생각을 더 이상 연결시키지 못했다. 계속 망상의 나래를 펼쳤다가는 다시는 돌아오지 못할 강을 넘을 것 같았기 때문이다. 유리시아드는 그렇게 나의 망상을 잠재운 뒤에 레이뮤와 슈아로에를 향해 입을 열었다.

"두 분이서 한 방을 쓰세요. 저는 저 남자와 한 방을 쓰겠습니다."

"네? 하지만 그러면 유리시아드 씨가 불편……."

"난 괜찮아. 여차하면 검으로 베면 되니까 걱정 말아."

유리시아드는 그런 끔찍한 소리를 아무렇지도 않게 하면서 슈아로에를 안심시켰다. 유리시아드가 나를 자기 말에 태운 시점에서부터 그녀가 나의 전담 마크맨, 아니, 전담 마크우먼이 되었다는 걸 감지했다. 나를 레이뮤나 슈아로에와 가까이 붙여두면 내가 무슨 짓을 할지 모른다는 생각에서일 것이다. 그래서 두 명이 한 방을 써야 하는 지금의 상황에서 유리시아드가 나와 같은 방을 쓰는 것은 어찌 보면 매우 당연했다.

"편안한 밤 되십시오."

여관 종업원의 인사말을 뒤로한 채 우리는 두 편으로 갈라져서 방 안으로 들어갔다. 마법학회 공식 지정 여관답게 시설은 어떤 방이든 전부 훌륭했다. 개인 샤워실은 물론이고 화장실까지 따로 딸려 있었다. 화장실이라고 해봤자 재래식이라 냄새가 심하게 날 테지만 통풍이 잘되게 창문이 달려 있고 덮을 수 있는 뚜껑까지 있어서 방 안에까지 냄새가 전달되지는 않았다.

"먼저 씻어요. 난 나중에 씻을 테니까."

"어……."

방에 들어가자마자 유리시아드가 눈을 번뜩이며 그렇게 말했고, 나는 고개를 끄덕이며 샤워실로 향했다. 샤워실 앞에는 일본의 유카타 같은 잠옷이 두 벌 놓아져 있어서 난 그것을 가지고 샤워실 안으로 들어갔다. 내가 샤워실에서 씻는 사이 유리시아드는 아마도 갑옷을 벗고 잠옷으로 갈아입을 것 같았다.

흐음, 내가 한창 씻고 있을 때 '어이쿠, 발이 미끄러졌네!' 하면서 방 안으로 굴러 들어가면 참 좋은 구경을 할 수 있을 텐데……. 그러면 유리시아드의 검에 내 목이 날아가겠지? 솔직히 유리시아드도 한 몸매 하니까 몰래 구경하고 싶은 마음은 굴뚝같으나, 내 목숨도 그에 못지않게 중요하므로 참아야 하느니라. 얌전히 씻고 나가자.

스윽.

샤워를 마친 후 샤워실 문을 열고 방으로 진입했다. 방 안에서 유리시아드가 잠옷으로 갈아입은 상태에서 내 보따리 안의 책을 훑어보고 있는 모습이 보였다.

"그거 내 책인데……."

"무슨 책인가 확인했을 뿐이에요."

유리시아드는 남의 책을 맘대로 보고도 전혀 미안하다는 표정을 짓지 않았다. 아마도 그녀는 내가 무슨 이상야리꾸리한 책이라도 가지고 있을 것이라 생각한 모양이었다. 그런데 막상 보따리를 풀어보니 건전한 마법 도서들뿐이라 유리시아드로서는 당황스러운 듯했다.

"욕망 덩어리 씨치고는 꽤 건전한 책을 가지고 있군요."

"……."

이봐, 욕망 덩어리 씨가 누구야? 설마 그거 나보고 하는 소리?

"난 이제 씻을 테니까 엿볼 생각은 하지 말아요."

그렇게 말한 유리시아드는 자신의 검을 가지고 일어섰다. 잠옷의 옷자락 사이로 보이는 가슴 라인에 시선을 잠시 빼앗

겄던 나는 그녀가 검을 지닌 상태에서 샤워실로 들어가려는 것을 보고 한마디 했다.

"검 가지고 들어가면 검에 습기 차지 않아? 그럼 녹슬 텐데?"

"……."

순간 유리시아드의 행동이 멈췄다. 그렇지만 검을 놓고 들어가야 할지 가지고 들어가야 할지 여전히 망설이고 있었다. 그래서 난 결정적인 한마디를 날려주었다.

"어차피 검 없어도 나 같은 건 쉽게 제압하잖아?"

"그렇군요."

결국 내 회유에 넘어가 유리시아드는 검을 놓고 샤워실 안으로 들어갔다. 일단 유리시아드의 검에 베일 가능성을 줄인 나는 침대에 걸터앉아 마법책을 펼쳤다. 원래 마차 안에서 마나 생성 코드를 완성하려고 했으나 중간에 이상한 사내들에게 습격받아 그럴 여유가 없었다. 그래서 잠자기 전까지 마법 코드를 연구해 볼 생각이었다.

일단 코드를 만들 때 True와 False를 써야 하는 건 알겠는데 이 이후로는 뭘 어떻게 해야 되지? 리프레쉬 코드처럼 Set이나 Replace를 써야 하나? 뭔가 그런 것 같기도 하고 아닌 것 같기도 한데, 구체적으로 뭘 어떻게 해야 되는지 난감한 걸? 역시 마법 코드를 쭉 훑어보고 용법 같은 걸 알아보는 수밖에 없겠다.

"…욕망 덩어리 씨치고는 꽤 진지한 표정이네요. 공부 중?"

언제 샤워를 마쳤는지 유리시아드가 침대에 걸터앉으며 물었다. 막 샤워를 마친 후 그녀의 붉은 단발머리는 물기에 젖어 있는 상태였다. 그것이 매우 매력적이라 난 급히 시선을 돌리며 말했다.

"코드 연구 중."

"코드? 설마 욕망 덩어리 씨도 용언 마법을 쓰나요?"

"어. 그런데 왜?"

"아니, 요즘은 번역 마법을 쓰는 사람들이 많아서 그쪽도 당연히 번역 마법인 줄 알았어요."

유리시아드는 의외라는 표정으로 날 쳐다보았다. 그래서 난 도리어 유리시아드에게 반문했다.

"유리시아드는 번역 마법 써?"

"아뇨. 당연히 용언 마법이죠. 쓸데없는 수식어로 점철된 마법 따위는 배우고 싶지도 않아요."

허어, 역시 프로들은 번역 마법을 낮게 보는군. 하긴 같은 프로그램을 써도 한글 패치를 쓰는 사람보다 원 프로그램을 그대로 쓸 수 있는 사람을 더 높게 쳐주는 거와 마찬가지겠지. 그나저나 나, 유리시아드의 이름을 대놓고 불렀는데 안 때리네? 다행이군.

"무슨 코드를 연구 중이었죠?"

마법 쪽으로 화제가 넘어가자 유리시아드는 나에게 질문

을 해왔다. 그것은 그녀가 마법에 관심이 많다는 증거였다. 어차피 유리시아드 때문에 잠을 제대로 잘 수 있을 것 같지 않아 난 그녀에게 이런저런 얘기를 해주었다.

"그냥 마나를 자동적으로 모아주는 코드를 만들려고. 될지 안 될지는 모르지만."

"마나를 자동적으로?"

슈아로에와 마찬가지로 유리시아드 역시 크게 놀란 표정을 지었다. 날 볼 때에는 언제나 살기 어린 표정만 짓던 유리시아드가 놀라는 표정을 지으니 뭔가 굉장히 신선했다.

"뭐, 그런 코드를 만들 수 있을지 없을지는 모르지만 이런저런 시도를 하다 보면 여러 가지를 배울 수 있지 않을까 생각 중이야. 어차피 마법 공부하는 셈치면 나쁘지 않잖아?"

"…그렇네요."

내 말에 유리시아드는 마지못해 고개를 끄덕였다. 그녀 역시 슈아로에처럼 그런 코드를 인정하기 싫은 모양이었다. 어쨌든 지금 이 순간, 나에 대한 유리시아드의 경계가 약해졌기 때문에 난 최대한 자연스럽게 그녀에 대해 물어보았다.

"근데 궁금한 게 있는데, 왜 갑옷을 특이하게 입는 거야? 일반적인 경갑보다도 더 경갑이잖아? 방어가 부실하지 않아?"

"난 속도 중심의 검사라서 갑옷이 가벼울수록 좋아요. 특히 관절 부분이 갑옷 때문에 부자연스러우면 치명적이죠. 그래서 일부러 관절 부분의 갑옷을 떼어버리고 부착식의 갑옷을 선택했어요. 사실 저 정도의 방어구만으로도 방어는 충분해요."

유리시아드의 어조에서는 자신감이 넘쳐흘렀다. 나 역시 그녀의 생각에 동의했다. 어떤 이유에서인지는 모르지만 무지막지하게 셀 것 같던 사내들과의 힘 대결에서 전혀 밀리지 않고 오히려 압도하는 모습을 보였던 것처럼 유리시아드는 방어보다 속도를 중시한다는 주의였다. 게다가 유리시아드가 하얀 피부를 드러내 놓고 싸우면 상대편이 헤롱헤롱거려서 전투 시 더 유리할 거라는 생각도 들었다.

"갑자기 욕망이 강해졌군요. 무슨 생각을 한 거예요?"

순간 유리시아드의 표정이 험악해졌다. 그래서 난 속으로 뜨끔했다.

"별로 아무 생각 안 했는데……."

"거짓말 말아요. 어쨌든 더 이상 이상한 생각을 했다가는 정말 베어버릴 거니까 그렇게 알아요."

너무하잖아! 나 정말 거시기한 생각은 안 했다니까! 하늘에 걸고 맹세할… 정도는 아니고 아무튼 난 결백해!

"언제까지 책 볼 거죠? 자야 되는데……."

이번엔 유리시아드가 나의 공부를 가지고 태클을 걸었다. 유리시아드에 비해 아무런 힘도 없는 나는 할 수 없이 책을 덮고 침대에 드러누워야 했다. 내가 눕자 유리시아드는 침대에 걸터앉은 상태로 뭐라 중얼거렸다.

"선자기(選子氣), 위중충(位中衝), 조법선(造法線), 동법선(動法線)."

알 수 없는 구결을 중얼거리며 가운데 손가락으로 촛불을 가리키자 갑자기 촛불이 확! 꺼졌다. 그것을 보고 난 경악했다.

"그거 무슨 무공이야?"

"그냥 평범한 지공(指功)이에요."

유리시아드는 별거 아니라는 듯이 손가락을 거두었다. 그리고 나서 내 옆자리에 반듯이 누웠다. 젊은 남녀가 밀폐된 공간에서 단둘이 있게 되자 기분이 참으로 묘해졌다.

"이상한 생각 하지 말랬죠?"

내 마음속을 꿰뚫어 본 것인지 유리시아드의 눈빛이 매서워졌다. 그래서 난 최대한 마음을 가라앉히려고 노력했다. 하지만 유리시아드의 몸에서 흘러나오는 좋은 향기가 그런 내 평정심을 계속 흔들었다. 그리하여 나는 잠이 들 때까지 줄곧 유리시아드의 따가운 눈총을 받아야만 했다.

＊　　　＊　　　＊

파헬리아까지 가는 데 정확히 8일이 걸렸다. 어차피 마법학회 공식 지정 업체들을 차례대로 거쳐 오는 것이라 모든 마법사들의 일정이 똑같았다. 같은 시간에 식사를 하고 같은 시간에 이동을 하며 같은 시간에 잠을 잔다. 그렇게 다른 마법사들과 함께 행동하다 보니 유리시아드의 망토를 노리는 사람들은 더 이상 나타나지 않았다. 그리고 우리들은 다른 마법사들보다 빨리 식사를 하고 빨리 이동을 하고 빨리 여관을 잡아 빨리 잤기 때문에 유리시아드와 같이 잠을 잔 것은 첫째날 이후로는 없었다.

"다 왔습니다."

마차가 멈추고 유리시아드가 목적지에 도착했음을 알렸다. 그러나 나는 코드 작성이 거의 막바지 단계에 이르는 순간이라 내리지 않았다. 그러다가 슈아로에의 재촉으로 할 수 없이 마차에서 내려야 했다.

으으, 거의 완성 단계였는데……. 이러다가 조금 지나서 코드를 홀라당 까먹는 거 아니야? 내 기억력은 허접해서 믿을 수가 있어야지.

"와! 여기가 마법학회장이구나!"

마차에서 내린 슈아로에가 감탄사를 내뱉었다. 생각보다 마법학회장이 넓었기 때문이다. 하지만 난 슈아로에와는 달리 그런 것에는 별 관심이 없었다. 대신 마법학회장이 잡초 하나 없이 깨끗한 것을 보고 '대체 이 넓은 회장의 제초 작업은 누가 했을까?' 라는 의문이 들었다.

"어서 오십시오. 매지스트로 마법학교 대표이신 레이뮤 스트라우드님이시군요. 따라오시지요."

회장 앞에서 기다리고 있던 시녀 하나가 우리를 안으로 안내했다. 그녀가 안내한 방은 수백 명의 사람이 들어가고도 남을 정도로 컸다. 마치 대학교의 큰 강의실처럼 단상을 중심으로 뒤로 갈수록 점점 자리가 높아지는 방 구조였다. 그리고 수백 명의 사람들이 앉을 수 있도록 설치된 많은 수의 의자와 길고 긴 책상들은 이미 손님 맞이 준비가 끝났다는 것을 알려 주고 있었다.

"여기에 앉으십시오. 필요한 게 있으시면 저기 서 있는 시녀에게 말씀하십시오."

우리를 이곳으로 안내한 시녀는 그 말을 끝으로 총총히 회장을 빠져나갔다. 우리가 앉을 자리는 단상의 바로 정면 선상에서 중간쯤에 위치한 곳이었다. 즉, 단상에서 볼 때 가장 눈에 잘 띄는 곳이었다. 선생과 눈 마주치는 걸 싫어하는 나로서는 매우 뜨끔한 자리였다.

웅성웅성.

우리가 들어오고 나서 곧바로 다른 마법사들이 모습을 드러내었다. 그중 가장 눈에 띈 것은 첫날 만났던 베스트 오브 베스트 마법학교, 통칭 보브 마법학교 대표인 소렌느 할머니 일행이었다. 그들은 들어오자마자 바로 우리들 앞자리에 배정받았다.

"이거 8일 동안 같이 이동했는데 얘기한 건 첫날밖에 없었군요."

자리에 앉자마자 레일이 웃으며 말했다. 난 '당신들하고 얘기하기 싫어서 일부러 빨리 먹고 빨리 이동했다'라고 말하고 싶었지만 예의상 참았다. 레이뮤를 비롯하여 슈아로에나 유리시아드가 내색하지는 않았지만 나와 같은 생각인 듯했다.

"스트라우드님은 이번에 발표할 것이 있으신지……?"

소렌느 할머니가 살짝 뒤돌아보며 레이뮤에게 물었다. 그러자 레이뮤는 담담한 표정으로 대답했다.

"저번에 미완성이라고 했던 코드 마나량을 완성했습니다. 그리고 그 외에 간단한 변형 코드도 발표할 예정입니다."

"……!"

레이뮤의 대답을 듣고 소렌느 할머니의 표정이 급격히 변했다. 아무래도 자신이 발표할 것보다 레이뮤의 발표가 훨씬 영양가가 높은 모양이었다. 레이뮤를 라이벌로 생각하고 있는 소렌느 할머니로서는 절대 바람직하지 않은 상황이라 할 수 있었다.

"스트라우드님, 오랜만입니다."

"여전히 젊으시군요. 부럽습니다."

다른 마법사들은 자리를 잡고 앉기 전에 레이뮤에게 인사를 했다. 역시 살아 있는 전설을 무시하고 그냥 자리에 앉아

버리는 사람은 존재하지 않았다. 백발이 성성한 노인네들이 20대처럼 보이는 레이뮤에게 깍듯이 인사하는 모습은 쉽게 볼 수 없는 진풍경이었다.

뚜벅뚜벅.

대략 3분의 2 정도 자리가 차자 더 이상 마법사들의 출입이 없었고, 잠시 후 턱수염을 허리 아래까지 기른 백발의 노인이 단상에 올랐다. 한눈에 봐도 마법학회의 대표라는 느낌이 팍 들었다.

"이 자리에 참석해 주신 여러분, 모두 감사드리오."

일단 그렇게 운을 뗀 학회 대표는 계속해서 말을 이어나갔다.

"이번이 스물일곱 번째 마법학회이오. 몇몇 학교에서 불참을 알려와 아쉽긴 하지만 대부분은 참석해 주었소. 일단 오전에는 성과 발표를 듣고 오후에는 주제 토론을 하겠소이다."

흐아, 성과 발표? 주제 토론? 듣기에도 머리에 쥐가 날 것 같은 말이로군. 레이뮤 씨는 이런 걸 매년 하는 거야? 갑자기 레이뮤 씨가 너무 불쌍해지는걸?

"어느 학교에서 먼저 발표할 것이오?"

학회 대표는 장내를 둘러보며 물었다. 그러자 기다렸다는 듯이 소렌느 할머니가 부채를 들어 보였다. 아마도 제일 먼저 발표하여 기선 제압을 하겠다는 의도일 것이다.

"베스트 오브 베스트 마법학교 소렌느 경."

크큭, 아무리 들어도 웃기는 학교 이름이다. 잘못하면 내가 웃는 게 걸리겠는걸? 만약 레일이나 트레일이 알아차린다면 난 아마 죽을 거야, 크크큭.

스윽—

학회 대표에게서 지목을 받자 소렌느 할머니가 자리에서 일어났다. 그 순간 모두의 시선이 쏠리자 소렌느 할머니는 그런 시선이 즐거운지 잠시 뜸을 들이다가 입을 열었다.

"발표할 것은 최강의 마법이라 알려진 콜랩스에 대해서입니다. 콜랩스 마법은 100년 전 레지스트리라는 자가 자신의 커널을 이용해서 실현시킨 것이지요."

"……!"

헉! 순간 내 이름이 불려서 철렁했다! 레지스트리라는 인물이 실존했다는 걸 까먹고 있었어!

"여태까지는 콜랩스가 어떤 코드 구조로 되어 있는지 밝혀지지 않았지만 수년간의 노력 끝에 알아냈습니다."

"오오!"

콜랩스 마법의 코드 구조를 알아냈다는 말에 다른 마법사들의 입에서 탄성이 터져 나왔다. 호응이 꽤나 좋았기 때문인지 소렌느 할머니의 어깨가 더욱 펴졌다.

"콜랩스 마법은 중력 마법을 그 기본으로 합니다. 붕괴시킬 곳을 지정하고 강력한 중력 발현을 하면 붕괴가 시작되지요. 생각해 보면 정말 간단한 코드입니다."

소렌느 할머니의 말대로 매핑할 때 강한 중력을 씌우면 되는 것이기 때문에 코드가 복잡할 리 없었다. 그러나 난 소렌느 할머니의 말에서 뭔가 이상한 점을 느꼈다. 그것이 무엇인지 딱 집어서 말할 수는 없지만 콜랩스 마법이 그 정도의 코드로 구현될 것이라는 생각은 들지 않았다.

"하지만 이것으로 콜랩스 마법이 완성되었다고는 볼 수 없습니다!"

갑자기 소렌느 할머니의 목소리에 힘이 들어갔다.

"강한 중력을 걸면 원치 않은 것까지 붕괴시켜 버리게 되죠. 중력을 시전자와 가까이 걸게 되면 시전자까지 붕괴되어 버립니다."

"……!"

그렇군. 내가 이상하게 생각했던 게 그거였어. 만약 단순히 강한 중력을 건다면 굳이 붕괴시킬 곳을 지정할 필요가 없으니까. 어차피 중력이란 건 한 점에서 사방팔방으로 사물을 끌어당기니 무조건 구 형태로 힘이 작용하거든.

"원하는 것만을 붕괴시키기 위해서는 snap 코드를 이용해야 합니다. 원하는 것에 snap을 걸고 중력에도 snap을 건 뒤 snap을 실행시키면 원하는 것만 붕괴시킬 수 있죠. 이 종이에 대략적인 콜랩스 코드가 적혀 있습니다."

소렌느 할머니가 레일에게 스크롤을 건네주자 레일은 그것을 들고 단상까지 내려갔다. 그리고 스크롤을 학회 대표에게 전달했다.

"흐음……."

학회 대표는 스크롤을 받아 들고 천천히 살펴보았다. 그리고는 이내 고개를 끄덕이며 말했다.

"충분히 가능성있는 코드라 생각되오. 서기."

스크롤을 다 읽은 학회 대표는 단상 옆에 앉아 있는 여자를 불렀고, 그 여자는 학회 대표에게서 스크롤을 받아 들고 책상에 앉아 무엇인가를 열심히 적기 시작했다. 그리고 얼마 후 서기라 불린 여자는 기다란 종이를 단상 뒤의 벽에다 붙여놓았다. 종이에는 커다란 글씨로 무엇인가가 적혀 있었다.

```
create snap space range1.
create snap space range2.
create snap space range3.
…… x 원하는 개수.
create snap space 압력.
mapping hundredfold gravity.
animate snap.
```

오호, 저게 소렌느 할머니의 콜랩스 코드인가 보군. 어디, 어디……. 역시 마법 코드의 기본 형식인 Create A, Mapping

B, Animate or Render C를 따르는군. 단지 저기서 처음 보는 건 Snap이라는 코드뿐. Code Library 책에서 Snap이라는 코드를 보긴 했지만 어떻게 쓰는지 몰랐는데, 저런 식으로 써먹는 건가? 나중에 레이뮤 씨한테 Snap 코드에 대해서 물어봐야겠는걸?

"저 코드를 쓰려면 최소 6서클의 마나가 필요하겠군요. 예전에 레지스트리가 플로피 섬을 없애 버릴 정도의 Range를 잡으려면… 적어도 8서클 이상이어야겠죠."

소렌느 할머니의 콜랩스 코드를 보고 레이뮤가 혼잣말하듯이 중얼거렸다. 확실히 그녀의 말대로 저 코드를 실현시키려면 무지막지한 양의 마나가 필요했다. 특히 Space라는 정신력 제어 코드로는 지정할 수 있는 범위가 한정되어 있기 때문에 넓은 장소를 선택하면 선택할수록 생성해야 할 오브젝트의 개수가 많아지고, 그것은 곧 용량 증가를 뜻했다. 게다가 Gravity 앞에 '백 배'를 뜻하는 Hundredfold가 붙는 만큼 위력은 강하겠지만, 그 매핑 자체로도 6서클의 마나량이 필요하다. 한마디로 현 마법사들에게는 거의 실현 불가능한 코드라는 소리인 것이다.

"정말 훌륭한 코드요. 이걸로 인간의 마법이 한 단계 더 높아졌소."

"역시 최고의 마법학교답소."

많은 수의 마법사들이 소렌느 할머니의 업적을 칭찬했다.

하지만 나는 단순히 콜랩스 코드 하나 알아낸 걸 가지고 마법이 한 단계 업그레이드됐다고 생각하지 않았다. 솔직히 말해서 콜랩스 코드 같은 쓰잘데기없는 걸 알아내고 그걸 자랑스럽다는 듯이 말하는 그들이 어처구니없었다.

나원, 여태까지 마법학회가 열려왔다고 해서 마법학회가 마법 발전에 크게 이바지했다고 생각했는데 지금 보니 그게 아닌갑다? 아니면 내가 저 마법사들의 높은 수준을 따라가지 못한 건가? 원래는 엄청난 마법적 발견인데 내가 멍청해서 이해를 못하는 거야? 그런 거야?

"작년에 이어서 올해도 보브 마법학교는 훌륭한 성과를 보였소. 따라서 나중에 충분한 연구비를 지원하도록 하겠소이다. 자, 이제 다른 학교는 없소?"

학회 대표는 주위를 둘러보며 물었다. 하지만 소렌느 할머니의 발표를 대단한 것이라고 생각했는지, 아니면 애초에 발표할 거리를 가지고 오지 않았는지 소렌느 할머니 이후에 발표하는 사람이 없었다.

스윽.

아무도 발표를 하려고 하지 않자 레이뮤가 소리없이 손을 들었다. 그것을 보고 학회 대표는 기다렸다는 듯이 레이뮤를 지목했고, 레이뮤는 천천히 자리에서 일어나 발표를 시작했다.

"작년에 미완성이라고 얘기했던 코드 마나량 계산을 완료

했습니다. 지난 500여 년 동안 철저한 실험을 통해 계산했기 때문에 정확도가 매우 높다고 자신하고 있어요.”

“오오—!”

레이뮤 500년의 정수가 담긴 코드 마나량 계산이 완료되었다는 소리에 소렌느 할머니까지 포함한 모든 마법사들이 감탄사를 내뱉었다. 그 강도는 소렌느 할머니 때와는 비교할 수 없을 정도였다.

“레지스트리 군, 이걸 학회 대표에게 전해주세요.”

“아, 예.”

일행 중 끝에 앉아 있는 사람은 나와 유리시아드였는데 레이뮤는 나에게 심부름을 시켰다. 어차피 검을 가지고 있는 유리시아드가 스크롤을 전해주러 내려가면 학회 대표가 긴장할 수도 있으니 아무 무기도 없고, 자칭 선량하게 생긴 내가 내려가는 게 이치에 맞았다. 그래서 나는 아무런 토를 달지 않고 학회 대표에게 레이뮤의 스크롤을 전해주었다.

“오오……!”

스크롤을 받아 들자마자 학회 대표는 손을 부들부들 떨며 감격해했다. 자신이 레이뮤의 500년 업석을 첫 번째로 보는 사람이 되었다는 생각 때문인 것 같았다. 문제는 스크롤의 양이 워낙 방대해서 방금 전처럼 서기가 그것을 종이에 옮겨 적는 게 불가능하다는 점이었다.

“이것은 볼 것도 없이 훌륭한 성과이오. 우리 마법학회는

이 코드 마나량을 가능한 빨리 분류, 정리하여 모든 학교에 정식 배포하도록 하겠소."

어이쿠, 내용 확인도 제대로 안 하고 정식 과목 채택? 아무리 레이뮤가 살아 있는 전설이라고 해도 그건 너무하는 거 아니야? 그러다가 레이뮤가 스크롤 적을 때 실수로 코드 마나량을 잘못 적었다면 어쩌려고? 레이뮤도 사람인데 실수할 수 있잖아? 안 그래?

난 그런 생각을 하며 다시 제자리로 돌아왔다. 워낙 레이뮤의 성과가 훌륭한 것이라 굳이 내 파이어 볼 코드를 발표할 필요는 없어 보였다. 게다가 장내 분위기도 어수선하여 뭔가 발표할 만한 상태는 아니었기 때문에 난 더 더욱 안심했다. 발표를 하지 않는 게 내 입장에서는 훨씬 나았다.

"그리고 두 번째로 발표할 것이 있습니다."

"……!"

내가 안심하고 자리에 앉을 때 레이뮤가 두 번째 발표를 거론했다. 그녀의 말에 나뿐만 아니라 다른 마법사들도 크게 놀란 표정을 지었다. 코드 마나량 이외에도 성과가 하나 더 있다니 그들로서는 놀랄 수밖에 없는 것이다. 그리고 나는 그들과 조금 다르게 기겁을 해야 했다.

으으, 결국 올 게 왔구나. 이 많은 사람들 앞에서 마법을 쓰고 설명을 해야 하다니……. 아니, 마법만 쓰면 상관없는데 설명까지 하라면 참 난감하단 말이야. 걱정이다, 걱정.

제8장

마법학회 2

"코드 마나량 계산을 기준으로 정신력 제어 코드는 500의 용량을 가집니다. 일반적인 명령 코드의 용량이 3인 것에 비해 100배 이상 많은 용량입니다. 그래서 정신력 제어 코드를 쓰지 않고 파이어 볼 마법을 구현하는 코드를 개발하려 노력했고, 마침내 완성시킬 수 있었습니다."

"……."

순간 장내가 조용해졌다. 정신력 제어 코드를 기본으로 마법을 사용하는 그들에게 있어서 정신력 제어 코드 없는 마법은 상상할 수도 없었기 때문이다.

"이 아이는 정신력 제어 코드 없는 파이어 볼을 익혔습니다. 이미 모두들 알고 있겠지만, 이 아이의 마나는 1서클밖에 되지 않습니다. 그리고 파이어 볼은 2서클의 마법이죠. 정상적이라면 이 아이는 파이어 볼 마법을 사용할 수 없어야 합니다.”

레이뮤는 그렇게 말한 뒤 나에게 단상에 오르라는 눈짓을 해 보였다. 자꾸 레이뮤가 날 ‘이 아이’라고 불러서 왠지 낯이 간지러웠고, 모든 사람들의 이목이 집중되는 단상에는 그다지 올라가고 싶지 않았다. 그러나 짬밥이 안 되는 나는 그저 시키는 대로 단상으로 올라가야만 했다.

흐으… 역시나 엘리트들답게 한 명도 안 졸고 다 날 쳐다보고 있군. 웬만하면 퍼질러 자도 되는데 말이지. 이 사람들, 학구열이 너무 높은 거 아니야?

“그럼 일단 파이어 볼을 구현해 보겠습니다.”

지금 이 상황에서 자기소개 같은 건 필요없을 것 같아 난 곧장 본론으로 들어갔다. 파이어 볼 코드는 진급 시험 때 지겹도록 외웠기 때문에 아직도 잊어먹지 않고 있었다.

“Create sphere, radius zero dot five, position zero axis zero axis one axis, mapping fire, create line, begin zero axis zero axis one axis, end zero axis two axis minus two axis, animate line.”

단상이 좁다는 것을 의식해서 난 애니메이션 루트를 짧게 잡았다. 평소 하던 대로 목표 지점 좌표를 (0, 10, −2.5)로 잡았다가는 여기 있는 인간들이 파이어 볼에 맞아 골로 가는 곤란한 상황이 발생할 수도 있기 때문이었다.

화악ㅡ

내 머리 1미터 위에서 형성된 불덩어리는 2미터 정도 비스듬하게 날아가다가 사라졌다. 얼마 안 되는 짧은 순간이었지만 장내의 모든 사람들은 완전한 모양을 갖춘 불덩어리를 확인했다.

"파이어 볼……!"

"분명 저 소년은 1서클인데 어찌 2서클 마법을……!"

"믿을 수 없어……!"

모두들 자신의 눈으로 직접 보고도 불신의 빛을 지우지 못했다. 그도 그럴 것이, 정신력 제어 코드가 없으면 마법을 사용할 수 없다는 고정관념에 사로잡혀 있으니 내 마법이 속임수 같아 보이는 것이다.

흐음… 이제 어떻게 설명한다? 굳이 저 사람들을 이해시킬 필요가 있나? 에이, 모르겠다. 되는 대로 설명하자. 질문 들어오면 반사시켜 버려야지.

"정신력 제어 코드 없이 파이어 볼을 구현하기 위해서는 몇 가지 절차가 필요합니다. 먼저 파이어 볼은 구[Sphere]이기 때문에 공 모양의 오브젝트를 만들고 거기에 불을 씌운 후 불덩어리가 움직일 경로를 지정합니다. 그리고 나서 실행 코드로 경로를 읽는 것이죠. 불덩어리를 만들 때 위치 지정까지

해야 하기 때문에 필연적으로 코드는 길어집니다.”

이곳에 있는 마법사들이 이해를 하든 말든 난 내 설명만 했다. 사실 그들이 곧바로 이해할 거라는 생각은 애초에 하지도 않았다. 만약 입장이 바뀌어 내가 저들이었다면 나 역시 내 설명을 전혀 이해하지 못했을 테니까.

“그린 케이프의 소년, 일단 그 코드를 서기에게 알려주길 바라오. 코드를 직접 보면서 설명하는 게 더 빠를 듯싶소.”

학회 대표가 나에게 그런 제안을 했다. 나 역시 그 제안이 괜찮은 것 같아 얌전히 앉아 있는 여자 서기에게 가서 파이어 볼 코드를 알려주었다. 그렇게 얼마의 시간이 지난 후, 서기는 단상 뒷벽에 파이어 볼 코드를 적은 종이를 걸어놓았다.

…….

장내의 마법사들이 일제히 단상 뒷벽에 붙은 종이를 쳐다보았다. 난 느긋한 마음으로 그들이 코드 분석을 하는 시간을 주었다. 잠시 후, 한 마법학교 대표가 손을 들어 질문했다.

“Position 코드를 왜 그렇게 잡은 것이오? 기준이 있소?”

쳇, 질문이 들어왔군.

“기준은 마법사의 머리입니다. 마법사의 머리가 중심축이죠. 불덩어리를 만들 때 불덩어리의 중심은 구의 한가운데이니까 마법사의 머리보다 1미터 높은 곳에서 만드는 겁니다. 안 그러면 마법사도 같이 구워지니까요.”

"파이어 볼의 반지름을 0.5미터로 설정한 특별한 이유는
있소?"

아앗! 이번엔 다른 인간이 질문을!

"보통 파이어 볼을 사용하는 마법사들의 불덩어리 크기가
지름 1미터여서 거기에 맞춘 것입니다. 굳이 저 숫자 그대로
사용할 필요는 없습니다."

"Begin과 End 코드의 사용 이유는 무엇이오?"

크으… 끊임없이 질문이 날아오는구만. GG를 치고 싶은
걸?

"파이어 볼이 움직이는 경로를 설정하기 위해 선을 만들어
야 하는데, Begin과 End는 그 선의 처음과 끝을 만들어주는 코
드입니다. Begin의 중심축을 불덩어리의 중심축에 맞추고 End
중심축은 원하는 위치에 맞추는 거죠. 제가 End의 축을 (0, 10,
-2.5)로 잡은 건 큰 의미 없습니다. 원하는 숫자로 얼마든지 바
꿀 수 있어요."

"Begin코드의 중심을 굳이 좌표축으로 맞추지 않아도
Sphere의 중심축에 맞추면 되지 않나요? Begin Sphere라고
사용하는 게 더 깔끔해 보이는데."

그때 여태까지와는 차원이 다른 질문이 날아들어 왔다. 그
질문을 던진 사람은 붉은 단발머리의 경장갑 소녀였다.

으으… 이번엔 유리시아드까지 질문 공세에 가담하는 거
야? 날 죽이려고 그러지? 그냥 얌전히 발표하는 것만 들으면

어디 덧나남? 기사인데도 너무 고차원적인 마법적 질문을 하니까 내가 당황스럽잖아!

"맞는 말입니다. 그런데 Sphere라는 오브젝트 자체가 거의 500에 가까운 용량을 차지합니다. 이런 Sphere를 두 번 쓰게 되면 이미 1서클의 마나량을 넘어버려요. 정신력 제어 코드 없는 파이어 볼은 적은 마나량으로 실현되는 마법 코드를 목적으로 하고 있습니다. 그런데 그 코드가 용량 초과라면 굳이 복잡하게 만들 필요가 없잖아요? 그래서 일부러 Sphere의 중심축을 빌려 쓰지 않고 인위적으로 축 설정을 한 것입니다."

내가 설명을 잘한 건지 유리시아드가 이해를 잘한 건지, 그녀는 고개를 끄덕이며 알았다는 표정을 지었다. 유리시아드의 질문에 답변하는 도중에 난 한 가지 생각을 떠올리게 되었다.

흐음… 생각해 보면 굳이 용량을 엄청나게 잡아먹는 Sphere를 쓸 필요는 없잖아? Sphere보다 용량을 훨씬 덜 잡아먹는 Box를 쓰면 이 파이어 볼 코드의 마나량이 엄청나게 줄어들걸? 대신 마법 이름은 파이어 볼이 아니라 파이어 박스로 바꿔야겠지만.

……

유리시아드의 질문을 끝으로 더 이상 질문을 던지는 사람은 없었다. 내 코드를 이해해서 그런 건지 이해하지 못해서 그런 건지 확인할 방법은 없었지만 나로서는 질문이 없다는 사실에 만족했다. 이제 설명 끝, 이러면서 자리로 들어가기만 하면 되기 때문이었다.

"그런데 그 코드가 정말 필요한 겐가? 적은 마나량으로 구현 가능한 코드라지만 코드가 너무 길지 않은가. 차라리 마나 서클을 올려서 정신력 제어 코드를 사용하는 편이 더 현명할 듯싶네만."

아무도 질문을 하지 않는 사이에 학회 대표가 날 보며 그렇게 말했다. 그의 얼굴에는 내 코드가 쓸모없다는 표정이 떠올라 있었다. 그래서인지 난 오기가 생겨서 학회 대표에게 내 코드의 유용성을 설명하기로 결심했다.

"적은 마나량으로도 2서클 마법을 1서클로 끌어내리는 코드입니다. 굳이 파이어 볼이 아니더라도 이 기본을 응용하면 다른 마법들도 정신력 제어 코드 없이 마법을 사용하게 할 수 있을 겁니다."

"굳이 정신력 제어 코드를 없앨 필요가 있는가? 자네도 알다시피 그 코드는 너무 길지 않나. 그런 코드는 외우는 것도 어렵고, 실전에서 사용하는 것도 어렵다네."

"맞는 말입니다. 그렇지만 마법을 꼭 실전에서, 그러니까 전투 시에만 사용하는 것은 아니지 않습니까? 피치 못할 사정이 생겨서 적은 마나량으로 마법을 사용해야 할 때, 그때 정신력 제어 코드 없는 마법 코드가 큰 도움이 될 것이라 생각합니다."

"……."

난 학회 대표가 내 생각에 동의해 주길 바랐지만 학회 대표는 전혀 그럴 생각이 없어 보였다. 오히려 내 생각을 부정적으로 보고 있었다.

"알겠네. 일단 고려해 보겠네."

학회 대표는 그 말을 끝으로 정신력 제어 코드 없는 파이어볼 코드 발표를 종결시켰다. 그렇지만 실제적으로 내 코드는 거의 묻혀 버리는 분위기였다. 이곳에 있는 마법사들도 그렇고, 학회 대표도 그렇고 너무나 긴 내 코드 대신 정신력 제어 코드를 쓰는 게 낫다란 생각을 하고 있었기 때문이다.

쓰읍, 할 수 없군. 원래 나이가 들면 들수록 새로운 것을 경계하는 경향이 있고, 새로운 걸 외우기 싫어하니까 내 의견을 묵살시키자는 거겠지. 젊은 내가 이해해 줘야지 안 그러면 누가 이해해 주겠어? 내가 저 인간들에게 인정받으려고 이 코드를 만든 건 아니었으니까.

"그밖에 성과 발표할 학교 없소?"

내가 자리로 돌아가자 학회 대표는 다른 학교들을 다그쳤다. 그렇지만 아무도 발표하려 하지 않았다. 레이뮤나 소렌느 할머니의 성과 발표에 기가 죽었다기보다는 애초에 발표할 생각이 없어 보였다. 그렇게 해서 결국 오전의 성과 발표는 매지스트로와 보브 마법학교의 발표만으로 종결되었다.

"이것으로 성과 발표를 끝내겠소. 회장 옆에 식당이 있으니 그리로 가서 점심 식사를 하시기 바라오."

학회 대표는 그 말을 끝으로 단상을 내려갔고, 장내의 마법사들은 하나둘씩 자리를 떠나기 시작했다. 나 역시 점심 식사를 하기 위해 재빨리 자리에서 일어났다. 가장 끝에 앉아 있는 내가 빨리 일어나야 그 안쪽에 앉아 있는 사람들이 일어날 수 있기 때문이었다.

슥—

그때 자리에서 일어선 레이뮤가 내 어깨를 살짝 짚었다. 그녀의 의도를 알지 못해서 내가 얼굴에 물음표를 띄우자 레이뮤는 작은 목소리로 입을 열었다.

"나이가 들수록 새로운 것을 두려워하는 것이니 이해하길 바래요."

"예……."

나원, 그런 얘기였수? 난 이미 저 사람들 이해했는데?

"너무 기죽지 말아요."

이번엔 슈아로에가 날 격려해 주었다. 내 코드가 받아들여지지 않아서 내가 풀죽어 있다고 생각한 모양이다.

이런이런, 슈아로에까지 날 위로해 주는군. 근데 난 위로받을 이유가 없거든? 어차피 풀죽어 있지도 않고.

"욕망 덩어리 씨치고는 괜찮은 발표였어요."

마지막으로 유리시아드가 한마디 했다. 일단 유리시아드에게서 인정받은 건 괄목할 만한 일이었지만 그녀에게 인정을 받으려고 발표를 한 것이 아니었기에 기분은 미묘했다.

"우리도 점심을 먹으러 가도록 해요."

레이뮤는 우리를 이끌고 회장 옆에 있다는 식당으로 향했다. 식당은 3층 건물로, 사회적 지위에 따라 층도 구별하여 놓았다. 우리는 레이뮤의 파워에 의해 당당히 3층으로 올라갔다.

흐음… 근데 지위가 높다고 3층에 배정하는 건 어불성설일지도 모르겠군. 엘리베이터도 없는데 3층까지 올라가는 건 고역이거든. 나야 운동 삼아 올라간다 치더라도 레이뮤나 슈아로에한테는 힘들지 않을까?

"조금 늦으셨군요."

우리가 천천히 계단을 올라가 3층에 도착하자 먼저 와 있던 레일이 우리를 보고 아는 척했다. 생각 같아서는 가볍게 무시해 주고 싶었지만 마침 비어 있는 자리가 소렌느 할머니의 옆 테이블밖에 없어서 마냥 무시할 수만은 없었다.

"잠깐 얘기할 게 있어서."

레이뮤는 간단하게 늦은 이유를 설명한 뒤 소렌느 할머니 일행의 옆 테이블에 앉았다. 소렌느 할머니는 레이뮤가 주문을 마치기를 기다려 입을 열었다.

"아쉽군요. 정신력 제어 코드 없는 파이어 볼이 채택되지 않아서."

"……"

말로는 아쉽다고 했지만 소렌느 할머니의 표정은 고소하다였다. 그것을 알기에 레이뮤가 아무 말도 하지 않은 것이다. 그런 모습을 보자 왠지 내 파이어 볼 코드가 레이뮤의 명성에 먹칠을 한 것만 같아 기분이 찜찜했다.

"음식 나왔습니다."

잠시 동안의 침묵이 이어졌지만 곧바로 음식이 나와서 그 분위기를 깨뜨렸다. 나온 음식을 보니 다행히도 빵, 베이컨 등의 육지 식량이었다. 바다 식량이 없음을 감사히 여기며 난 제일 먼저 포크를 들었다. 어차피 이 동네는 연장자가 식사를 하기 전에 손아랫사람이 먼저 식사를 해도 전혀 뭐라 하지 않기 때문에 내 행동에는 거침이 없었다. 그리고 그런 내 행동을 비난하는 사람 역시 없었다.

달그락— 달그락—

나이프와 포크가 움직이는 소리와 함께 우리들의 식사는 시작되었다. 그러나 문제는 식사 중 그 누구도 입을 열지 않아 분위기가 매우 부담스럽다는 점이었다. 그런 분위기를 이기지 못하고 레일이 먼저 입을 열었다.

"그런데 이안트리 양은 학회가 끝나면 곧바로 매지스트로에 돌아갈 생각인가요?"

"네."

"이번에 '미스틱' 지방에서 몬스터 토벌대를 모집한다고 해서요. 저와 트레일은 거기에 지원할 생각입니다."

잉? 몬스터 토벌대? 여기에 무슨 몬스터라도 있어? 설마 무슨 오크라든지 오거라든지 그런 게 있는 건 아니겠지?

"왜 그런 위험한 일에 지원하시려는 거죠?"

슈아로에가 관심이 생겼는지 처음으로 레일에게 질문을 던졌다. 괄목할 만한 슈아로에의 반응에 레일은 실실 웃으며 대답했다.

"경험을 쌓기 위해서입니다. 학교에만 있다 보면 온실 속의 화초가 되어버리니까요."

흐으… 뜻은 가상한데 난 왜 좋게 못 봐주겠지? 꼭 자신의 실력을 만천하에 알리기 위해서 지원하는 거라는 느낌이 드는 건 나만의 착각? 차라리 이런 경우에 '우물 안 개구리'라는 표현을 썼으면 더 좋았을 텐데 자신을 화초라고 표현하니까 기분이 그런걸? 그럼 난 온실 속의 잡초 정도 되려나?

"레일은 언제나 도전하는 걸 좋아하지요."

이번엔 소렌느 할머니가 레일의 편을 들고 나섰다. 그것은 마치 레이뮤를 보고 '당신 제자는 이런 도전도 못하지?'라고 말하는 것 같았다.

"무모한 도전은 화를 부르는 법이지요."

소렌느 할머니의 말을 그냥 무시할 줄 알았던 레이뮤가 도발적인 대답을 했다. 아무래도 파이어 볼 코드가 무시당하고 거기에 소렌느 할머니에게서도 자신의 제자가 무시당하자 발끈한 모양이었다.

"호호, 글쎄요. 몬스터 정도는 지금의 레일도 충분히 처리할 수 있다고 봅니다만."

소렌느 할머니는 공격을 늦추지 않았다. 하지만 이런 안건을 말로서 해결하는 건 소모적일 수밖에 없기 때문에 무의미했다.

"슈아로에."

"네, 레이뮤님."

레이뮤는 생각을 바꿔 슈아로에를 불렀다. 그리고 자신의 생각을 그녀에게 알려주었다.

"너도 몬스터 토벌대에 지원해 보는 게 좋겠구나."

"……!"

전혀 예상치 못한 발언이었기에 모두들 크게 놀랐다. 특히 레이뮤가 발끈하여 일 처리를 하려 한다는 것이 나로서는 충격이었다.

"미스틱 지방은 어차피 매트록스 영토이고, 그 지방 사람들이 몬스터 때문에 괴로워하고 있는데 그냥 방치해서는 안 되겠지. 퍼미디어의 차기 영주로서 실제 전투를 경험해 보는 것도 좋단다."

헐… 역시 레이뮤 씨답게 이유를 잘 갖다 붙이는군. 즉흥적인 센스로 저 정도의 말을 하는데, 진짜 작정을 하면 얼마나 무서울까.

"하지만……!"

레이뮤의 말에도 불구하고 슈아로에는 결정을 망설였다. 그런 그녀의 망설임이 어디에서 연유하는지 알고 있는 레이뮤는 추가타를 날렸다.

"유리시아드와 레지스트리 군이 동행할 거란다. 그리고 나 역시 따라갈 것이니 걱정 말고."

"……!"

레이뮤 자신은 물론이고 나와 유리시아드까지 전부 끌고 가겠다는 말에 우리 모두 경악했다. 파헬리아에서 매지스트로 마법학교까지 8일 정도 걸리는데, 몬스터 토벌한다고 진로를 이탈하면 언제 학교에 돌아갈지 알 수 없게 되어버리기 때문이었다.

"스트라우드님까지 직접 가시다니 의외로군요. 학교는 어찌하시려고……."

소렌느 할머니는 당황해하는 표정을 깃털 부채로 가리며 말했다. 그것은 그녀에게 몬스터 토벌대에 참가할 생각이 없음을 알려주고 있었다. 자신은 참가하지 않는데 레이뮤가 참가를 한다니 당황하고 있는 것이다.

"우리 학교는 나 말고도 훌륭한 선생들이 많습니다. 내가 얼마간 학교를 비운다 해도 크게 문제될 건 없지요."

레이뮤는 매우 담담한 표정을 지었다. 그것은 어떻게 보면 '당신은 못하겠지만 나는 할 수 있다' 라는 식으로도 볼 수 있었다.

나원, 이거 나이 드신 분들끼리 치열하게 싸우시는군. 소렌느 할머니는 줄잡아도 80 이상 되어 보이는데 몬스터 토벌 같은 위험한 일을 하겠어? 가뜩이나 나이 먹어서 언제 이승을 떠날지 알 수 없는데 말이지. 그리고 마법학교 교장이 몬스터나 때려잡고 있는 건 본인 위상에도 문제가 있잖아. 뭐, 레이뮤는 하도 젊어서 몬스터 때려잡기를 해도 전혀 위상에 문제가 생기지 않을 것 같지만.

"유리시아드, 괜찮은가요?"

소렌느 할머니와의 대결에서 판정승을 거둔 레이뮤는 나를 무시하고 유리시아드에게 참가 의향을 물었다. 유리시아드는 우리의 경호 역으로 따라온 것인데 경호하고는 전혀 관계없는 몬스터 토벌을 하라니 그녀의 입장에서는 어처구니없을 수도 있었다. 그래서 레이뮤는 유리시아드의 의사를 물어보는 것이었다. 하지만 유리시아드는 우리가 우려하는 그런 생각을 하지 않았다.

"경호를 맡기로 했으니 끝까지 함께하도록 하겠습니다."

"고마워요."

레이뮤는 유리시아드에게 고마움을 표시했다. 나와 슈아로에는 좋으나 싫으나 레이뮤가 하라는 걸 해야 하기 때문에 반대 의사를 표현할 수 없었다.

하아, 저번에 강도(?)들이 나타났을 때도 아무런 활약을 못했는데 이번에도 그러지 않을까? 차라리 레이뮤나 슈아로에처럼 마법 장신구를 사용하는 연습을 해야겠다. 그러면 약간이라도 도움이 될 테니까. 근데 나한테 사용 가능한 마법 장신구가 없구나…….

점심 식사를 마치고 오후에는 주제 토론이 있었다. 하지만 주제가 '커널'이었기 때문에 난 무슨 소리를 하는지 도통 알아들을 수가 없었다. 100년마다 한 번씩 나타난다는 커널이 슬슬 나타날 때이고, 만약 커널 소유자가 나타난다면 어떻게 할 것인가가 주된 논쟁이었다. 의견은 제각각이었지만 커널 소유자에게서 커널을 제거하자는 게 공통된 의견이었다.

"이것으로 제27회 마법학회를 마치겠소. 모두 조심히 돌아가도록 하시오."

학회 대표의 마지막 연설을 끝으로 마법학회가 끝이 났다. 이번 학회에서 얻은 소득은 레이뮤의 코드 마나량 계산법밖에 없었다. 그래도 학회를 나서는 사람들의 얼굴은 '이번에도 큰일을 치렀다'라는 표정이었다.

"수고비를 더 줄 테니 미스틱까지 가줘요."

레이뮤는 우리를 데리고 온 마부에게 새로운 주문을 했다. 느닷없는 진로 변경에 마부는 조금 당황했지만 돈을 더 주겠다는 소리에 군말없이 그녀의 제안을 수락했다. 파헬리아에서 미스틱까지 대략 3일 정도 걸린다고 하니 지금까지 수고비의 3분의 1 정도는 더 버는 셈이었다.

덜컹덜컹—

마차는 요란한 바퀴 소리를 내며 미스틱 지방으로 질주했다. 레일과 트레일은 각자 말을 이용해서 미스틱까지 갈 생각인 듯했다. 어쨌든 그들과 같이 나란히 갈 생각은 조금도 없었기에 우리는 우리끼리 따로 다녔다. 그리고 레이뮤가 과연 얼마만큼의 돈을 가지고 왔는지 알 수는 없었지만, 돈 걱정을 하지 않는 걸 보면 충분한 여비를 가지고 온 모양이었다.

"음… 미스틱까지 가는 경비가 아슬아슬한 것 같군요."

잉?

"앞으로 경비를 아껴야 하니까 지금까지처럼 좋은 시설에서 지낼 수는 없을 것입니다. 모두 양해하길 바래요."

"……!"

레이뮤는 우리에게 있어 청천벽력과도 같은 소리를 했다. 그것은 분명 이번 몬스터 토벌대 참가가 충동적이었다는 사실을 나타내고 있었다. 그 점 때문에 나로서는 앞날이 매우 걱정스러웠다.

뭐, 어차피 나는 군대에서 많이 뒹굴어봤기 때문에 어디서 자든 먹든 상관없지만, 레이뮤 씨나 슈아로에가 그런 걸 견딜 수 있을까? 군대 훈련 때처럼 일주일 동안 씻지도, 제대로 싸지도 못하면 어쩌려고 그러지? 기사라는 유리시아드를 봐도 그런 생활은 어려울 것 같은데.

스윽—

난 앞날의 걱정을 뒤로한 채 마나 생성 코드 개발에 착수했
다. 파헬리아에 도착하기 전에 레이뮤에게 마나 생성 코드에
대해 말해줬기 때문에 레이뮤는 내 행동을 가만히 지켜보기
만 했다. 하지만 슈아로에나 유리시아드처럼 레이뮤도 마나
생성 코드 개발에 대해서는 부정적인 입장이었다.

"잘 돼가요?"

내가 열심히 코드를 적는 걸 보고 슈아로에가 조심스레 물
었다. 하지만 난 코드를 잊어먹기 전에 종이에다가 기록했다.
그리고 나서 그것을 슈아로에에게 보여주었다.

"한번 봐봐."

"응……."

슈아로에는 불안한 눈빛으로 내가 준 종이를 읽었다. 그 종
이에는 다음과 같이 쓰여져 있었다.

```
create true.
substitute true for code.
create false.
substitute false for code.
render two thousand.
```

"응… True와 False를 만들어서 코드에다 대입하는 건가
요? 이런 코드로 마나가 모아져요?"

슈아로에는 여전히 불신의 빛을 드러냈다. 그래서 난 내가 직접 그 코드의 실체를 증명해 보이기로 했다.

"일단 내가 써보고."

그렇게 말한 뒤 곧바로 마나 생성 코드를 외웠다. 그러자 정신력으로 집중해야만 새겨지던 마나의 흔적이 그야말로 자동적으로 생성되기 시작했다. 심지어 마나 생성 코드를 외우고 나서 딴짓을 할 수 있을 정도였다.

"잘되는데? 코드 실행 상태에서 이렇게 말할 수도 있어. 일단 실행 시간을 200초로 잡았으니까 한 30분쯤 후에 보면 마나 하나가 새겨지는지 안 새겨지는지 보면 되겠다."

난 마나 생성 코드를 개발했다는 사실에 기분이 좋아졌다. 남들이 이 마법 코드를 어떻게 생각하든지 간에 내가 원하는 코드를 내 손으로 만들어냈다는 것이 중요했다.

"정말… 성공한 거예요?"

슈아로에가 떨리는 목소리로 물어왔다. 그녀의 떨림에는 내 말이 거짓이기를 바라는 마음이 숨겨져 있었다. 나 역시 그것을 느꼈지만 난 거짓말을 할 생각이 없었다.

"성공했어. 어느 정도 효과가 있는지는 아직 검증되지 않았지만 기다려 보면 효과에 대해서도 알게 되겠지."

"……."

슈아로에의 표정은 허탈해 보였다. 계속 마나 생성 코드에 대해서 얘기하다가는 슈아로에가 완전히 풀죽을 것 같아서 난 화제를 다른 곳으로 돌렸다.

"근데 레이뮤 씨, 저도 마법 장신구를 사용하고 싶은데, 그린 케이프의 보석에다가 마법 코드를 새겨도 될까요?"

난 레이뮤의 의견을 물었다. 몬스터 토벌에 참가하기로 결정한 이상 어느 정도 마법을 빨리 사용할 수 있어야 하고, 코드를 직접 외우는 것보다 마법 장신구를 통해 마법을 구현하는 게 더 빠르기 때문이었다. 그러나 레이뮤는 내 의견에 반대했다.

"매직 오너멘트는 마법사가 정신을 집중하여 직접 새겨야 합니다. 그래서 보통 마법사 자신이 직접 매직 오너멘트에다 코드를 기록하지요. 물론 다른 마법사의 매직 오너멘트를 사용할 수 있긴 하지만 남이 만든 것보다 자신이 만든 게 더 성공률이 높습니다."

호오, 그랬어? 그럼 내가 직접 새기면 되잖아?

"그런데 지금 레지스트리 군은 1서클의 마법밖에 사용할 줄 모릅니다. 기본적인 1서클 마법을 매직 오너멘트에 새기는 건 낭비라고 생각합니다."

"……."

음… 그것도 그렇군. 정신력 제어 코드 없이 마법 장신구를 쓰려면 위치 지정에 경로 지정까지 고정시켜야 하는데, 그러면 마법이 유동적이지 못해서 비효율적이겠지. 역시 일단 2서클 이상의 마나를 모은 다음에 마법 장신구를 사용해야겠다.

"슈아로에."

"네?"

내가 느닷없이 자신을 부르자 슈아로에는 의아한 표정을 지었다. 난 그런 슈아로에의 얼굴을 쳐다보며 말을 이었다.

"난 1서클밖에 안 되니까 정신력 제어 코드를 사용하는 게 힘들잖아? 그래서 파이어 볼 말고도 다른 마법을 정신력 제어 코드 없이 코딩하고 싶은데, 도와줄래?"

"……."

슈아로에는 잠시 입을 다물었다. 그것이 긍정인지 부정인지 알 수 없어서 난 긴장해야 했다. 하지만 다행히도 슈아로에는 곧 긍정의 뜻을 밝혔다.

"좋아요. 제가 얼마나 도움이 될지는 모르겠지만 협력하겠어요. 레지스트리 군이 또 어떤 이상한 코드를 만드는지 감시해야 하니까요."

"어… 고마워……."

흐으… 이걸 고마워해야 하는 거야, 말아야 하는 거야? 뭔가 상황이 상당히 난감하게 됐는걸? 그래도 뭐, 슈아로에가 도와주지 않는 것보다는 훨씬 나으니까 상관없으려나? 자, 그럼 귀여운 슈아로에와 함께 코딩의 세계에 빠져 보도록 할까!

『매직 크리에이터』 2권에 계속

화제의 베스트셀러 「삼성처럼 경영하라」의
저자가 제시한 제대로 사는 삶을 위한 성공 법칙!

Coordinated People Who Live Satisfactorily

이채윤 지음 | 값 8,900원

제대로 사는
통합형 인간

나는 여러분에게 지금보다 많은 것, 좋은 것을 찾는데 경주하기보다는 자신의 능력을 향상시키는데 주력함으로써 성취감을 느끼고 '제대로 살고 있다는 기쁨'을 느끼는 것이 중요하다고 강조할 것이다.
그렇게 함으로써 나는 여러분이 이 책을 읽고 자신의 능력을 하룻밤 사이에 두 배 이상으로 늘릴 수 있고 제대로 인생을 즐기며 살아갈 수 있는 방법을 제시하고자 한다!

제대로 사는 삶을 위한 5단계 성공 법칙!

- ◉ step 1: 자신의 재능이 선택한 삶을 산다
- ◉ step 2: 자신의 일 외에 다른 것에 집착하지 않는다
- ◉ step 3: 세상에 대해서 자신의 목소리로 말한다
- ◉ step 4: 심신을 조화롭게 유지하며 산다
- ◉ step 5: 뜻을 같이하는 멋진 동료들과 어울려 산다

입소문을 통해 아는 분은 다 알고 계십니다!
올 한해 공인중개사 최고의 화제작!

1~2권 합본 | 이용훈 지음
3~4권 합본 | 이용훈 지음
5~6권 합본 | 이용훈 지음
용어 해설 | 이용훈 지음

수험생 기본 필독서
만화 공인중개사

제목 : 만화공인중개사 쓰신 분에게 감사드립니다.

학원을 두달 다녔어요. 근데 과연 그 숫자 외우기 그렇게 몇 문제나 나올까 생각을 했어요. 아니라는 생각이 드네요. 학원강의를 뒤로 하고 서점을 갔어요. 내 머리에 가장 이해될 수 있는 책이 없나 하구요. 거기서 만화를 발견했어요. 무조건 세번 봤어요. 3개월 걸렸어요. 문제 집을 보라고 했는데 그건 시행을 못했어요. 근데 합격을 했네요.

어떻게 감사의 말을 해야 될지…

도서관에서 만화책 들고 다니까 사람들이 비웃더라구요. 만화책으로 공인중개사를 공부한다고 미친사람 처럼 보더라구요. 근데 그거 다 감수하고 했던 내가 자랑스럽습니다.

어떻게 감사의 말을 해야 할지 정말 감사합니다.

부디 행복하세요. 제 나이 41살에 좋은 스승을 만난 거 같습니다.

엎드려 감사드립니다.

-본사 홈페이지에 독자분이 올린 메일 中 에서 발췌-

외눈박이의 일기

오늘 영어 선생님이 성병으로 결근하셔서 담임 선생님이 대신 수업을 하셨다. 담임 선생님은 "뭐, 원조교제 하다 보면 그럴 수도 있으니 이해하라"고 말씀하시더니 여자 반장한테도 병원에 가보라고 하셨다. 반장은 눈물을 글썽이며 외쳤다. "너무해요! 선생님! 전 원조교제 같은 건 안 했어요!" 그러나 매독이라는 담임 선생님의 말을 듣곤 벌떡 일어나 후다닥 짐을 챙겼다. 그러더니 남자 부반장 면상에 욕과 함께 주먹을 날렸다. 부반장은 "습진인 줄 알았다"고 변명했다. 그걸 본 다른 아이들도 병원에 간다며 서둘러 교실 밖으로 나갔다. 결국 교실엔… "제… 제길! 나만 남았다. 그래, 나만 숫총각이다. 제기랄!" 담임 선생님은 자책하지 말라며 "세상은 용모로 살아가는 게 아니잖아"라며 화를 돋우셨다. "뭐라구요? 지금 놀리시는 겁니까? 선생님! 그래! 나 외눈박이다! 그래서 한번도 못해봤다! 크아악!!"